21世纪
新畅销译丛

THE HISTORY OF LOVE
NICOLE KRAUSS

爱的历史

〔美〕妮可·克劳斯 著　施清真 译

人民文学出版社
PEOPLE'S LITERATURE PUBLISHING HOUSE

著作权合同登记号　图字 01-2018-6392

Nicole Krauss
The History Of Love
Copyright © 2005 by Nicole Krauss
Simplified Chinese translation rights arranged with Melanie Jackson Agency, LLC through Andrew Nurnberg Associates International Ltd.
All rights reserved.

图书在版编目(CIP)数据

爱的历史/(美)妮可·克劳斯著;施清真译. —
北京:人民文学出版社,2018
(21世纪新畅销译丛)
ISBN 978-7-02-014525-6

Ⅰ.①爱… Ⅱ.①妮… ②施… Ⅲ.①长篇小说-美国-现代　Ⅳ.①I712.45

中国版本图书馆CIP数据核字(2018)第189207号

责任编辑　甘　慧　李　晖
封面设计　汪佳诗

出版发行　人民文学出版社
社　　址　北京市朝内大街166号
邮政编码　100705
网　　址　http://www.rw-cn.com

印　　刷　上海利丰雅高印刷有限公司
经　　销　全国新华书店等

字　　数　210千字
开　　本　890毫米×1240毫米　1/32
印　　张　7.625
版　　次　2019年5月第1版
印　　次　2019年5月第1次

书　　号　978-7-02-014525-6
定　　价　55.00元

如有印装质量问题,请与本社图书销售中心调换。电话:010-65233595

献给我的祖父母、外祖父母，是他们教我不变得无影无形

并献给乔纳森，我的生命

目录

1	在世上的最后一番话 /L
32	妈妈的忧伤 /A
58	原谅我 /Z
68	永恒的喜悦 /L
87	爸爸的帐篷 /A
101	思考的苦恼 /Z
109	直到写字的手发痛 /L
125	淹大水 /A
140	我们同在一起 /Z
146	笑着死去 /L
156	如果不是,就不是 /A
168	最后一页 /Z
176	我在水底下的生活 /A
185	一件好事 /B
190	最后一次见到你时 /L
195	智者会这么做吗? /B
201	A+L

在世上的最后一番话 /L

  明天或后天，当他们撰写我的讣闻时，讣闻上将写道：**利奥·古尔斯基身后留下一屋子废物**。我很惊讶自己没被活埋。这个地方不大，但我得费劲在床铺和马桶、马桶和餐桌、餐桌和前门之间，清出一条通道。若想从马桶走到前门，简直是不可能的任务，我必须绕过餐桌才到得了。我喜欢把床铺想象为本垒，马桶为一垒，餐桌为二垒，前门为三垒。如果躺在床上的时候门铃响了，我得绕过马桶和餐桌才走得到门口。如果来人碰巧是布鲁诺，我就一语不发，让他进来，然后蹒跚着走回床边。那群隐形观众的吼叫声，在我耳边隆隆作响。
  我时常猜想谁会是最后一个看见我活着的人。如果我得打赌，我敢说一定是中国餐馆送外卖的小弟。我一星期有四天叫外卖，每次他上门时，我总是为了找钱包而大肆翻箱倒柜。他捧着油腻的纸袋站在门口，在此同时，我则猜想今晚会不会是我吃了春卷，爬上床，然后在睡梦中心脏病发的一夜。
  我试图尽量让人看见。出门在外时，有时虽然口不渴，但我还是买瓶果汁。如果店里很挤，我甚至夸张到故意把零钱撒了一地，五分和十分硬币朝四方滚去，我则双膝跪地。我跪下来得花好大功夫，站起来更是费力。但我还是这样做。或许我看起来像个傻瓜。有时我走进体育用品店，问：你们有什么样的球鞋？店员上下打量我这个可怜的笨蛋，带我看店里一双白得发亮的乐步球鞋。不，我说，我已经有了这款，然后我奋力走到锐步那一区，拿起一双根本不像球鞋的鞋子，说不定是双防水靴。我跟店员说我穿九号，那个年轻小伙子神情更加谨慎地又瞅我一眼，冷冷地瞪了我好一会儿。九号，我紧抓着那双有网边的鞋子又说一次。他摇摇头到店后面拿靴子，等到他回来时，我正脱下袜子，还卷起裤管，低头看着自己老朽的双脚。过了尴尬的一分钟，店员才知道我在等他帮我套上靴子。我从来没打算买鞋，我只是不想在我死去的那天，没有半个人注意到我。

几个月前我在报上看到一则广告：**绘画班诚征裸体模特，每小时十五美金**。这么多部位让人观赏，而且有这么多人看，似乎理想得令人难以置信。我拨了电话，一个女人叫我下星期二过去，我试着描述我的长相，但她不感兴趣。什么样子都可以，她说。

日子过得好慢，我跟布鲁诺提起这事，但他听错了，以为我是为了看裸女，才报名参加绘画班，而且也不想听我解释。她们会秀两点吗？他问，我耸耸肩。还会秀下面那里吗？

四楼的弗莱德太太死了三天，才有人发现她的尸体。我和布鲁诺从此养成查看彼此的习惯。我们不时找些小借口，比如，布鲁诺开门时，我跟他说：我的卫生纸用完了。一天后，有人敲敲我的门。我的《电视节目指南》不见了，他解释道。虽然我知道他的《电视节目指南》跟往常一样摆在沙发上，但我依然找出我那一份给他。有次他星期天下午过来，说：我需要一杯面粉。这招可就不太高明了，我忍不住点醒他：你又不会烧菜。接下来一片沉默，布鲁诺瞪着我的双眼。你懂什么，他说，我在烤蛋糕。

初抵美国之时，除了一个远房表哥之外，我谁也不认识，所以我帮他做事。我表哥是个锁匠。他若是个修鞋师傅，我也会变成修鞋师傅；他若淘粪，我也会跟着淘粪。但是嘛，他是个锁匠，他教我这一行，所以我成了锁匠。我们合伙开了一家小店，后来他感染了肝结核，他们不得不切除他的肝。他发烧到四十一度，不治身亡，所以我接管了生意。他的遗孀后来嫁给一位医生，搬到纽约海湾区，但我还是把店里一半的利润寄给她。我就这样当了五十几年锁匠。之前我从没想到会过这种日子，但后来我慢慢喜欢上了这一行。我帮助那些被锁在门外的人，也将某些不该进门的人摒除在外，让大家高枕无忧、免做噩梦。

后来有一天，我凝视窗外，或许是望着天空沉思吧。即使把一个笨蛋摆在窗前，他也会变成大哲学家。午后时光渐逝，夜幕渐垂，我伸手去拉灯泡开关，忽然间，仿佛有头大象一脚踩上我的心脏，我双膝跪倒在地，心想，我不可能永远不死。过了一分钟，再过一分钟，然后又一分钟，我在地上爬行，拖着身子爬向电话。

我心脏百分之二十五的肌肉已经坏死。我花了一段时间才复元，从此再也没有回去工作。一年过去了，时光荏苒，对我而言也仅只如此。我凝视窗外，看着秋天变成冬天，冬天变成春天。有时布鲁诺下楼陪我坐坐。我跟他从小就认识，一块儿上学，他是我最要好的朋友之一。他戴着厚厚的眼镜，有着一头他自己讨厌的红发和一激动起来就会哑掉的嗓子。我本来不知道他还活着，有天走在东百老汇街上，我忽然听到他的声音，转身一看，他背对着我，站在杂货店门口，正在询问某种水果的价钱，我心想：你又产生幻觉了，你老做白日梦，你怎么可能碰到小时候的朋友？我呆站在人行道上，告诉自己他已入土为安：你人在美国，眼前有家麦当劳，控制一下自己吧。我等了等，只想确定一下。我不可能认得出他，但是嘛，他走路的模样绝对错不了。他快要走过我身旁了，我伸出手臂。我不知道自己在做什么，说不定真的是我的幻觉。我捉住他的袖子。布鲁诺，我说。他停下来转身，刚开始似乎吓了一跳，然后一脸困惑。布鲁诺。他看着我，眼中逐渐充满泪水。我捉住他的另一只手，这下我捉住了一只衣袖和一只手。布鲁诺。他开始颤抖，伸手摸摸我的脸颊。我们站在人行道中央，行人匆匆而过，那是一个温暖的六月天。他的头发稀疏灰白，手中的水果掉落在地。布鲁诺。

两年之后，他太太过世了。他们公寓里的每样东西都让他想起她，少了她，他没办法再住下去，所以当我楼上有套公寓空出来时，他搬了进来。我们时常坐在我餐桌旁，整个下午说不定不讲半句话。就算真的聊起来，我们也从来不说意第绪语。我们小时候用的语言已变得陌生，我们没办法像以前一样使用它，所以决定干脆不用。生命勒令我们使用新的语言。

布鲁诺，我最忠实的老友，我还没好好描述他呢。光说"找不到语句形容他"，这样就够了吗？不，我总得试试看，就算形容不当，也比试都不试强。你那头柔软的白发轻轻贴着头皮晃动,好像半开的蒲公英。好多次啰,布鲁诺,我真想吹吹你的头,许个心愿,幸好我还仅存一丝规矩,所以才没有动手。或许我该先说说你的身高,你长得很矮,平常几乎还不到我的胸部;或者我该先说说那副你从箱子里翻出的眼镜,你坚称是你的。眼镜的镜片又圆又大,你的眼睛也跟着变大,脸上的表情好像永远受到四点五级地震的惊吓。布鲁诺,那是一副女人的眼镜啊!尽管我试了好多次,终归还是不忍心告诉你。还有另一件事——我们小时候,你的文笔比我好,那时我太高傲,没有跟你说,但我始终很清楚,请相信我:我当年就知道,现在也知道。一想到我从未告诉你,我心里就难过;一想到你可能错过的所有成就,我也感到伤心。请原谅我,布鲁诺,我最亲爱的老友。我始终说不出你的好,在我生命走到尽头之时,你这样陪伴着我,你,尤其是你,说不定找得出语句描述这一切。

很久以前,有次我发现布鲁诺躺在客厅中央,身旁有个空药瓶;他受够了,只想永远沉睡。他胸口贴了一张纸条,纸条上写了几个字:再见,我亲爱的大家。我大喊:不,布鲁诺,不、不、不、不、不、不、不!我猛拍他的脸,最后他终于颤动着睁开双眼,眼神空洞而呆滞。醒过来,你这个大笨蛋!我大喊,听我说,你一定得醒过来!他又慢慢闭上眼睛。我打电话叫救护车,然后盛了一盆冷水,往他身上泼,把耳朵贴在他胸口。远处依稀一阵骚动,救护车来了。医院里的人帮他洗胃。你为什么吞了那堆药片?医生问道。病恹恹、精疲力竭的布鲁诺冷冷抬眼:你想我为什么吞了那堆药片?他尖声说。康复室变得寂静无声,每个人都瞪着他。布鲁诺呻吟了一声,朝着墙壁转身。那天晚上,我扶他上床,唤他:布鲁诺。真对不起,他说,我真自私。我叹了口气,转身离去。留下来陪我!他哭喊。

在那之后,我们再未提起此事,正如我们从来不谈童年、曾经共享却失落的梦想以及所有曾经发生和没有发生的事。有次我们默默坐着,忽然之间,其中一人开始大笑,另一个人也跟着笑。我们笑得毫无理由,但我们吃吃笑,笑得在椅子上猛力摇晃、放声狂笑,笑得发出号叫、泪水流下脸颊。我胯下潮湿之处逐渐扩散，这让我们笑得更厉害。我猛拍桌子，挣扎着呼吸，心想：说不定我就这么走了，在狂笑中过世，还有什么比这样更好？——又笑又哭，又笑又唱，笑得让我忘记自己孤苦伶仃，生命已到尽头，死神正在门外等着我。

我小时候喜欢写东西，这辈子只想当个作家。我塑造了假想人物，笔记本里写满了他们的故事。我写了有个男孩长大之后全身毛茸茸，毛发多到人们为了他的皮毛而追捕他，他不得不躲到树上，而且爱上一只自以为是三百磅大猩猩的小鸟。我还写了一对连体婴的故事，其中一人爱上了我，我以为那些性爱场景极具原创性。不过嘛，年纪稍长之后，我决定成为一个真正的作家，我试着写些真实的事情，我要描述世界，因为活在一个未被描述的世界太孤寂了。满二十一岁之前，我写了三本书，谁知道它们的下场如何。第一本是关于我居住的小镇斯洛尼姆，这个小镇有时属于波兰，有时隶属俄罗斯。我画了一张斯洛尼姆的地图，当作全书最前面的插画，标注出房屋和商店——这里是屠夫基普尼斯的家；这里住了裁缝格列斯基；这里住了费舍尔·夏普洛，此人若非"义人"①，就是个大白痴，没人能够判定；这里是我们玩耍的广场和田野；河流从这里变宽，从这里变窄，森林由这里展开；这里是贝拉·亚许上吊的那棵树，这里是……这里是……不过，当我把书拿给全镇我唯一在乎怎么想的那人看时，她只是耸耸肩，说她更喜欢我编故事。于是我写了第二本书，全书纯属虚构，书中尽是长了翅膀的男子、树根朝天空生长的大树、忘了自己姓名的人，以及什么都忘不了的人；我甚至自己造字。写完之后，我一路跑到她家，冲过大门，奔上楼梯，把书交给全镇我唯一在乎怎么想的那人。她阅读之时，我靠着墙，看着她的脸庞。外面愈来愈暗，但她继续阅读；好几小时之后，我滑坐到地上，她依然读了又读。读完之后，她抬起头来，久久不置一词，然后她说或许我不该编造每一件事，因为这样让人很难相信任何事情。

---

① tzaddik，也作 zaddik，指有道德的仁人志士、品行端正之人，或是犹太教虔诚派领袖。

换作另一个人可能放弃，但我重新开始，这次我不写真实事件，也不写杜撰故事，我写我唯一知道的事情。纸张愈摞愈高，即使我唯一在乎怎么想的那人搭船前往美国，我依然继续在纸上写满她的名字。

她离开之后，一切分崩离析，所有犹太人都面临险境，大家谣传种种令人想不通的事，因为想不通，所以我们也不相信事情真的会发生，直到我们走投无路，一切已经太迟。那时我在明斯克工作，但我丢了差事，返回斯洛尼姆的家中。德军东进，愈逼愈近。大伙听到坦克车逼近的那一天，母亲叫我躲到树林里，我想带着年仅十三岁的小弟一起走，但她说她会自己带他去。我为什么听信她的话呢？因为这样更容易吗？我跑到树林里，直挺挺躺在地上。狗群在远处猛吠，好久之后，远处传来枪声，好多、好多起枪响。不知道为什么，没有传来人的惊喊，说不定是我听不见他们的尖叫。后来，只剩下一片沉寂。我全身发麻，还记得尝到嘴里的血。不知道过了多久，或许时隔多日，但我从未回头。再度起身时，我已经舍弃心中唯一的文学因子，我再也找不出词语，即使是生命最单纯的事件，我也无言以对。

不过嘛。

心脏病发作的两个月之后，也就是我放弃文字五十七年之后，我又开始写作。我只为自己而写，不为其他人，两者的差别在于我找不找得到词语都无所谓，更何况我知道根本不可能找得到合适的词语。因为我接受了这个一度认为可能、其实是办不到的事实，因为我知道我永远不会把作品给任何人看，所以我写出了一个句子：

很久以前有个男孩。

句子停留在那里，整张白纸就这么一句话，直挺挺地瞪了我好一阵子。隔了一星期，我加上另一个句子，不久就写满了一张纸。这让我相当开心，好像大声跟自己说话，而我有时也这么做。

有次我跟布鲁诺说：猜猜看，你觉得我已经写了几页？

我哪知道，他说。

写个数字，我说，把它悄悄从桌子那边递过来。他耸耸肩，从口袋里掏出一支笔,仔细端详我的脸,想了一两分钟。猜个大概就好,我说。他低头望着餐巾纸,草草写下一个数字,然后把纸翻过来。我在我的餐巾纸上写下"301"这个标准答案。我们各自把餐巾纸推过桌面,我拿起布鲁诺的那一张。不知怎么的,他写下"200,000",着实令人想不通。他拿起我的餐巾纸,翻过来,脸色随之一变。

我有时觉得,我这本书的最后一章,和我这辈子的最后一页是同一回事。我也相信,书一完成,我的生命也走到尽头。那时,一阵大风将横扫我的房间,带走片片纸张,等风吹散所有飘扬的纸,屋内一片沉寂,我坐的那张椅子空空荡荡。

每天早上,我多写一点点。三百零一页,这可不是小事儿。写到告一段落,我偶尔会去看场电影。对我而言,看电影一直是件大事,说不定我会买份爆米花,如果附近有人注意我,我就把爆米花撒一地。我喜欢坐在前排,我喜欢眼中所见整片都是银幕,这样一来,在这一刻,没有任何事情会让我分心,我也希望此刻延续到永恒。抬着头,看着银幕上巨大的景物,这种快乐实在难以形容,甚至可以说,这种快乐比生命更宏大①。但我向来不了解这个措辞,什么会比生命更宏大?坐在前排,抬头看着两层楼高的美女脸庞,感受到她颤动的声音摩擦着腿际,这就让人想到生命的宏大,所以我才坐在前排。离开电影院时,我若脖子僵硬,隐约有点勃起,那个座位就是个好位子。我不是个龌龊的男人,我只是一个希望跟生命一样宏大的男人。

书里有些段落,我熟知在心。

在心,我可不轻易用这个措辞。

我的心脏虚弱而不可靠,哪天我若走了,一定是心脏出了问题。我设法尽量减轻心脏负担,万一某事将产生冲击,我就把它转移到其他器官。比方说我的胆,或是肺,它们或许片刻失灵,但目前为止总会继续运作。当我走过镜子前,瞥见自己的身影,或是坐在公交车站,有些小孩从我后面跑过来说:谁闻起来像大便啊?——一般而

---

① 原文为 larger than life,通常译为"超凡的",此处因对照前后文情境,以字面意义翻译。

言，我让肝脏承受这些每天小小的羞辱，其他器官则承担另外一些痛苦。我把失去一切的伤痛保留给胰脏。没错，胰脏是那么小，我失去的却是那么多，但是，胰脏的承受力让人吃惊，我只感到一记快速的刺痛，然后就过去了。有时我想象自己的解剖报告——右肾脏承担了我对自己的失望，左肾脏承担了别人对我的失望，肠子承担了个人的种种失败。我无意让大家认为我已经琢磨出一番真理，我还没想得很清楚，只是想到哪里，说到哪里。我注意到某些模式，例如，当时光倒流，黑夜在我还没准备好时就降临，我解释不出为什么，但手腕就感到不对劲。还有，当我醒过来，手指僵硬，我几乎可以确定梦见了童年——那片我们曾经玩耍的田野，那片我们发现了一切、凡事都有可能的田野（我们跑得好急，感觉几乎快要吐血；对我而言，急速的呼吸声、鞋子刮过坚硬泥土地的声音，正是童年的声响）。僵硬的手指代表梦见童年，而在即将走到生命尽头之际，童年再度浮上心头。我不得不用热水冲冲手指，蒸汽弥漫镜面，鸽子在屋外飒飒作响。昨天，我看到一个男人踢一条狗，我感到双眼后方有点不对劲，我说不出是哪个部位，就说是泪水前方之处吧。脊椎承担了忘却之苦，脊椎也承担了记忆之苦。我老是忽然想到我父母已经过世，即使是现在，一想到我还活在世上，赋予我生命的人却已不存在，我依然深感惊讶——我让膝盖承受这种感受，而我得用半管治疗肌肉酸痛的药膏，还得费好大的劲，膝盖才弯得起来。凡事都有定期，最后一切终为虚空，但每次醒来，我都一时误以为有个人在我身旁沉睡，这种痛苦，就当它是痔疮之痛吧。至于寂寞，没有一种器官承受得了。

每天早晨，多一点点。

很久以前有个男孩。他住在一个再也不存在的村庄中，他的住处是一栋再也不存在的屋子，住处位于一片再也不存在的田野旁。田野中，什么东西都找得到，什么事情都有可能——一根木棍可能是一支箭，一块圆石可能是一颗钻石，一棵树可能是座城堡。

很久以前有个男孩，他住在一个再也不存在的女孩家的对面，两家隔着一片田野。他们编出上千种游戏，她是王后，他是国王。秋光中，她的秀发如王冠般闪烁。他们把世界聚集在小手之中，天空变暗时，他们说声再见，发间顶着叶子回家。

很久以前有个男孩，他爱上一个女孩，她的笑声是他愿意花一辈子来回答的问题。两人十岁时，他跟她求婚；两人十一岁时，他第一次吻了她；两人十三岁时，他们吵了一架，三个礼拜没说话；两人十五岁时，她把左乳上的一道疤痕给他看。他们的爱情是个没跟任何人提起的秘密，他承诺在他有生之年，绝对不会爱上别的女孩。如果我死了呢？她问。我还是不会，他说。她十六岁生日时，他送她一本英文字典当作生日礼物，两人一起学习英文单词。这是什么？他边问，边用食指绕着她的脚踝画圈圈，她便查查字典。这又是什么？他边问，边亲吻她的手肘。手肘！那是哪门子的单词？然后他舔舔她的手肘，惹得她咯咯笑。这个呢？他边问，边碰碰她耳后柔软的肌肤。我不知道，她说着关掉手电筒，叹口气转身到一旁。两人十七岁时，他们在谷仓的稻草床上第一次做爱。日后（当发生了他们再怎样也想象不到的事情之后），她写了封信给他，信上说：你什么时候才会明白，没有一个能够述说一切的字眼？

很久以前有个男孩，他心爱女孩的父亲够有能耐，费尽心力凑足了钱，把最小的女儿送去美国。刚开始她拒绝离开，但男孩也够明事理，坚持她非去不可，他以性命担保他会存钱，想办法跟随她，所以她离开了。他在离家最近的城市觅得一职，在医院里当清洁工，晚上熬夜写书。他寄信给她，还以细小的字迹抄录书中的十一章，附在信里寄过去，但他甚至不确定信件能否寄到她手中。他尽可能省下所有的钱，某天却遭到解聘，没人告诉他为什么。他回到老家。一九四一年夏天，德军的"特别行动队"步步往东深入，杀了成百上千的犹太人。在一个晴朗炎热的七月天，德军直入斯洛尼姆，在那个时辰，男孩刚好躺在树林中，想念着女孩，你可以说他对女孩的爱救了他一命。自此之后的多年，男孩变成一个无影无形的男人，就这样，他逃过了死亡。

很久以前有个男人，变得无影无形的他来到了美国。三年半来，他大多躲在林间，但也藏身在地下室和洞穴之中。然后战争结束，俄国坦克车隆隆而来。他在难民营里待了六个月，后来联络上在美国当锁匠的一个表哥。他默默不断练习仅知的几个英文单词：膝盖、手肘、耳朵。最后他的文件终于得到批准，他坐火车去搭船，一星期之后，抵达纽约的港口。那是个冷冽的十一月天，他手里握着女孩的地址。那天晚上，他躺在表哥家的地板上没有合眼，立式暖炉铿锵作响、嘶嘶低鸣，但他庆幸房里很温暖。隔天早上，表哥跟他解释了三遍怎样搭地铁到布鲁克林。他买了一束玫瑰，但尽管表哥解释了三遍，他还是迷了路，玫瑰也因而枯萎。最后他终于找到那个地方，手指按上电铃时，他才忽然想到说不定应该先打个电话过来。她开门，发上披着一条蓝色的围巾。透过邻居家的墙壁，他听得见球赛转播。

很久以前有个女人，女人还是个女孩时搭船前往美国，一路吐个不停，这不是因为她晕船，而是因为她有了身孕。发现自己怀孕时，她写信给男孩，每天等待他的回信，却一封也没等到。肚子愈来愈大，她试图掩藏，这样才不会失去在成衣工厂的工作。宝宝出生的几星期前，她听到某人说他们大肆屠杀在波兰的犹太人。哪里？她问，但没人知道确切地点。她不去上班，也实在不想起床，一星期之后，她老板的儿子过来看她，带东西给她吃，在她床边摆上一盆花。当察觉到她怀孕时，他打电话请来产婆，一个小男孩来到世上。有一天，女孩在床上坐起来，看到她老板的儿子在日光中轻摇她的婴孩。几个月之后，她同意嫁给他，两年之后，他们有了另一个孩子。

变得无影无形的男人站在她的客厅里，聆听这一切。他二十五岁了，自从上次见到她之后，他已经变了好多。此时，他的某一部分想狠狠地、冷冷地大笑。她给他一张小男孩的照片，男孩现已五岁。她的手在发抖，说：你没再写信给我，我以为你死了。他看着男孩的照片，男孩长大之后会像他，虽然男人那时还不知道，但男孩以后会上大学、谈恋爱、失恋、成为一个有名的作家。他叫什么名字？他问。她说：我叫他伊萨克。他瞪着照片，他们沉默地站了好久，最后他终于说出三个字：跟我走。街尾传来孩童的喊叫声，她紧紧闭上双眼。

跟我走,他边说,边伸出他的手,眼泪从她的脸颊滑落。他问了她三遍,她摇摇头,我不能,她说,低头看着地板。拜托,她说。于是,他做出了这辈子最困难的一件事:他拿起帽子,转身离去。

这个男人年少之时曾经立下誓言,保证自己有生之年再也不会爱上别的女人,如果男人信守承诺,这并非因为他顽固,甚至忠贞,而是因为他就是不能。他曾躲藏了三年半,如今,隐藏起对这个不知他存在的儿子的爱,似乎也不是不可能,更何况他唯一爱过的女人要求他这么做。毕竟,对一个已经完全无影无形的男人而言,再多隐藏一件事算得了什么?

• • •

到绘画班担任模特的前一晚,我又紧张又兴奋。我解开衬衫纽扣,脱下衬衫,然后松开裤子扣环,脱下裤子,内衣和内裤随之落下。我穿着袜子站在走道的镜子前,我听得见小孩子在街对面的操场大喊大叫。灯泡的细绳就在我的上方,但我没有拉扯开关,而是在仅存的日光中站着看自己;我从来不认为自己是个美男子。

年幼时,母亲和阿姨们曾说我长大之后会变得英俊潇洒,这表示我小时候的长相显然一无可取,但我曾相信日后终会有所改进。我不知道自己当时怎么想的,难道我以为这对外突、怪异的招风耳会缩回去?难道不知怎么的,我的头会变个样子,刚好配上这对耳朵吗?我这头摸起来像马桶刷的头发,假以时日,难不成会变个模样、闪耀出光泽?还有我这张脸,眼睑沉重得好像蛙眼,嘴唇薄得好像一条线,如此抱歉的长相,难道有一天会改头换面,变得比较不令人遗憾吗?多年以来,我早上起来,充满希望地站到镜子前面,即使年纪大到不该继续梦想,我依然怀着希望。随着年岁增长,我的情况却不见改善,如果非要说有什么变化,那就是进入青春期之后反而走向下坡,孩童都有的可爱模样也离我远去。我成年礼的那一年,青春痘猛然来袭,一待待了四年,但我依然怀着希望。青春痘消失之后,我的发际线愈来愈往后移,好像想跟我这张令人抱歉的脸划清界限。我的耳朵饱受大家注意之后，似乎变得愈来愈招风。我的眼睑更下垂（某些肌肉总得支撑那对招风耳），眉毛则肆意生长，有一小段时间看起来跟一般人差不多，后来却超越正常标准，愈来愈像穴居野人。多年以来，我不断希望情况会改观，但当我注视镜中的身影，看到的却始终是这副模样，也从未把自己错以为是其他人。久而久之，我愈来愈不去想这回事，然后几乎不想。不过嘛，一小部分的我依然从未放弃希望，即使现今依然有些时候，我站在镜子前面，手里握着发皱的鸡巴，心中相信自己终究会变成一个美男子。

九月十九日，绘画班上课的那天早上，我兴奋地起床，更衣打扮，吃了一条帮助通便的高纤棒当作早餐，然后走到洗手间里，满心企盼地等候。过了半小时，什么也没排出来，但我依然保持乐观，后来终于排出一串串粪便。我满怀希望地等着排出更多。我常想，我很可能坐在马桶上死掉，裤子还滑落在脚踝边，毕竟，我花了好多时间坐在马桶上。这又引发另一个问题：谁会是第一个发现我死了的人？

我擦个澡，穿上衣服。白天过得好慢，我尽量耐心等候，后来等得受不了，我就搭公交车跨越市区。那张分类广告被我折成一个方块，放在口袋里，即使已将地址熟记在心，我依然把它掏出来看了好几次。我花了一些时间才找到确切地点，刚开始还以为自己弄错了。原来之前我就经过了那栋建筑物三次，最后才发现就是此处。那是一座老旧的仓库，大门生锈，被一个纸箱挡着没关上。一时之间，我想象自己被骗到这里，东西被抢走，就此一命呜呼，我还想象自己的尸体倒卧在一摊鲜血中。

天空愈来愈暗，而且开始下雨。我真庆幸感觉得到风吹在身上、雨滴打在脸上，想到自己还能多活一会儿，实在万幸。我站在那里，无法向前，也无法掉头，最后我听到里面传来笑声，心想：你看吧，你实在太可笑了。我正想伸手拉门把，大门就被推开，有个女孩走了出来，身上穿着一件过大的毛衣，她拉拉衣袖，手臂纤细而苍白。你需要帮忙吗？她问。她毛衣上有些小洞，毛衣垂到膝上，盖住了裙子，虽然天气很冷，但她的双腿光溜溜的。我在找一个绘画班，报上有个分类广告，说不定我找错地方了……我在外套口袋里胡乱搜索那张广告。她指指楼上，二楼，右边的第一个房间，但是还有一小时才上课。我抬头看看这栋建筑物。我想我说不定会迷路，所以来早了，我说。她在发抖，我脱下雨衣，来，把这个穿上，你会生病的。她耸耸肩，但没有伸过手来拿雨衣。我伸长手臂，最后才发现她显然无意接过雨衣。

我没有多说什么，楼梯就在前面，所以我爬上楼梯，一颗心怦怦直跳。我考虑要不要掉头走过女孩身旁，穿过满地垃圾的街道，回我的公寓去，家里还有事情等着办。我以为自己脱下衬衫、褪下长裤、赤裸裸地站在大家面前，大家不会把脸转开吗？我是哪门子笨蛋啊？难不成他们会仔细观察我青筋密布的双腿、毛茸茸又皱巴巴的睾丸，然后……然后开始素描吗？不过，我没有掉头离开。我扶着把手，爬上楼梯。可以听到雨滴打在天窗，迷蒙的光线透过天窗而入。楼上有个走廊，左手边的房间里有个男人正在创作一幅巨大的油画。右手边的房间里空无一人，房里有个盖着黑色绒布的木块，还有些胡乱摆成一圈的折叠椅和画架，我走进去，坐下来等候。

半小时之后，人们开始慢慢晃进来，有个女人问我是谁。我看了广告才来的，我告诉她，我打了电话，也跟某个人讲过话。她似乎明白我在说什么，令我松了一口气。她跟我说到哪里换衣服。房间的一角有个临时挂上去的布帘，我站过去，她绕着我拉上布帘，我听到她走开，而我依然站在原地。过了一分钟，我脱下鞋子，把它们整齐排好，又脱下袜子，放进鞋里。我解开衬衫纽扣，脱下衬衫，旁边有个衣架，所以我把衬衫挂起来。我听到椅子摩擦地板，接着传来笑声。忽然间，我不在乎是不是让人看见；我好想抓起鞋子，溜出房间，走下楼梯，离开这里。不过嘛，我还是拉开裤子拉链，然后我忽然想到："裸体"究竟是什么意思？

他们真的要我脱下内裤吗？我仔细思量，如果他们要我穿着内裤，我却摇晃着那话儿走出去，那该怎么办？我伸手到长裤口袋里拿出广告。**裸体模特**，广告上说。别这么白痴，我告诉自己，这些人不是业余角色。女人走回来时,我的内裤已褪落到膝盖,你在里面还好吗?有人打开窗户,一辆汽车在雨中溅水而过。很好,很好,我一会儿就出来。我低头看看,地上有一小块污点。我的肠胃啊!它们总是令我作呕。我从地上的内裤里跨出来,把它卷成一团。

我心想:说不定我终究是到这里来送命。我以前不是从来没见过仓库吗?说不定这些人就是所谓的天使。外面那个女孩,没错,她如此苍白,我怎么没注意到呢?我站着不动,开始觉得好冷。我心想:嗯,死神就是这样来迎接你,让你赤裸地死在废弃的仓库里。明天,布鲁诺会下楼敲我的门,没人会出来开门喽。请原谅我,布鲁诺,我真想跟你说再见;对不起,我只写了这么几页,让你失望了。然后我想到我的书,谁会发现它?它会跟着我的其他东西被丢掉吗?虽然我一直是为了自己而写,但说真的,我依然希望有人能读它。

我闭上双眼,深深吸口气。谁会清洗我的身体?谁会帮我念诵悼词?我想到母亲的双手。我拉开布帘,一颗心跳到喉头。我走向前,在灯光下眯起眼睛,站到他们面前。

我向来不是一个野心勃勃的男人。

我太容易哭泣。

我没有科学头脑。

我经常说不出话来。

其他人祷告时,我仅动动嘴唇。

麻烦你。

刚才告诉我在哪里换衣服的女人,指指那个盖着绒布的木块。

站上去。

我走过房间,房里或许有十二个人,大伙握着画本坐在椅子上,穿着大毛衣的女孩也在那里。

随便摆个你觉得舒服的姿势。

我不知道该面向何方。大伙围成一圈,不管我怎么坐,有人总会面对我的屁股。我决定保持原状,任凭手臂垂到身体两侧,专心看着地上的一点。大伙举起铅笔。

啥事也没发生，我反而感觉到脚板下绒滑的布料、手臂上的毛发竖起、手指像十个小铅块一样把我往下拉。我感觉我的身体在十二双眼睛的注视下苏醒，我抬起头来。

试着保持静止，女人说。

我盯着水泥地上的裂缝，可以听到他们的铅笔在纸上移动。我想笑一笑。我的身体已经开始不听话，双膝开始颤抖，背部肌肉紧绷，但我不在乎。若有必要，我会站上一整天。十五、二十分钟过去了，然后女人说：我们何不休息几分钟，然后再从另一个姿势着手？

我坐着，我站着，轮流交替，这样一来，那些没看到我屁股的人就得以一窥。画纸换页，继续下去，我不知道过了多久，一度还以为自己会昏倒。我感到阵阵发麻，眼睛痛得湿润。

不知怎么的，我已经穿回自己的衣服。我找不到内裤，也累得没力气找。我紧握着扶手，慢慢走下楼梯。女人跟着我下楼，等等，你忘了拿十五美金，她说。我接过钱，把钱放进口袋时，我摸到了卷成一团的内裤。谢谢你，我真心诚意地说。我很累，但非常快乐。

我想说些什么……我曾试着宽宏大量，不过嘛，我这辈子有好些年受制于怒气，让我变得龌龊不堪。愤怒引发某种快感，我刻意相迎，它站在身外，而我请它进来。我对着世界臭脸，世界也给我脸色看，我们被困在对彼此的怨恨与鄙视之中。我曾经当着人的面用力甩门。我高兴在哪里放屁，就在哪里放屁。我也曾经手中握着硬币，却指控收银员少找我一分钱。有一天，我忽然领悟自己快变成对鸽子下毒的蠢蛋，人们为了躲避我而走到街对面，我成了一个人瘤。但是说真的，其实我没有那么生气，最起码已不再愤怒。好久以前，我就已把怒气留在某处。我把它摆在公园板凳上，转身离去。不过嘛，我已经气了好久，不知道还能怎么过日子。有一天，我醒来，对自己说：还不太迟。刚开始的几天很奇怪，我得在镜子前面练习微笑，但我终究重展欢颜。我仿佛卸下了肩头的重担。我放手，某些事情也松手放我走。两个月之后，我找到了布鲁诺。

从绘画班回到家里时，我看到布鲁诺在门上留了一张纸条：你到哪儿去了？我累得没办法走到楼上跟他讲。屋里一片漆黑，我拉拉走道上的灯泡开关，看到自己在镜中的身影：我仅存的头发像波浪的浪头一样竖立在脑后，脸上都是皱纹，好像久被遗留在雨中的某样物品。我和衣一头倒在床上，只少穿了条内裤。过了半夜，电话声大作，我迷迷糊糊从梦中醒来，梦里我正在教弟弟约瑟夫怎样撒尿撒成弧形。有时我会做噩梦，但这不是噩梦——我们在树林里，寒风划过我们的屁股，雪地上升起热气，约瑟夫微笑着转向我。他是个漂亮的小男孩，有着一头金发和灰色的双眼，灰得好像阴天中的大海；或是好像我跟他一样大时在镇上看到的大象，大象明明站在朦胧的日光下，事后却没人记得见过它。况且，因为大家想不通一头大象怎么可能来到斯洛尼姆，所以没人相信我，但我真的看到了它。

　　远处传来警笛声，弟弟正要开口说话，梦就被打断了。我在一片漆黑的房间里醒来，雨水噼噼啪啪打在玻璃窗上，电话仍响着。一定是布鲁诺，如果不是担心他会打电话报警，我八成要置之不理。他为什么不像平常一样，用拐杖敲敲立式暖炉呢？敲三下表示你活着吗？敲两下表示是的，敲一下表示不是。我们只在晚上敲打，白天噪音太多，而且也不见得准确，因为布鲁诺经常戴着随身听睡着。

　　我丢开被子，蹒跚着走过地板，还撞上了桌脚。哈啰？我对着听筒大喊，但没声音。我挂上电话，走到厨房，从橱柜里拿出一个玻璃杯。自来水在水管中咕咕响，忽然大量流出，水花四溅。我灌下一些水，然后想起我的植物。它跟了我几乎十年，虽然只有一息尚存，但还是活着；植物枯黄的部分多于青绿，有些地方已经枯萎，但还是活着，而且跟平常一样朝左倾斜。尽管我帮它变换位置，让那些阳光曾照到的部分换到荫处，但它依然固执地向左倾斜，似乎决定违抗自然需求，照自己的意愿生长。我把剩余的水灌到盆里。欣欣向荣究竟是什么意思？

　　过了一会儿，电话再度响起。好啦，好啦，我边说边拿起话筒，你不必吵醒整栋楼的人。电话的另一头一片沉默，我问：布鲁诺？

　　请问是利奥波德·古尔斯基先生吗？

我以为某人想卖东西给我，他们总是打电话来推销东西。有一次他们说，如果我寄张九十九美金的支票过去，就可以等着拿张信用卡。我说：是，当然，我如果站到一只鸽子下面，就可以等着被撒一头屎呢。

但对方说他不推销任何东西，他把自己锁在家门外，于是打电话到查号台找个锁匠。我跟他说我已经退休了。男人迟疑了一会儿，似乎不相信自己运气这么差。他已经打电话给其他三个人，但都没人接电话。外面雨下得很大，他说。

你不能在其他地方待一晚吗？早上找人开锁就容易多了，锁匠多得很。

不行，他说。

好吧，我的意思是说，如果太麻烦……他开口，然后又停住，等着我说话，我不置一词。唉，好吧，我听得出他的失望，很抱歉打扰你。

不过他没有挂掉电话，我也没有。我心中充满罪恶感，我想：我哪需要睡眠？明天，说不定后天，我多的是时间可以睡觉。

好吧，好吧，我说。其实我依然不想答应，我得翻箱倒柜找出工具，在稻草堆里找一根针，或是在波兰寻获一个犹太人还更容易一些呢。等一等，好吗？让我找支笔。

他说了一个远在上城的地址，我挂了电话之后才想到，在这个时候等公交车得等很久。我在厨房抽屉里有张"金星出租车行"的名片，我从没叫过车子，但是嘛，你哪料得到。我打电话叫车，然后在玄关的柜子里翻找工具箱，结果反而找到装了一堆旧眼镜的盒子。谁知道这几副眼镜打哪里来？说不定有人在街上卖眼镜，顺便还卖些不成套的瓷器和一个缺了头的洋娃娃。我偶尔会试戴一副，有次我戴着一副女人看书戴的眼镜煎蛋卷，结果煎出一个巨大的蛋卷，大得自己看了都害怕。我在盒子里东翻西找，翻拣出其中一副，肉色的镜框是正方形的，镜片有一厘米厚。我戴上眼镜，感觉地板忽然下陷，我试着往前走，地板又忽然上扬。我跌跌撞撞走向玄关的镜子，拉近眼镜调整焦距，但误判距离，一头撞上镜子。对讲机响了。唉，大家总是选在你正狼狈不堪的时候上门！我马上下去，我对着对讲机大喊。我拿下眼镜，赫然发现工具箱就在面前。我抚过陈旧的箱面，从地板上一把抓起雨衣，对着镜子顺顺头发，然后走出家门。布鲁诺的纸条还贴在门上，我把它捏成一团塞进口袋里。

一辆黑色豪华加长轿车停在街上，雨水在车灯灯光中滴落，除此之外，街上只有几辆空车停在角落。我正要掉头走回去，轿车司机摇下车窗叫我的名字，他头上绕着一条紫色的头巾。我走向车窗，你弄错了，我说，我叫了出租车。

好，他说。

但这是一辆豪华轿车，我提醒他。

好，他重复一次，挥挥手示意我上车。

我没办法多付钱。

紫色头巾上下晃动。他说：赶快上车吧，免得被雨淋湿。

我弯下身子上车，车内是皮质座椅，餐具架旁摆了两个水晶酒瓶，空间比我想象中宽敞。前座传来充满异国情调的轻音乐，雨刷规律地轻轻摇摆，坐在后方的我几乎听不到任何声响。他将车子掉头开向大街，我们驶入黑夜，交通灯在一摊摊积水中闪烁着艳红的光彩。我打开一个酒瓶，但瓶里是空的。还有一个装了薄荷糖的小瓶子，我抓了一大把糖，塞满两边口袋。低头一看，发现自己裤子的拉链没拉上。

我坐直身子，清清喉咙。

各位女士先生，谢谢大家的耐心，我会尽量简短。老实讲，我非常震惊，真的，我正猛掐自己呢。"金星终身成就奖"，我做梦也想不到自己会得到这个殊荣，我简直说不出话来……真是如此吗？不过嘛，没错，所有迹象都显示是个终身奖。

我们慢慢驶过市区，我曾徒步走过这些地区。基于工作所需，我到过市区的各个角落，甚至连布鲁克林都有人认识我。我曾帮保守的哈西德犹太教徒开锁，也帮过黑人的忙。有时我只是走着好玩，说不定整个星期天就光走路了。多年以前,我有次走到植物园门口,于是进去看看樱桃树。我买了一些小饼干,看着那些肥胖、懒惰的金鱼在池塘里游泳。有对新人在一棵树下拍结婚照,白色的花瓣纷纷飘落,新人看来仿佛置身白雪之中。我找到路,来到热带温室,温室里是另一个世界,室内温暖潮湿,仿佛人们做爱时的气息被困在里头。我用手指在玻璃上写下:利奥·古尔斯基。

轿车停了下来,我把脸贴在车窗上。哪一家?司机指指一栋连栋楼房,楼房外观优雅,石阶通上大门,砖石上雕着叶片。十七美金,司机说。我在口袋里搜寻皮夹,嗯,不在这里,另一个口袋吧。口袋里有布鲁诺的纸条和先前卷成一团的内裤,但是没有皮夹。我摸摸雨衣的两个口袋,没有,没有,我一定在匆忙中把皮夹留在了家里。然后我想到绘画班的酬金,我在一堆薄荷糖、纸条和内裤中翻了半天,终于找到那笔钱。对不起,我说,真是不好意思,我身上只有十五块钱。我必须承认我很不情愿放弃这几张钞票,倒不是因为这些是辛苦钱,而是因为它们夹带着某种甘苦参半的情绪。经过短暂的犹豫之后,紫色头巾上下晃动,钱也被收下。

有个男人站在门口,他当然没想到我会搭轿车过来,也没想到我会像个专为明星服务的开锁大师一样下车。我觉得有些丢脸,很想跟他解释,请相信我,我从来不会错以为自己是个大人物。但雨依然下得很大,我想他更需要我的服务,而不是听我解释怎么来到这里。他的头发被雨淋得贴在头上,连谢了我三次。没什么,我说。不过嘛,我知道自己差点拒绝他。

这个锁不好开,男人握着我的手电筒站在一旁,雨水从我颈背上滑落,我感觉到好多事情都有赖于我能否打开那个锁。时间一分分过去,我试了不成,再试一次,还是不成,最后终于心跳开始加速。我转动门把,大门缓缓应声而开。

我们全身滴着水站在门口,他脱下鞋子,于是我也脱下鞋子。他又谢了我一次,然后走进去换上干衣服,打电话帮我叫车。我试图婉拒,说我可以搭公交车或到街上叫辆出租车,但他说外面还下着雨,不肯听我说。他把我留在客厅,我随意晃到饭厅,从这里我瞥见旁边有一屋子的书。除了图书馆之外,我从来没见过一个地方摆了这么多书,我走了进去。

我喜欢阅读,每个月都到附近的图书馆分馆挑本小说,也顺便帮布鲁诺挑本有声书。他刚开始半信半疑,我要这个东西做什么?他边说边看着一套《安娜·卡列尼娜》的磁带,好像我交给了他一个灌肠器。不过嘛,一两天之后,我照例蹲马桶时,楼上忽然传来巨响:幸福的家庭家家相似①,我当场差点抓狂。在那之后,他聆听我帮他借的每本有声书,而且把音量开到最大,听完了就不予置评地还给我。有天下午,我从图书馆借回来《尤里西斯》,隔天早上我上厕所时,楼上忽然传来巨响:体态丰满、风度翩翩的勃克·穆利根从楼梯口出现②。接下来他整整听了一个月。他听不太懂的时候就习惯性地按下停止键,倒转重听。可视事物无可避免的形式:至少是对可视事物,通过我的眼睛认知。暂停,倒转。可视事物的。暂停,倒转。无可避免的形式。暂停。无可避免的。有声书快到期时,他说要续借,那时我早已经受够了他的暂停和重放,所以我到电器行帮他买了一个随身听,现在他把随身听挂在皮带上,我认为他只是喜欢听爱尔兰腔调。

我忙着检视男人架上的藏书,习惯性地看看有没有我儿子伊萨克的作品。当然有,而且不止一本。架上有四本,我用手指轻轻抚过书脊,最后停在《玻璃屋》,把它从书架上拿下来。这本短篇小说集文字隽永,我不知道已经读了多少次。我最喜欢与书名同名的那篇故事,其实我全都喜欢,但那一篇尤其精彩。不只精彩,而且跟其他各篇都不同。故事很短,但我每读必哭。讲的是有个天使住在卢尔德罗街,离我家不远,只隔着达兰西街。天使在那里住了好久,几乎忘了上帝为什么派他到世上。每天晚上,天使高声跟上帝说话,每天都等着他的回复。为了打发时间,他行遍市区各地。起初他觉得凡事都很

---

① 《安娜·卡列尼娜》的第一句话。
② 《尤利西斯》的第一句话。

新奇，开始收集小圆石，自修复杂的算术习题。不过嘛，随着时间一天天过去，世间之美变得愈来愈不稀奇。晚间，天使躺着睡不着，聆听楼上寡妇的脚步声；每天早上，他在楼梯口碰到老格罗斯马克先生。老先生成天拖着身子上楼、下楼、上楼、下楼，嘴里念叨着，什么人？就他所知，老先生只说这句话，除了有一回，老先生在楼梯碰到天使时，忽然转身跟他说：我是谁？从来不说话、也从来没人跟他说话的天使吓了一跳，于是他什么也没讲，甚至没说：你叫格罗斯马克，是个凡人。他目睹的忧伤愈多，对上帝愈不满。他开始夜晚在街上漫游，看到有人似乎需要听众，他就停下来聆听。他听到的种种事情实在太沉重，让他无法理解。他问上帝为什么让他这么没用，嗓子都哑了，差些抑制不住愤怒的泪水。后来他干脆不跟上帝说话。有天晚上，他在桥下碰见一个男人，两人分享男人装在褐色纸袋里的伏特加。因为天使喝醉了，满心孤寂，而且生上帝的气；因为天使不自觉升起一股人类熟悉的冲动，想找个人倾吐心事，所以他跟男人坦承自己是个天使。男人不相信他，但天使坚持这是真的，男人请他给出证据，因此尽管天气寒冷，天使依然掀起衬衫，把胸前一个完美的圆形给男人看。只有天使的胸前才有这种记号，但男人不知道天使有哪些记号，圆形记号对男人也不具任何意义，所以男人说：给我看只有上帝才办得到的事。跟所有天使一样单纯的他，指了指男人，男人却以为他说谎，朝他的胃部打了一拳，他被打得摇摇晃晃跌下码头，啪的一声摔到漆黑的河水中。因为天使们不会游泳，所以他在河中溺毙了。

我独自置身于那一屋子书中，双手握着我儿子的小说。时值深夜，早已过了十二点，我心想：可怜的布鲁诺，这会儿他八成已经打电话给停尸间，看看有没有人送来一个皮夹里有张卡片的老家伙，卡片上写着：我的名字是利奥·古尔斯基，我没有亲人，请打电话给松坪墓园，我已经在那里的犹太区买了一块坟地，谢谢您的帮助。

我把我儿子的作品翻过来，看看他的照片。我们碰过一次面，倒不是见面，而只是面对面地站着。他在九十二街的青年会举办朗读会，我提前四个月就买了票。我这辈子已经反复想象过很多次跟他碰面的情景：我以他的父亲之姿出现，他则是我的儿子。不过嘛，我知道这种情景永远不可能发生，事情不会如我所愿，我顶多只能在台下看着他，我已经接受了这个事实。但在朗读会中，我忽然兴起一股强烈的冲动，朗读结束之后，我不知不觉站在队伍中，双手颤抖地把写着我名字的一张小纸片塞到他手里。他看了纸片一眼，然后在扉页签下我的名字。我试着说些什么，却发不出声音。他笑了笑，说声谢谢。不过嘛，我没有退缩。您还需要什么吗？他问。我挥动双手，我后面的女人不耐烦地瞪了我一眼，挤到前面跟他打招呼。我跟个傻瓜一样又挥挥双手。他能怎么办？他帮女人签了名，但每个人都相当不自在。我不停挥手，人们只得绕过我前进。他偶尔抬头看看我，一脸疑惑，甚至对我微笑。你若碰到一个傻瓜，就会露出这种笑容。但我的双手挣扎着想告诉他一切，最起码它们在警卫到达之前已经尽了全力。后来终于有个警卫紧紧捉住我的手肘，把我护送出门。

那时是冬天，偌大的雪花在街灯灯光中缓缓飘落，我等我儿子出来，但他始终不见人影。说不定有个后门，我不知道。我搭公交车回家，在家附近的街道漫步，路面蒙着一层白雪。习惯使然，我转身看看自己的足迹。走到我的公寓时，我在住户门铃旁边找自己的名字。我知道有时候我会产生幻觉，所以吃了晚饭之后，我打电话给查号台，询问自己的姓名有没有被列在电话簿里。那天晚上睡觉之前，我翻开那本放在床边的书，扉页上写着：给利奥·古尔斯基。

请我开锁的男人从我身后出现，我手里还握着那本书。你知道这本书？他问。我扔下书，书重重地摔落在我脚上，我儿子的脸庞凝视着我。我不知道自己在做什么，试图解释，我是他爸爸；或许我说的是，他是我儿子。不管我说了什么，男人显然听懂了，因为他看起来吓了一跳，先是一脸惊奇，然后一副不相信我的表情。我不在乎，毕竟，我以为我是哪号人物？搭乘豪华加长轿车出现在此，开了锁，然后宣称自己是某位名作家的爸爸？

我忽然觉得很累，多年来，我从来没有感到如此疲惫。我弯腰把书捡起来，放回书架上。男人一直看着我，但这时车子在门外按起了喇叭。我深感庆幸，因为今天我已经让人看够了。嗯，我边说边朝着大门前进，我该走了。男人伸手拿皮夹，取出一张一百美金的钞票递给我，问：他的爸爸？我收下钞票，递给他一颗免费的薄荷糖，把双脚塞进潮湿的鞋子里。倒不真的是他爸爸，我说，但不知道还能说什么，就补一句：更像他叔叔。男人好像还是一头雾水，所以我又说：也不算是他叔叔。他听了扬起眉毛。我拿起工具箱，走入雨中，他想要再次谢谢我跑一趟，但我已经走下阶梯。我上车，他依然站在门口往外看。为了证明我没发疯，我还一本正经地跟他挥挥手。

回到家已经三点了。我爬上床，累得不得了，却睡不着。我仰躺在床上，听着雨声，想着我的书。我从来没取个书名，因为除非有人读它，不然干吗取书名？

我下床走到厨房。手稿在我烤箱中的一个盒子里。我取出盒子放在餐桌上，从里面取出手稿，把一张纸卷进打字机。我坐着凝视白纸，过了好久之后，我用两个指头打出书名：

欢笑与哭泣

我研究了几分钟，感觉不对，于是我再加上一个词：

欢笑、哭泣与写作

然后又加了一个词：

欢笑、哭泣、写作与等待

我把纸捏成一团,扔到地上。我在炉上烧开水。外面雨已停,一只鸽子在窗沿咕咕叫,抬头挺胸、趾高气扬地来回走动,然后真可说是像只鸟似的,自由展翅高飞。我在打字机里卷进另一张纸,动手打字:

述说一切的种种字眼

趁自己改变主意之前,我抽出纸,把它放在那沓手稿的上方,套上盒盖。我找到一些牛皮纸,把手稿包起来,然后在上面写下我儿子的地址,他的地址我早已熟记在心。

我等着发生某些事情,但毫无动静。没有吹起横扫一切的大风,心脏病没有发作,天使也没有出现在门口。

已经清晨五点,邮局还有好几小时才会开门,为了打发时间,我从沙发下面拖出投影仪。我只有在特殊时刻才会这么做,比方说我的生日。我把投影仪架到鞋盒上,插上插头,打开开关,墙上顿时出现闪着尘影的光束。我把幻灯片收在橱柜上的一个罐子里。我对着幻灯片吹吹气,放进机器里,往前转动,影像逐渐清晰。田野旁边有栋屋子,屋子有一扇黄门,时值秋末,枯黑树枝之间的天空渐渐变成橘色,然后转为暗蓝。壁炉中冒出烧木头的白烟,透过窗户,我几乎可以看见母亲靠在桌子旁。我跑向屋子,感觉得到冷风吹过双颊;我伸出双手,脑海中充满了梦想。一时之间,我竟相信我能够打开大门,直接走进去。

外面已经逐渐变亮,我小时候的屋子几乎消失在眼前。我关掉投影仪,吃了一条高纤棒,走进洗手间。做完打算做的事情之后,我擦了澡,在柜子里翻找我的西装,找到那双找了好久的橡胶鞋,还有一台旧收音机,最后终于在地上找到皱巴巴的西装。如果不管表面的褐色污渍,这套夏天穿的白色西装还算过得去。我穿上西装,在手掌心吐吐口水,勉强把头发弄整齐。我坐着,全身打扮妥当,牛皮纸包裹搁在膝上,一次又一次检查地址。八点四十五分,我套上雨衣,把包裹夹在手臂下,最后,在玄关的镜子前再看自己一眼,然后走出大门,迎向早晨。

妈妈的忧伤 / A

1. 我的名字是阿尔玛·辛格

我出生的时候,妈妈用一本书里每个女孩的名字帮我取名。这书是我爸爸送她的,书名叫作《爱的历史》。她用犹太历史学家艾曼纽尔·林格布姆、犹太大提琴家艾曼纽尔·费尔曼、犹太作家伊萨克·艾曼纽尔拉维奇·巴别尔,以及她的叔叔哈伊姆之名,帮我弟弟取名为艾曼纽尔·哈伊姆。林格布姆把记录华沙集中营生活的相关文件藏在牛奶桶里,埋在地下;费尔曼是二十世纪最伟大的音乐神童之一;巴别尔也是天才型作家。妈妈的哈伊姆叔叔则爱开玩笑,是个不折不扣的丑角,常把每个人逗得开怀大笑,不幸最后死在纳粹手下。但弟弟拒用"艾曼纽尔"这个名字,大家若问他叫什么,他就随便编一个,总共大概用过十五或二十个名字。有一个月,他还用第三人称"水果先生"称呼自己。六岁生日时,他从二楼的窗户猛然一跳,试着飞起来,结果摔断了一只手臂,额头上留下一道永远的伤疤,从那之后,大家不叫他别的,只叫他"鸟弟"。

2. 我不是……

弟弟和我玩过一个游戏。我指指一张椅子,说:"这不是椅子。"鸟弟则指指桌子:"这不是桌子。""这不是墙。"我说。"这不是天花板。"我们就这样你来我往。"外面没下雨。""我不是没绑鞋带!"鸟弟大喊。我指指手肘:"这不是刮痕。"鸟弟抬起膝盖:"这也不是刮痕!""那不是茶壶!""那不是杯子!""那不是汤匙!""那不是脏碗盘!"我们否决了整个房间、整个年头和天气。有次我们正喊得尽兴时,鸟弟深深吸了口气,扯着嗓子大声尖叫:"我!这一辈子!从来!没有!不快乐!""但是你才七岁。"我说。

3. 弟弟信奉上帝

鸟弟九岁半时，找到一本叫作《犹太人思想》的红色小书。这书是我爸爸大卫·辛格成年礼的礼物，书中把犹太人的思想分为"每个以色列人都将整个民族的荣誉掌握在自己手中""罗曼诺夫名下"以及"永生"等副标题来叙述。鸟弟找到这本书不久之后，就戴上了黑色绒布的小圆帽，而且到哪里都戴着，即使帽子太大、后面突起一大块，让他看起来像个呆瓜，他也不在乎。他还养成紧紧追随戈尔德斯坦先生的习惯。戈尔德斯坦先生是希伯来文学校的看门人，他操着三种语言喃喃自语，双手留下的尘土多过他掸去的灰尘。大家谣传戈尔德斯坦先生每晚在学校的地下室只睡一小时，他曾被关在西伯利亚的劳改营，他心脏不好，大的噪音会让他送命，他看到下雪就掉泪等等。鸟弟对他非常感兴趣，希伯来文学校下课之后，戈尔德斯坦先生拿着吸尘器清扫教室、打扫厕所、擦去黑板上的脏话，鸟弟就跟在他身旁走来走去。戈尔德斯坦先生还负责取下破旧或被撕破的祈祷书。有天下午，在两只高踞枝头、大得像狗的乌鸦注视下，他推着满满一车子的旧祈祷书，从礼拜堂后面走出来，跌跌撞撞地把车推过小石头和树根，挖了一个坑，念念祈祷词，把祈祷书埋了起来。"不能把它们扔掉，"他告诉鸟弟，"上面写着主的名字就不行。我得好好把它们埋起来。"

隔了一周，鸟弟开始在家庭作业里，写下那四个没有人可以念出，也没有人可以丢弃的希伯来字母[①]。几天之后，我掀开洗衣篮，发现他用擦不掉的荧光笔，在内裤标签上写下这四个字母。他还用粉笔把字母写在大门上，写在全班的合照和浴室墙上，最后还相中家门前的树，用我的瑞士军刀，把字母刻在他能够到的最高的地方，至此才罢休。

[①] 这四个希伯来字母是 YHWH，也就是 "耶和华"（Rahweh）之意。犹太人敬畏上帝，不敢直称 "耶和华"，故用四个辅音字母代替。

说不定因为如此；说不定因为他习惯用手臂遮住脸，还挖鼻孔，以为大家看不出他在做什么；说不定因为他有时发出像电动玩具一样奇怪的噪音。反正不管是什么原因，他本来有两个朋友，那一年他们却都不来找他玩。

每天早晨，他早早起床，走到屋外面对着耶路撒冷的方向祷告，我从窗户看着他，心里真后悔在他才五岁的时候，就教他念希伯来字母。我想了就难过，也很清楚这种情况不能持续下去。

4. 爸爸在我七岁的时候过世

我所记得的都是片段。他的双耳，他手肘上起皱的皮肤，他跟我说过的、在以色列的童年往事。他坐在他最喜欢的椅子上听音乐的模样，他多么喜欢唱歌。他跟我说希伯来语，我叫他 Abba（阿爸）。我几乎忘了一切，但有时会忽然想起 kum-kum、shemesh、chol、yam、etz、neshika、motek 等词①，它们的意义却像旧硬币的表面一样渐渐磨损。

妈妈是英国人，她在阿什杜德②附近的一处集体农场工作时，认识了我爸。那年夏天过后，她就要到牛津大学念书。他比她大十岁，曾经担任军职，离开军队之后游遍南美洲，然后回学校念书，成为工程师。他喜欢到户外露营，卡车里始终摆着一个睡袋和两加仑的水，如果有必要的话，他还可以用一块打火石生火。星期五晚上，其他在农场工作的人躺在草地上、缩在毛毯下，在巨大的电影银幕下拍着小狗或是吸大麻，爸爸则过来接妈妈，开车载她到死海，两人在海中姿态怪异地沉浮。

5. 死海是地球最低洼之处

6. 世上没有比我爸妈更不相像的两个人

妈妈晒成黄褐色时，爸爸笑着说她一天天变得愈来愈像他。那是

---

① 这几个希伯来文单词的意思分别是：茶壶、太阳、周间、大海、树木、吻、甜心。
② 以色列港口城市。

个笑话,因为他身高一米九,黑发,还有一双明亮的绿眼;妈妈则肤色苍白,身材袖珍,即使现在已经四十一岁,你若从街对面看到她,还会错以为她是个小女孩。鸟弟跟她一样白皙、个子小;我跟爸爸一样高大,也有一头黑发,牙齿间有些缝隙,瘦得不好看,而且十五岁了。

7. 有一张妈妈的照片,从来没有人看过

那年秋天,妈妈回英国上大学,口袋里装满了地球最低洼之处的细沙,称一称体重,居然有六十三公斤。有时她跟我们说过去的一个故事——当年她从佩丁顿车站搭火车到牛津时,遇见一个几乎全盲的摄影师。他戴着一副黑色的太阳眼镜,说他十年前在南极旅行时伤到了视网膜。他的西装烫得笔挺,相机搁在大腿上。他说他现在看到的世界跟以前大不相同,而这也不见得不好。他问能不能帮她拍照,他举起相机、透过镜头注视时,妈妈问他看到了什么。"跟我平常看到的一样。"他说。"那是什么样的呢?""一片模糊。"他说。"那么你为什么还拍照?"她问。"哪天我的眼睛如果好了,"他说,"我就知道这些年来看见了什么。"妈妈的腿上放了个褐色的纸袋,里面装了外婆帮她做的牛肝酱三明治,她请这位几乎全盲的摄影师吃。他问:"你不饿吗?"她说她确实肚子饿,但从来没跟外婆说她讨厌牛肝酱,多年来她什么都没说,到后来要说也太迟了。火车驶进牛津车站,妈妈下车,一路留下细沙。我知道这个故事别具意义,但我不知道是什么。

8. 妈妈是我认识的人之中,最顽固的一个

五分钟之后,她就认定自己讨厌牛津。学期的第一个礼拜,妈妈坐在房里,石砌的大楼透着冷风,她看着雨滴落在基督教学院草坪的牛群身上,满心自怨自艾。除此之外,她什么也没做。想泡茶,还得在小电炉上烧水。求见辅导老师时,她得爬上五十六级石阶,用力敲门,直到把他从书房里的小床上叫醒。书房里堆满了纸,他则睡在

成沓的纸张之下。她几乎每天都用昂贵的法国信纸,写信给在以色列的我爸爸。昂贵的信纸用完之后,她撕下笔记本的方格纸,继续写信给他。在其中一封信中(我在她书房沙发下面的一个旧巧克力罐里,找到了这封藏在罐子里的信),她写道:你给我的那本书摆在我的书桌上,我每天都学着多读一点。这本书是用西班牙文写的,所以她必须学着读。她看着镜中的自己又苍白起来。学期的第二个礼拜,她买了一辆二手自行车,骑着四处张贴"诚征希伯来文家教"的广告,这是因为她颇有语言天赋,而且她想了解我爸。几个人前来应征,但当妈妈解释说她没办法付钱时,只有一个人没有打退堂鼓。这个名叫纳汉米亚的男孩来自海法①,满脸青春痘,也是大一新生,跟我妈妈一样不快乐,而且根据我妈写给我爸的信,纳汉米亚觉得光是有个女孩做伴,就足以让他答应每周在酒吧碰两次面上课。我妈不付学费,请他喝啤酒,很值得了。她还买了本《教你学会西班牙文》的书,自修西班牙文。她花很多时间在牛津的巴德里图书馆读了几百本书,而没有交到任何朋友。她借了好多书,借书的次数多到每次值班的图书馆员从座位上看到她走过来,马上就想办法躲起来。那年年底,她考试成绩名列前茅,但尽管父母反对,她还是辍学,搬到特拉维夫②跟我爸住在一起。

9. 接下来是他们一生中最快乐的日子

他们住在拉马特甘③的一栋房子里,屋内采光极佳,屋顶覆满了九重葛。我爸在花园里种了一棵橄榄树和一棵柠檬树,还在每棵树的周围挖了小水沟以便储水。晚上,他们收听他短波收音机中播放的美国音乐。窗户大开、风向正确的时候,他们可以闻到大海的气息。后来他们终于在特拉维夫的海滩上结婚,婚后到南美洲度蜜月,旅行了两个月。回到特拉维夫之后,妈妈开始译书,刚开始是把西班牙

---

① 以色列第三大城市。
② 以色列第二大城市。
③ 特拉维夫的卫星城。

文译成英文，后来也做希伯来文的英译。他们这样过了五年，然后爸爸拿到一份好得让他无法拒绝的工作，受聘帮一家美国航天公司工作。

10. 他们搬到纽约，生下了我

妈妈怀我的时候，读了三千兆本各种题材的书籍。她不喜欢美国，但也不至于讨厌。两年半，八千兆本书之后，她生下了鸟弟。然后我们搬到了布鲁克林。

11. 爸爸在我六岁的时候，发现罹患胰腺癌

那一年，妈妈和我一起开着车，她叫我把她的袋子递给她。"我没看到袋子。"我说。"说不定在后座。"她说。但袋子不在后座。她把车停在路旁，在车里找了半天，却依然找不到。她把头埋在双手里，努力回想先前把袋子留在了哪里。她老是丢东西。"总有一天啊，"她说，"我会把自己的头给丢了。"我试图想象她若遗失了头将会如何，但最终失去一切的是爸爸，他失去了体重、头发和体内各种器官。

12. 他喜欢烧菜、大笑、唱歌。他可以徒手生火，修理坏掉的东西，解释怎样把东西发射到太空中，但他九个月之内就过世了

13. 爸爸不是俄国的名作家

刚开始妈妈把他的遗物原封不动地摆在原处。米沙·什克洛夫斯基说，他们在俄国也是这样保存大作家们的住处，但我爸爸又不是名作家，他甚至不是俄国人。后来有一天我放学回家，发现每一样跟爸爸有关的东西都消失了。他在衣柜里的衣服被清理一空，门口旁边的鞋子不见踪影。他那把旧椅子被搁在街上一堆垃圾旁边。我上楼走到房间，从窗户看着椅子，树叶在风中盘旋，飘过人行道和椅子。有个

老人经过,在椅子上坐了下来。我走出去,从垃圾桶里翻出爸爸的毛衣。

14. 世界的尽头

爸爸过世之后,朱利安舅舅送我一把瑞士军刀。舅舅是个艺术史学者,住在伦敦,他说小刀以前是我爸爸的。小刀里有三种不同的刀刃、一个拔塞钻、一把小剪刀、一根镊子、一根牙签。在随同小刀寄过来的信中,朱利安舅舅说有次他到比利牛斯山①露营时,跟我爸爸借了这把小刀,但后来忘了还给他,把这事忘得一干二净,直到现在才想起来,他说我或许想收下它。他写道:你得小心,因为刀锋非常利。小刀可以帮你在野外求生,但这一点我可不太清楚,因为第一晚下起雨,雨水淋得我们皮肤发皱,你舅妈和我就住进了旅馆。你爸爸比我擅长户外活动,有一次在内盖夫②的时候,我看到他用一个小管子和一块防水布集水。他还知道每一种植物的名称,以及它们可不可以吃。我知道这样说或许安慰不了你,但你若到伦敦,我可以告诉你伦敦西北区每一家咖喱餐厅的名字,我还能跟你说哪家去不得。爱你的朱利安舅舅。顺带一提:别跟你妈妈说我把小刀给你,因为她说不定会生我的气,也会说你还太小。我检查小刀的不同组件,用拇指扳出每一个组件,还在指头上试试刀锋有多利。

我决定要跟爸爸一样学习如何在野外求生。如果妈妈发生了什么事,留下鸟弟和我自己谋生,这些知识就派得上用场。我没跟妈妈提起小刀,因为朱利安舅舅认为这是个秘密。再说,妈妈连半条街之外都不准我去,她怎么可能让我单独到森林里露营?

15. 每次我出去玩,妈妈总要百分之百确定我打算去哪里

我走进家门时,她就把我叫进她的卧房,把我搂进怀里,拉着

---

① 位于欧洲西南部,法国和西班牙的交界处。
② 以色列南部沙漠地区。

我猛亲。她会摸着我的头发说:"我好爱你。"我打个喷嚏,她就说:"老天保佑你,你知道我有多爱你,对不对?"我站起来拿卫生纸,她就说:"我帮你拿,我好爱你。"我找支笔写作业,她就说:"用我的笔吧,你要什么都可以。"我腿发痒,她就说:"这里痒吗?来,让我抱抱。"我说我要上楼回房间,她就在我背后喊道:"我能帮你做什么吗?我好爱你。"我始终想说少爱我一点,但从未说出口。

16. 凡事再来一次,都有道理

有一天,妈妈从那张她几乎已经躺了一年的床上起来。这大概是我们头一次不必透过堆满床边的玻璃杯看到她。鸟弟百般无聊,有时还会蘸湿手指,在杯缘画圈圈,试图制造出旋律。她做了意大利通心粉,这是少数她会烧的菜之一,我们假装那是我们吃过最好吃的东西。有天下午,她把我拉到一旁。"从现在开始,"她说,"我要把你当个大人。"我想说我才八岁,但我没讲。她又开始工作,身穿红色印花的和服在家里走来走去,所经之处留下一堆堆捏成一团的纸。爸爸过世之前,她很整洁,但现在你若想知道她在哪里,只要跟随上面划掉很多字的纸团,跟到尽头就找得到她。你会看到她凝视窗外,或是盯着一杯水,好像水里有一条只有她才看得见的鱼。

17. 胡萝卜

我用零花钱买了一本《北美洲可食用的植物与花朵》。我从书中得知,把橡实在水中煮沸,可以降低果实的苦味;野玫瑰可以吃。我还知道别碰任何闻起来有杏仁味、叶片呈三叶状,或是流出白色浓稠液体的植物。我试着辨识公园里的每种植物。我知道我得花好长一段时间才辨识得出来,我也知道我可能得在北美洲之外的某地求生,所以我把"通用可食性测试"背得滚瓜烂熟。这个测试相当有用,因为有些有毒的植物,比方说毒胡萝卜,看起来很像野生萝卜和防风草根之类的可食性植物。要进行这个测试,首先你得禁食八小时,然后把植物分解成根茎、叶片、枝干、花苞、花朵,取下其中一部分的一小块,擦在手腕内面。如果没事,你就把它放在嘴唇内部三分钟。如果没事,你就把它用舌头抵着十五分钟。如果还是没事,你可以把它嚼碎,但不要吞下去,而是把它含在嘴里十五分钟。如果这样都没事,你就把它吞下肚,然后等八小时。如果还是没事,你就可以吃四分之一杯。如果还是没事,那就表示这种植物可以吃。

我把《北美洲可食用的植物与花朵》摆在床下的一个背包里,背包里还有我爸的瑞士军刀、一个手电筒、一块防水布、一个罗盘、一盒燕麦谷条、两包 M&M 花生巧克力豆、三罐鲔鱼罐头、一个开罐器、一些创可贴、一套蛇咬伤处理装备、一套换洗内衣和一张纽约市地铁地图。我实在需要一块打火石,但我到五金行买时,他们不肯卖给我,要么因为我太小,要么就是他们以为我是纵火狂。在紧急时刻,你可以用猎刀和一块碧玉、玛瑙或是翡翠撞击出火花,但我不知道哪里找得到碧玉、玛瑙或是翡翠,于是我从"第二街咖啡店"拿了一些火柴,收到一个密封袋里,这样它们就不会被雨打湿。

光明节时,我说我要个睡袋当礼物。妈妈帮我买的绒布睡袋上面有颗粉红色的心,在零下气温中,这种睡袋大概能让我撑上五秒钟,然后我就会因为体温过低而亡。我问她我们能不能把它拿回店里,换一个功能特强的羽绒睡袋。"你打算睡在哪里?北极圈吗?"她问。我心想或许吧,也可能是秘鲁的安第斯山脉,因为爸爸曾在那里露营。为了改变话题,我跟她说毒胡萝卜、野生萝卜、防风草根,但这不是个好主意,因为她听了眼泪汪汪,我问她怎么回事,她说没什么,她只是想起爸爸以前在拉马特甘的花园里种过胡萝卜。我想问她除了橄榄树、柠檬树和胡萝卜之外,爸爸还种了什么,但我不想让她更难过,所以没问。

我开始写札记,题名为《如何在野外生存》。

18. 妈妈从来没有忘却对爸爸的爱

她一直守着对他的爱,也守着他们初识的那个夏天。为了这么做,她排拒了生命。有时连着好多天,她只靠水和空气过活。她是唯一做得到这一点的高等生物，人们实在应该用她的名字为某一物种命名。朱利安舅舅曾告诉我，雕塑家暨画家阿尔贝托·贾科梅蒂[1]说，有时为了描绘一颗头颅，你必须放弃整个躯体；为了一片树叶，你必须枉顾整片风景。刚开始看来似乎是自我设限，但过了一会儿之后，你就会明白好好画出某个景物的四分之一寸，比你假装描绘了整片天空，更能掌握住宇宙间的某种感情。

妈妈没有选择一片树叶，或一颗头颅，而是选了爸爸；为了留住某种感情，她牺牲了整个世界。

19. 妈妈和世界间的字典之墙逐年升高

有时，字典脱页，页张堆落在她脚边。绒布、河船、红葱、浅薄、沙龙、赝品、萨满、蹒跚[2]，字字有如一朵巨花的花瓣。我小时候以为她再也无法使用这些躺在地上的字，害怕有一天她会变得一个字都说不出来，于是我试着用胶带把这些脱页贴回本来的地方。

20. 自从爸爸过世之后，妈妈只约会过两次

第一次是五年以前，当时我十岁，对方是个胖胖的英文编辑，在出版妈妈译作的出版社工作。他左手小指上戴了一个刻着家族十字徽章的戒指，那可能是他家族的徽章，也可能不是。他一讲到自己，就不停挥舞那只手。有次聊天时，这名叫作莱尔的男子发现，妈妈和他有段时间都在牛津读书，基于这个巧合，他约她出去。很多男人约过妈妈，但她总是婉拒，不知怎么的，这次她居然说好。星期六晚上，她出现在客厅里，头发盘起来，身上披着一条爸爸在秘鲁买给她的披肩。"我看起来如何？"她问。她看起来很漂亮，但披着那条披肩似乎不太恰当。我没机会多说什么，因为那时莱尔已经来到家门口。他气喘吁吁，径自在沙发上坐下。我问他知不知道任何野外求生的技能，

---

[1] 阿尔贝托·贾科梅蒂（Alberto Giacometti, 1901—1966），瑞士超现实主义雕塑家、画家。
[2] 这些按序排列的英语单词原文依次为：shallon、shallop、shallot、shallow、shalom、sham、shaman、shamble。

他说："当然知道！"我问他知不知道毒胡萝卜和野生萝卜的差别，他却巨细靡遗地跟我描述牛津大学一场划船赛的最后几秒钟，他的船队在最后三秒超前得胜。"真棒啊。"我故意讲得像是挖苦般。莱尔还回忆起在查韦尔河划船的美好时光，妈妈说她不知道，因为她从来没在查韦尔河划过船。我心想，嗯，这一点都不令人惊讶。

他们出门之后，我看电视看到很晚，电视里正在播放一个关于南极信天翁的节目。这些信天翁可以好几年不着陆，飘浮在空中睡觉，饮用海水，吐出盐巴，而且年复一年折返，跟同一个伴侣养育小宝宝。我八成看到一半睡着了，因为当我听到妈妈开门的声音时，已经几乎午夜一点。几簇鬓发垂落在她的颈边，睫毛膏也糊了。我问她约会愉不愉快，她说跟红毛猩猩说话倒还有趣多了。

大约一年之后，鸟弟从邻居家的阳台上跳下来，跌断了手腕，那个在急诊室帮鸟弟疗伤的医生约我妈妈出去。他身材高大，有点弯腰驼背。虽然鸟弟的手扭曲成一个可怕的角度，但他还是逗鸟弟露出微笑，或许因为如此，所以妈妈在爸爸过世之后，才第二次答应出去约会。这位医生叫作亨利·拉文德，我觉得是个好兆头——阿尔玛·拉文德！这样多棒啊。门铃响时，鸟弟光着身子，只在手腕上套着石膏，从楼上偷溜下来，他放上《那就是爱啊》的唱片，然后溜回楼上。妈妈从楼上冲下来，没披她的红披肩，赶紧移开唱针，唱片发出尖锐的声音，音乐戛然而止，唱片在唱盘上无声地转动。亨利·拉文德走进家门，接过一杯冰凉的白葡萄酒，跟我们畅谈他收集的贝壳，其中许多是他到菲律宾潜水时亲自采集的。我想象未来大家在一起，他带我们去潜水，我们一家四口在海底，透过脸上的潜水面镜，相视微笑。隔天早晨，我问妈妈约会还好吗，她说他是一个大好人，于是我认为此事大有希望。然而，那天下午，亨利·拉文德打电话来的时候，妈妈去超市买东西，没有回电话给他。两天之后，他又试了一次，这次妈妈正要去公园散步，我问："你不打算回电话给他，对不对？"她说："没错。"亨利·拉文德第三次打电话来的时候，她正读一本短篇小说集读得入迷，不断赞叹这位已经过世的作家应该得诺贝尔奖。妈妈老把诺贝尔奖颁给已经过世的作家。我拿着无线电话溜到厨房。"拉文德医生？"然后我跟他说，虽然我觉得我妈真的很欣赏他，正常人也会很高兴跟他聊天，甚至再跟他出去，但我跟我妈相处了十一年半，她从来没做过任何一件正常的事。

21. 我认为她只是还没碰到合适的对象

她成天穿着睡衣待在家里，翻译大多已经过世的作家的书，这似乎对她的感情生活没有多大帮助。有时某一个句子困扰了她好几小时，她像一条叼着骨头的小狗一样东绕西绕，直到放声尖叫："我想通了！"然后冲回书桌旁埋头苦干。我决定接管此事。有一天，有位名叫图西医生的兽医到我们六年级班上演讲，他的声音很好听，还带了一只叫作戈多的绿鹦鹉，鹦鹉栖身在他的肩膀上，有点不高兴地瞪着窗外。他还有一只大蜥蜴、两只雪貂、一只箱龟、一群树蛙、一只断了翅膀的鸭子和一只叫作曼哈玛的大蟒蛇，蟒蛇最近才蜕了皮。他后院里还养了两只羊驼。下课之后，其他人忙着逗弄曼哈玛，我则上前问他结婚了没有，什么时候结的婚。他一脸疑惑地说他未婚，我向他要了名片，名片上印了一只猴子。有几个同学逗蛇逗烦了，也跑过来要名片。

那天晚上，我找到一张妈妈穿着泳装的快照，蛮好看的，寄给图西医生，还列出妈妈的各项长处，比方说智商高、读过好多书、有魅力（请看照片）、风趣等等，连同照片一起寄出。鸟弟检视了清单，深思了一会儿之后建议加上"独断"（这词是我教他的）和"顽固"。我说我觉得这些不是她的长处，甚至称不上是优点，鸟弟说如果把这两项加上去，说不定会让它们感觉上像是优点，将来图西医生若愿意跟妈妈见面，就不会有种受骗的感觉。这话听来有道理，于是我加上了"独断"和"顽固"。我把我家的电话号码写在最下面，然后把信寄出去。

过了一个礼拜，他没打电话来。又过了三天，依然毫无动静，我不禁怀疑，说不定不该加上"独断"和"顽固"。

隔天电话响了,我听到我妈说:"哪位弗兰克?"接下来一片沉默。"对不起,你说什么?"然后又是一片沉默。最后她笑得不可抑制。她挂掉电话,来到我房里。"那是怎么回事?"我装作没事地问。"什么是怎么回事?"妈妈装得比我更像。"刚才是谁打电话来?"我问。"噢,那个啊,"她说,"我希望你不介意,我安排了我们一起出去约会。我跟那位舞蛇者,你跟赫尔曼·库珀。"

赫尔曼·库珀跟我们住在同一条街,是个八年级的坏小子,他叫每个人"鸡巴",还对着我们邻居的狗的大睾丸乱嘘。

"我宁愿舔人行道。"我说。

22. 那一年,我连续四十二天穿着爸爸的毛衣

第十二天的时候,我在学校里经过莎朗·纽曼和她朋友们的身旁。"那件恶心的毛衣是怎么回事?"她问。我心想,去吃些毒胡萝卜吧,同时决定这辈子都穿着爸爸的毛衣。我几乎撑到学期末,那是一件羊驼毛毛衣,到了五月中旬,穿在身上让人受不了。妈妈认为这是一种迟来的哀悼,但我无意缔造任何纪录,我只是喜欢毛衣穿在身上的感觉。

23. 妈妈把爸爸的一张照片贴在她桌旁的墙上

我有一两次经过她的房门,听到她大声对着照片说话。即使我们姐弟在她身旁,妈妈依然寂寞。有时我想到我长大离家,开始过自己的生活,妈妈不知道会怎样?想了我的胃就一阵纠结。其他时候我则想象自己根本永远离不了家。

24. 我交过的朋友全都没了

我十四岁生日那天,鸟弟在我床上边跳边唱《她是个快乐的伙伴》,把我吵醒。他送给我一条融化了的巧克力棒,还有一顶他从失物招领处拿来的红色毛帽。我从帽子里挑出一根金色卷发后,那天整

天都戴着它。妈妈送我一件连兜帽的厚夹克,跟随希拉里爵士[1]一起攀登珠峰的夏尔巴人登津·诺盖就穿这种夹克。她还给我一顶像是圣埃克苏佩里戴的皮质飞行员帽。圣埃克苏佩里是我的英雄,我六岁的时候,爸爸读《小王子》给我听,还跟我说圣埃克苏佩里是个伟大的飞行员,冒着生命危险,运送信件到偏远地区,最后被一架德国战斗机击落,他和他的飞机永远消失在地中海里。

除了夹克和飞行员帽,妈妈还送我一本丹尼尔·埃尔德里奇写的书,她说如果诺贝尔奖颁给古生物学者的话,此人绝对有资格获奖。"他过世了吗?"我问。"你为什么问这个问题?""不为什么。"我说。鸟弟问什么是古生物学家,妈妈说,如果他拿一本详尽的大都会博物馆导览册子,把它撕成几百张小碎片,从博物馆的阶梯上把碎片丢到风中,过了几个礼拜之后回去,在第五大道和中央公园尽可能找出仅存的碎片,然后试图重新拼凑出绘画史,从中分析画派、风格、类型和画家姓名等等,古生物学家就是从事类似的工作。唯一不同的是,古生物学家研究化石,试图从中找出生命进化的根源。妈妈说,每个十四岁的孩子都应该知道她来自何处,一个人若完全不知道生命从何开始,成天东奔西跑实在没什么意思。然后她很快补充说这本书是爸爸的,好像这一点完全无关紧要似的。鸟弟马上冲过来摸摸书的封面。

这本书叫作《我们所不知道的生命》,封底有张埃尔德里奇的照片。他双眼黝黑,睫毛很浓,一脸胡须,手上举着一条鱼的化石,鱼长得相当吓人。照片下方说他是哥伦比亚大学的教授。那天晚上,我开始阅读,我想爸爸说不定会在空白的地方做些笔记,但他没有,只在内封上写了名字。书中描述埃尔德里奇和一些科学家登上潜艇,潜入深海底层,在地壳板块交会处发现了热液喷口,喷口处冒出温度高达摄氏三百七十度、饱含矿物质的气体。在那之前,科学家们认为海洋地壳是片没有生物或是鲜有生命迹象的荒地,但埃尔德里奇和他

---

[1] 艾德蒙·希拉里(Edmund Hillary, 1919—2008),新西兰探险家。

的同僚们，在潜艇探照灯的灯光中，看见成千上百种人类从未见过的微生物。他们知道这是一个非常、非常古老的生态系统，并将之称为"黑暗生物圈"。深海底层有许多热液喷口，不久之后，他们还发现喷口附近的岩石上有许多微生物，居住在足以熔化铅块的高温中。他们把一些微生物带回海面，微生物变得像发臭的鸡蛋一样难闻，他们这才明白，这些奇怪的微生物以喷口冒出的硫化氢维生。它们呼出硫黄，像地球上的植物制造氧气一样。根据埃尔德里奇博士的书，他们的发现如同打开了一扇窗，让人一窥数百亿年前、通往进化之始的化学路径。

进化这个概念是如此优美而悲伤。地球出现生命迹象之初，大约有五十亿到五百亿物种，但今天只剩下五百万到五千万种。因此，在所有曾经存于地球上的物种中，大概有百分之九十九都已绝种。

25. 弟弟是弥赛亚

那天晚上我看书时，鸟弟到我房里，爬到床上跟我窝在一起。他已经十一岁半，以他的年龄来说个子算小。他把冰冷的小脚贴向我的大腿。"告诉我一些关于爸爸的事情。"他轻声说。"你忘了剪脚趾甲。"我说。他用脚尖摩擦我的小腿，哀求："拜托嘛。"我试着想想，但除了我已经告诉他几百次的事情之外，想不出别的什么，所以我就自己编。"他喜欢攀岩，"我说，"他是个攀岩高手，有一次他爬上一块大概有六十米高的岩石，我想是在内盖夫附近。"鸟弟在我脖子旁边呼气，感觉热热的。"马萨达[①]吗？"他问。"可能吧。"我说。"他就是喜欢攀岩，那是他的嗜好。"我说。"他喜欢跳舞吗？"鸟弟问。我不知道爸爸喜不喜欢跳舞，但我说："他喜欢极了。他甚至会跳探戈呢，是在布宜诺斯艾利斯学的。他和妈妈常常跳舞，他把咖啡桌搬到墙边，整个房间变成舞池，他还把妈妈举起来，扶着她往后仰，在她耳边唱歌。""我在那里吗？""当然啰，"我说，"他以前把你抛到空中，然后伸

[①] 犹太人的圣地，联合国文化遗产之一，位于尤地亚沙漠的东部边缘，俯瞰死海。

出双手接住你。""他怎么知道他不会把我摔到地上?""他就是知道。""他叫我什么?""小兄弟、小家伙、小胖子等等,好多好多。"我讲到哪里,编到哪里,鸟弟看起来却不怎么热衷。"也会叫你'马加比'犹大[①],"我又说,"有时只叫你马加比,还有马克。""他最常叫我什么?""我想,他最常叫你艾曼纽尔,"我假装想了想,"不,等等。曼尼,他以前叫你曼尼。""曼尼?"鸟弟重复道,靠我更紧了点。"我跟你讲个秘密,"他轻声说,"因为你生日到了。""什么秘密?""得先保证你相信我。""好。""说'我保证。'""我保证。"他深深吸了一口气:"我想,我说不定是个智者。""你是什么?""智者,"他轻声说,"三十六位圣徒之一。""什么三十六位圣徒?""就是整个世界都靠他们才能存在的圣者。""噢,他们啊。你别……""你刚刚保证过的。"鸟弟说。我一语不发。"任何时候都有三十六位智者,"他轻声说,"没有人知道他们是谁,只有他们的祈祷能传到上帝耳中,这是戈尔德斯坦先生说的。""而你认为你可能是其中之一,"我问,"戈尔德斯坦先生还说了什么?""他说当弥赛亚降临时,弥赛亚会是三十六位智者之一。每一个时代都有一个人可能成为弥赛亚。他说不定会达成使命,说不定不会;这个世界说不定已经准备好迎接他,说不定还没准备好。如此而已。"我躺在黑暗中,想着该如何回答,想着想着,我的胃开始发痛。

26. 情况紧急

隔个星期六,我把《我们所不知道的生命》放进背包里,搭地铁到哥伦比亚大学。我在校园里绕了四十五分钟,终于在地球科学大楼找到埃尔德里奇的办公室。我走到办公室时,秘书正在吃外卖食物,说埃尔德里奇博士不在,我说我可以等,他说埃尔德里奇博士说不定好几小时之后才会回来,我最好改天再来。我跟他说我不介意,他继续吃东西。等待之时,我读了一期《化石》杂志,过了一会儿,我问

[①] "马加比"犹大(Judah the Maccabee),领导马加比革命,让犹太人得以把耶路撒冷圣殿重新奉献给上帝的英雄人物。

秘书埃尔德里奇博士是不是快回来了，那人正被电脑上的某个东西逗得开怀大笑，我一开口他就停下来，双眼瞪着我，好像我毁了他一生最重要的时刻。我只好又坐了下来，翻看某期《今日古生物学家》。

我饿了，于是我到外面走廊，从贩卖机里买了一包巧克力夹心饼。后来我睡着了。等我醒来时，秘书已经走了。埃尔德里奇办公室的门开着，灯也亮着，里面有个一头白发、年纪很大的老人站在档案柜旁边，头顶上有张海报，写着：因此，无父无母、自发而生、生气蓬勃的地球首露生机——伊拉斯谟·达尔文①。

"嗯，老实说，我没考虑过那个方案，"老人对着电话说，"我怀疑他根本没想要申请。不管怎么说，我想我们已经找到我们要的人了。我得跟系里谈谈，但这么说吧，事情看来相当乐观。"他看到我站在门口，做了个手势说他一会儿就讲完，我正想说没关系，我在等埃尔德里奇博士，但他已经转身凝视窗外。"好，我很高兴听到这回事，我还有事，没错，好，保重了，再见。"他转过来面向我。"真对不起，"他说，"你有什么事吗？"我抓抓手臂，注意到指甲中的灰土。"你不会就是埃尔德里奇博士吧？"我问。"我是。"他说。我的心一沉，封底的那张照片肯定是三十年前拍的。我稍微想想就知道他不可能提供我所需要的帮助，因为就算他是当今最有资格获得诺贝尔奖的古生物学家，也会是年纪最大的受奖人。

我不知道该说什么。"我读了您的书，"我终于挤出话，"我想当个古生物学家。"他说："哦，别讲得这么沮丧啊。"

27. 我长大之后绝对不要做的事

我绝对不要坠入情网、从大学辍学、只靠水和空气维生、让别人用我的名字帮某个物种命名、毁了我的一生。我还小的时候，妈妈曾经眼中带着某种神情对我说："有一天你会坠入情网。"我那时想说：再过一百万年都不会。但我始终没说。

---

① 伊拉斯谟·达尔文（Erasmus Darwin, 1731—1802），"进化论之父"查尔斯·达尔文的祖父。

我唯一吻过的男孩是米沙·什克洛夫斯基,他搬到布鲁克林之前住在俄国。他表姐教他如何亲吻,然后他再教我。"舌头别伸出太多。"他只这么说。

28. 一百件事情可以改变你的一生,一封信便是其中之一

五个月过去了,我几乎放弃寻找能让妈妈快乐的人。然后运势到了:二月下旬有一天,我们接到一封信,蓝色的航空邮封上整齐地打着字,邮戳上标示着威尼斯,妈妈的出版商把这封信转寄过来。鸟弟先看到信,把信拿给妈妈,问能不能留下邮票。当时我们都在厨房,她拆开信,站着读了,然后坐下来又读了一次。"这真是太棒了。"她说。"怎么了?"我问。"有个人写信给我,问我关于《爱的历史》的事,就是那本我和你爸爸用来帮你取名字的小说。"她大声读信给我们听:

亲爱的辛格女士:

我刚读完你翻译的智利诗人尼卡诺尔·帕拉的诗集,诚如你所言,此人"把一个小小的俄国航天员别在衣服的翻领上,口袋里摆着一封弃他另结新欢的女子的信"。我把诗集摆在我旅馆房间的书桌上,我住的这家旅馆,刚好俯瞰威尼斯的大运河。我不知道说些什么,只能说这本诗集打动了我,正如一个人每次开始读一本书,都期望着被打动的那种心情。我想说的是,这本诗集改变了我,这种感受,从某种程度而言,实在难以形容,但我在此不再多谈。其实我写信给你不单是道谢,而是想提出一个看来似乎很奇怪的请求。你在引言中约略提到一位很少人知道的作家兹维·李特维诺夫,他一九四一年从波兰逃到智利,一辈子只出版了一本西班牙文小说,书名叫作《爱的历史》。我的请求是:你愿不愿意考虑一下翻译这本书?这将只供我个人使用,我不打算出版。你自己若想出版译稿,版权则归你所有。我愿意支付你认为合理的翻译费,我始终觉得讨论这类事情很尴尬,我们姑且说十万美金,好吗?你若觉得这个数目太少,请知会我一声。

我想象着你读这封信的反应。等到你读信之时,这封信已在运河区待了一两个礼拜,然后花一个月游走于意大利混乱的邮政系统之间,最后终于横跨大西洋,送交到美国邮局。邮局会把信摆到邮袋里,邮差会冒着雨雪,推着装载邮袋的小车,把信投掷在你的信箱里。信说不定会掉到地上,等着你发现拾起。想象了这些状况之后,我已做了最坏的心理准备。你说不定以为我是某个疯子,但或许事情不致如此。或许,如果我告诉你很久以前,有人曾在我入睡之际读过几页《爱的历史》给我听,这么多年之后,我一直没有忘记那个夜晚,或是那几页书稿。听了我这么说,你应该就会了解。

你若能照着信上的地址,写信告诉我你怎么想,我将感激不尽。信件寄达之时,我若已经离开,旅馆的服务人员会把信件转交给我。

急切的

雅各布·马库斯

我心想:老天爷啊!我几乎不敢相信我们的好运,我想着自己可以回信给这个雅各布·马库斯,跟他解释圣埃克苏佩里在一九二九年建构了南美洲最南端的邮件路段,自此邮件可以传送到南美洲大陆的尽头。雅各布·马库斯似乎对邮政很有兴趣,妈妈有次也提过,《爱的历史》的作者兹维·李特维诺夫,后来之所以能够收到来自波兰亲友的最后几封信,部分归功于圣埃克苏佩里的勇气。信末我会加注说我妈妈是单身。但我后来还是打消此意,万一妈妈发现我多管闲事,破坏了这桩原本如此美好的大事,那就不太好了。十万美金是笔大数目,但我知道即使雅各布·马库斯不出半毛钱,妈妈也会答应下来。

29. 妈妈曾念《爱的历史》给我听

"第一个女人或许是夏娃,但第一个女孩将永远是阿尔玛。"她曾说,那本西班牙文小说摊开,搁在她大腿上。我当时四五岁,躺在床上，爸爸还没生病，小说也还没被收在书架上。"第一次看见她时，你说不定是十岁。她站在阳光下抓抓腿，或是拿根棍子在泥土地上写字。有人拉扯她的头发，或是她正在拉扯某人的头发。你心中的一部分深受她吸引，另一部分却想抗拒——你想跳上自行车扬长而去，踢一块小石头，不要没事找事。在此同时，你却感到身为男人的力量，以及一种让你觉得渺小而脆弱的自怜。部分的你想着：拜托别看我，你若不看我，我还可以掉头离开；部分的你想着：看看我吧。

"你若记得第一次看到阿尔玛的光景，你也会记得最后一次的景象。她正摇着头，或是消失在田野的另一端，或是在你的窗外渐行渐远。回来吧，阿尔玛！你大喊，回来！回来！

"但她没有回来。

"那时你虽已成年，却感觉像孩童一样失落；你的尊严虽已破损，但你依然觉得自己像对她的爱一样宏伟。她走了，只留下了你在她周围滋长的空间，宛如一棵沿着篱笆生长的树。

"长久以来，那里始终有个空洞，说不定多年来都是如此。空洞终于再被填满之时，你知道若非阿尔玛，你将永远无法感受到对另一名女子的爱意；若不是因为少了她，你的心中不会出现空洞，也不会需要把洞填满。

"当然在某些情况下，我们提到的这个男孩会继续大声呼喊阿尔玛。绝食示威也好，苦苦哀求也好，或是在一本书中写满他的爱意也好。他会持续下去，直到她别无选择，只能回到他身边为止。每次她试图离去，心知分开是必然，男孩就像傻瓜一样哀求，阻止她，因此她总是回来，不管她离开了多少次，或是她走得多远，最后她总是悄悄出现在他身后，用双手遮住他的眼睛，让他无从得知谁将跟着她离去。"

30. 意大利的邮政服务真慢。东西搞丢了，生命也永远毁了

妈妈的回复肯定又花了好几个礼拜才寄达威尼斯，到了那个时候，雅各布·马库斯八成已经离开，交代旅馆转交信件。起先我想象

他非常高瘦，老是咳嗽，只会讲几句意大利话，带着浓重的口音，是一个无论在哪里都不自在的可怜人。鸟弟把他想象成约翰·屈伏塔①，开辆拉风的兰博基尼跑车，带着一皮箱的现金。妈妈就算想象过他的模样，她也什么都没说。

但他的第二封信在三月底寄达，也就是在我们收到他第一封信之后的六星期。那是一张明信片，邮戳上标示着纽约，正面是一艘飞船的黑白照片，背面是手写的字迹。我想象中的他变了模样，他不再老是咳嗽，而是手执一根从二十几岁时出了一场车祸之后就带着的手杖。我还认定他之所以一副可怜相，原因在于他小时候爸妈太常把他一个人留在家里，后来他的父母双亡，把所有的钱全部留给他。他在明信片的背面写道：

亲爱的辛格女士：

　　接到你的回复，得知你愿意开始翻译，我真是高兴极了。请告诉我你详细的银行账户资料，我会马上汇给你首批款项美金两万五千元。翻译过程中，你是否愿意将全书分成四部分寄给我呢？我希望你原谅我这么没耐性，就当是我迫不及待想读到李特维诺夫和你的作品吧。再说，我也喜欢收到信，更期盼深受感动，想让这种心情持续愈久愈好。

诚挚的

雅各布·马库斯

31. 每个以色列人都将整个民族的荣誉掌握在自己手中

一星期之后钱就汇来了，妈妈带我们去看电影，以兹庆祝。那是一部有字幕的法国电影，讲两个女孩离家出走的故事。除了我们和其他三个人之外，电影院里空荡荡的，那三人的其中一个还是引位员。

---

① 约翰·屈伏塔（John Travolta, 1954—　），美国演员。

鸟弟在放映电影片头的时候就吃完了巧克力棒,然后兴奋地在座位间前后奔跑,最后在前排睡着了。

在那不久之后,也就是四月的第一个礼拜,鸟弟爬到希伯来文学校的屋顶,摔了下来,扭伤了手腕。为了安抚心情,他在家门外摆上一张小桌,放块牌子,上面写着:新鲜柠檬"枝"①,五十美分一杯,请自助(我的手腕扭伤了)。无论晴天雨天,他都坐在外面,桌上摆了一壶柠檬汁和一个收钱的鞋盒。在我们这条街上招揽不到顾客,他就移师到几条街之外,在一块空地之前摆上摊子。他待在那里的时间愈来愈长,生意不好时,他就抛下摊子在附近闲晃,到空地上玩耍。我每次经过,都看到他做了一些改进。他把生锈的铁栏杆拖到一旁,还除去地上的野草,垃圾装了一满袋。每天天黑回家时,他腿上总是刮痕累累,头上的小圆帽歪到一边。"真是乱七八糟。"他说。但当我问起他对那块空地有何打算,他只是耸耸肩。"只要用得上,任何人都有权使用土地。"他跟我说。"谢谢你啊,智者先生,戈尔德斯坦先生告诉你的吗?""不是。""你有什么大计划?"我在他背后大喊。他不但没有回答我,反而走到门框旁,伸手摸摸某样东西,亲吻自己的手,然后上楼。他摸的是个塑料的门符②,他在家里每个门框上都挂上门符,甚至连浴室门框上也有一个。

隔天我在鸟弟房里找到《如何在野外生存》的第三册,他用擦不掉的荧光笔,在每一页的最上方,跨页涂写了上帝的名讳。"你对我的笔记本做了什么好事?"我大吼,他一语不发。"你毁了我的笔记本!""不,我没有,我很小心……""小心?小心?谁说你可以碰我的东西?你没听过'私人物品'这几个字吗?"鸟弟盯着我手中的笔记本。"你什么时候才会表现得像个正常人?""楼下是怎么回事?"妈妈在楼上的楼梯间大喊。"没事!"我们一起回答。一分钟之后,我们听到她走回书房,鸟弟伸出手臂遮住他的脸,挖挖鼻孔。"该死,

---

① 此处是鸟弟玩了文字游戏,把柠檬汁(lemonade)拼成了柠檬助手(lemon-aid)。译者做了同音字处理。
② 门符(Mezuzah),犹太人挂在门上的安家符,以示信仰,通常是一个小盒,装着记有《圣经》文字和神的名字的羊皮纸卷。

鸟弟，"我透过齿缝轻声说，"最起码试着正常一点，你最起码得试试看。"

32. 两个月来，妈妈几乎没出过家门

放暑假一周前的一个下午，我放学回家，看到妈妈在厨房里，手里拿着一个要寄给雅各布·马库斯的包裹，收件人的地址是康涅狄格州。她已经译完《爱的历史》的前四分之一，要我帮她到邮局寄包裹。"没问题。"我边说，边把包裹夹到手臂下。但我反而走到公园里，用大拇指指甲小心拆开封口。最上方是一封信，信中只有短短一句话。妈妈细小的英式字迹写道：

亲爱的马库斯先生：
　　我希望这些章节如你所愿。若不尽满意，请完全归咎于我。
　　　　　　　　　　　　　　　　　　　　　　　　　　夏洛特·辛格

我的心一沉，就这么无趣的寥寥数语，不带任何一丝罗曼蒂克的暗示！我知道我应该把信寄出去，我无权做主，干涉别人的事情也不光明正大。但话又说回来，世上有很多事情都不光明正大。

33.《爱的历史》第十章

在"玻璃时代"，每个人都相信自己的某个部分非常脆弱，有些人觉得是手，有些人觉得是大腿骨，有些人则相信他们的鼻子是玻璃做成的。"玻璃时代"之前是"石头时代"，这是进化过程中的一种修正。"玻璃时代"为人类关系注入一股新浮现的脆弱，培养出了同情心。在爱的历史中，这个时代大约持续了一个世纪，时间相当短暂，直到有个叫作伊格纳西奥·达希瓦的医生发明了一种疗法，他让人们躺在沙发上，然后对着患者自觉身上脆弱的部位重重一击，借此证明大家的想法是错的。长久以来，

这种对身体的幻觉显得那么真实，现在终于慢慢消逝，像极了许多我们不需要、却放弃不了的习惯。但有时不知道为什么，这种幻觉再度浮现，显示出"玻璃时代"跟"沉默时代"一样，从未完全画下句点。

举例而言，有个人走在街上，你不一定会注意到他，他不是那种会引人注目的人；他的装扮和举止都不会让人觉得出众，他通常会被人忽视，他自己也会这么跟人说。他身边没带东西，最起码他让人觉得两手空空，虽然看起来快下雨了，但他似乎没有带伞；虽然是上下班时间，但他似乎没带公文包。他身边的人群俯身抵抗风势，奋力走回他们在市区边缘的温暖家中，他们的孩子们在餐桌旁低着头做功课，空气中弥漫着晚餐的香味，说不定还有一条狗，因为在这样的家中，永远都有一条狗。

当这个男人还年轻时，有天晚上他决定去一个派对，在派对上碰到一个女孩。女孩从小学就跟他同学，他始终有点喜欢她，尽管他很确定，她根本不知道有他这个人。她有个他所听过最美的名字：阿尔玛。看到他站在门边时，她脸色一亮，穿过房间跟他说话，他简直不敢相信。

一两个小时过去了，他们肯定聊得很高兴，因为接下来阿尔玛叫他闭上眼睛，然后吻了他。她的吻是他愿意花一辈子来回答的问题，他感到自己猛烈颤抖，很怕快要控制不了自己的肌肉。对其他人而言，这没什么大不了的；对他而言，却不是那么简单，因为他相信自己的一部分是玻璃做成的，从有记忆以来，他就相信如此。他想象自己一不小心摔倒，在她面前跌成碎片。于是，虽然非常不愿意，他还是抽身。他对着阿尔玛的双脚微笑，希望她会理解。他们又聊了好几小时。

那天晚上，他满心欢喜地回家。他睡不着，兴奋地期盼着隔天，他跟阿尔玛约好一起去看电影。隔天晚上，他去接她，送她一束黄色的水仙花。在电影院里，他一一解决坐着的各种状况，而且应付得非常好！整部电影中，他身子往前倾，把全身的重量压在大腿内侧，而不是那个玻璃做成的部位。就算阿尔玛注意到了，她也没说什么。他稍微动了一下膝盖，然后一点一点移过去，直到贴上她的膝盖为止，此时他已汗流浃背。电影结束了，他根本不知道电影演了什么。他提议到公园走走，这次他停了下来，把阿尔玛拉进怀里，吻了她。他双膝开始颤抖，想象自己躺在一堆玻璃碎片里，但他强自压下抽身的冲动，用手指轻轻抚过她薄衫下的背脊。一时之间，他忘了自己可能身处险境，他只庆幸世界刻意在人们之间造成距离，好让我们能够消弭距离，感受愈靠愈近的喜悦。尽管在内心深处，我们永远忘不了彼此之间无法超越的不同，也因而永远存着一丝悲伤。尚未自觉之前，他就开始猛烈颤抖，他绷紧肌肉，努力抑制。阿尔玛感觉到他的迟疑，稍微退后看着他，脸上带着受伤的表情。他几乎想说出多年以来一直想说却说不出口的两句真话：我的一部分是玻璃做成的；我爱你。

他最后又见过阿尔玛一次，他不知道那会是最后一次，他以为一切才刚开始。他花了整个下午帮她做一条项链，他折了好多只小小的纸鸟，然后用细线串起来。出门之前，他一时冲动从他母亲的沙发上摸走一个针织椅垫，把它塞进长裤的臀部附近当作护垫，这么做了之后，他马上心想以前为什么从没想到这个点子。

那天晚上，他把项链送给阿尔玛，轻柔地帮她戴上之后，她吻了他，他只感到一点颤动，不至于太可怕。她用她的手指轻轻抚过他的背脊，手悄悄伸进他长裤臀部，顿了一下，随即收回，脸上难掩介乎惊恐和大笑的表情，这种表情让他想起他熟知的痛苦。于是，他告诉她真话，最起码他试着说，却只说出了一句。后来，过了许久之后，他发觉自己心中有两件永远无法释怀的遗憾：第一，当她抽身之时，在路灯下，他看到他帮她做的项链在她喉间留下刮痕；第二，在他这辈子最重要的时刻，他选错了该说的话。

好久好久，我坐着阅读妈妈译完的章节。读完第十章之后，我明白了自己必须怎么做。

34. 孤注一掷

我把妈妈的信捏成一团，扔到垃圾桶里。我跑回家，回到我房里，重新写信给那个我相信能改变妈妈的男人。我认真写了好几小时。那天深夜，妈妈和鸟弟睡了之后，我起床蹑手蹑脚穿过走道，把妈妈的打字机搬到我房里。她还是喜欢用打字机写些超过十五个字的信。我打了好多次，终于打出一封没有任何错误的信。我最后从头到尾读了一次，签上妈妈的名字，然后上床睡觉。

原谅我 /Z

我们对兹维·李特维诺夫的了解,几乎完全来自他太太在一部《爱的历史》之中的引言,这部《爱的历史》是他过世几年之后重新发行的版本。她笔调淡雅、不露锋芒,但她为另一人的创作奉献了她的一生,行文之间不免多了一丝渲染的颜彩。引言开头说:一九五一年秋天,我刚满二十岁,在瓦尔帕莱索①遇见兹维。我经常在海边的咖啡馆看到他,那时我和我朋友是咖啡馆的常客。他即使在天气最温暖的几个月也穿着外套,郁郁寡欢地凝视外面的风景。他比我大差不多十二岁,但他的某种气质深深吸引了我。我知道他是个难民,因为有几次他跟他认识的人说话时,我听得出他的口音。他的朋友们也来自另一个世界,偶尔在他桌边停下来聊聊。在我很小的时候,我的父母从克拉科夫②移民到智利,因此,他的某种特质感觉相当熟悉,也打动了我。我故意慢慢啜饮咖啡,看着他读完报纸。我的朋友们嘲笑他,称他为"老人家"。有一天,有个叫作格蕾西亚·施蒂尔默的女孩问我敢不敢过去跟他说话。

于是罗莎过去跟他说话。那天,她跟他聊了将近三小时,午后时光逐渐拉长,海上吹来阵阵凉风。对李特维诺夫而言,这个一头黑发、脸色白皙的年轻女孩注意到他,又懂得一点意第绪语,他不但开心,心中更突然充满一股渴慕。多年以来,他甚至不知道自己心中存有这种情绪。他活泼起来,讲故事、背诵诗句逗她开心。那天晚上,罗莎满心欢喜地回家。她在大学里认识的男孩们都是一脸傲相、自以为是,满头发油、满嘴哲学空谈,其中几个感情较为丰富,看到她赤裸的娇躯,就坦承对她的爱意,但他们没有一个及得上李特维诺

---

① 智利的一个港口城市。
② 波兰城市。

夫一半的生活历练。隔天下午下课之后，罗莎匆匆赶回咖啡馆，李特维诺夫在那里等她，两人又兴奋地聊了好几小时。他们畅谈大提琴的琴声、默片，以及咸咸的海水味所勾起的回忆。这种情况持续了两星期，他们虽然有许多共同点，但晦暗、沉重的差异依然浮悬在两人之间，罗莎却因而更受他吸引。她用尽一切方法试图了解，即使只是最微小的一部分也好，但李特维诺夫很少谈到过去，以及他所失去的一切。他也从未提起，晚上他已开始在房里的旧绘图桌前提笔写作，这本书将成为他的巨著。他只说他在一所犹太学校兼职教书。罗莎看着这个坐在她对面，穿着黑大衣，人和大衣都跟乌鸦一样乌漆墨黑，带着一丝老照片般肃穆的男人，难以想象他在一群笑闹尖叫的孩子之间是什么模样。罗莎写道：直到两个月之后，悲伤之情似乎趁我们不注意时，悄悄从敞开的窗户溜进来，干扰了初陷爱河的那种难得的气氛，在这一刻，李特维诺夫才把《爱的历史》的头几页念给我听。

　　书是用意第绪文写的，后来藉由罗莎之助，李特维诺夫将书翻译为西班牙文。意第绪文的原稿是手写的，后来他们外出上山时，家里淹水，原稿因而遗失，罗莎只抢救到一页漂浮在水上的书稿。那时李特维诺夫书房中的积水就有六十厘米深。我看到水面下有个金色的笔套，他始终把这支笔插在口袋里，她写道，我得把手伸进深及肩膀的积水里才够得到。书稿的墨水已经晕开，有些地方字迹已经难以辨认，但他在书中为她取的名字，也就是《爱的历史》中每个女人的名字，依然可以从书稿下方，李特维诺夫斜长的字迹中辨识出来。

　　罗莎不像她的丈夫一样是个作家，但引言行文流畅，浑然天成。在文中，她几乎直觉地运用停歇、暗示、省略等语法，造成一种朦胧的效果，留给读者想象的空间。她形容李特维诺夫从头开始为她朗读小说时，窗户大敞，他的声音微微颤抖，但只字不提两人所处的房间。我们只能假设他们肯定在李特维诺夫的房里，房里那张绘图桌曾经属于房东太太的儿子，桌角刻着犹太人最重要的祷词："以色列啊，你要听！耶和华我们神是独一的主。"①因此，每次李特维诺夫靠着斜长的桌面伏案写作之时，他都会刻意或不自觉地念诵经文。罗莎完全没提他那张狭窄的床，以及他前晚洗了拧干的袜子，袜子这会儿像两只垂头丧气的小动物一样垂在沙发椅背上；她也完全没提房里唯一一张加框的照片，照片摆的角度刚好面对剥落的壁纸（李特维诺夫暂时告退，去外面上洗手间时，罗莎肯定盯着墙上的壁纸）。照片中的小男孩和小女孩并排站着，手臂僵硬地垂在身侧，男孩和女孩的手紧扣在一起，膝盖光溜溜，照片中的他们定格在原地；在此同时，从相框的一角望去，窗外远方，午后的时光却慢慢从两人身旁溜走。罗莎写道，一段时间后，她终于嫁给了她的乌鸦男子。她父亲过世之后，家人卖掉那栋有着芳香花园、充满童年回忆的大房子。不知怎么的，她和李特维诺夫有了一笔钱，在瓦尔帕莱索的郊外买了一栋白色的小平房，房子坐落在山崖上，俯瞰水面。李特维诺夫暂时辞去教职，几乎每天下午和晚上都埋头写作。但罗莎没提到李特维诺夫咳个不停，咳得经常半夜走到阳台上，凝视远方漆黑的水面；她也没提他经常沉默不语，双手有时发抖。她看着他在她眼前老去。对他而言，时间消逝得似乎比对周遭每个人更快。

关于李特维诺夫本人，我们只知道他在唯一的那部作品中写了些什么。他不记日记，很少写信，他写的少数几封信不是已经遗失，就是遭到损毁。除了几张购物清单、几页私人札记、罗莎从大水中抢救到的一页意第绪文原稿之外，他只留下一封信件，那是一张日期为一九六四年的明信片，收信人是他在伦敦的侄儿。那时《爱的历史》已经出版，印量是低调的两千册。李特维诺夫重拾教鞭，因为他刚出了一本书，稍有声誉，所以这次他在大学教授文学。你可以在瓦尔帕莱索的市史博物馆看到这张明信片。博物馆中满是尘埃，每次有人想去参观，博物馆却几乎总是关闭。明信片摆在一个展示柜里，柜中衬

---

① 出自旧约《申命记》6:4。

里的蓝色绒布早已陈旧不堪。明信片背面简单写道：

亲爱的伯里斯：

　　我真高兴得知你通过了考试。你母亲（愿上帝保佑她在天之灵）将甚感欣慰。一个货真价实的医生！你会比现在更忙，但你如果想来找我，我这里永远有个空房间，你爱住多久，就住多久。罗莎很会烧菜，你可以坐在海边，好好度个假。有女朋友吗？我只是随便问问，绝对不要忙得没时间交女朋友。附上我的爱及贺意。

兹维

　　明信片正面是一幅手绘的大海。墙上有个解说牌，上面除了这张明信片的翻版之外，还有下列说明：兹维·李特维诺夫，《爱的历史》的作者，出生于波兰，在瓦尔帕莱索住了三十七年，直到一九七八年逝世为止。这张明信片是写给他姐姐的儿子伯里斯·普尔斯坦的。解说牌左下角有一排小字写道：罗莎·李特维诺夫捐赠。牌子上却没说他妹妹米丽娅姆在华沙集中营，被一个纳粹士兵开枪击中头部；也没说除了伯里斯之外，李特维诺夫没有任何活着的亲人。伯里斯在"儿童撤离行动"①中获救，战争期间，在萨里②的一家孤儿院度过童年。日后，伯里斯对他孩子的关爱中，始终夹杂着沮丧和恐惧，不时令他的孩子们感到窒息。除此之外，牌子上也没提到这张明信片从未寄出，但心细的参观者看得出邮票上没有邮戳。

---

① 儿童撤离行动（kindertransport），第二次世界大战爆发前的九个月间，英国接收了来自德国、奥地利、捷克、波兰的大约一万个犹太儿童，这些儿童通常是家中唯一幸存下来的人。
② 位于英格兰东南部。

我们所不知道的关于李特维诺夫的事难以尽数。比方说，我们不知道一九五四年秋天，罗莎坚持到纽约让几位编辑看看他的手稿。当他第一次、也是最后一次造访纽约时，他假装在人潮汹涌的百货公司里跟太太走散，独自外出闲逛，走到街对面，站在中央公园的阳光下眨着眼。她在一排丝袜和皮手套之间寻找他时，他正穿过一排榆树，等到罗莎找到经理，通过扩音器广播：李特维诺夫先生，兹维·李特维诺夫先生，请您跟尊夫人在女鞋部会面，他已经走到池塘边，看着一对年轻情侣划船朝向芦苇丛前进。他站在芦苇丛后方，女孩觉得没有人看得到她，所以解开衬衫纽扣，露出白皙的双乳。李特维诺夫看了心中充满痛惜，匆忙穿过公园，回到百货公司，刚好看到罗莎跟两位警察说话。她满脸通红，头发汗湿地贴在颈背，一看到他，她马上把他揽到怀中，说他把她吓个半死。她问他究竟到哪里去了，李特维诺夫回答说他去上洗手间，却被锁在里面。当天稍后，在旅馆的吧台，李特维诺夫夫妇跟一位答应与他们见面的编辑会面，编辑神情紧张，笑声尖细，手指被香烟熏得泛黄。他跟他们说，虽然他非常喜欢这部小说，但他没办法出版它，因为不会有人买。为了聊表谢意，他致赠一本他们出版社刚推出的新书，一小时之后，他说他得参加一个晚宴，必须先行告退，然后匆匆离开，留下账单让李特维诺夫夫妇买单。

那天晚上罗莎睡了之后，李特维诺夫真的把自己关在洗手间里，他几乎每天晚上都这么做，因为他不好意思让太太闻到自己如厕的味道。坐在马桶上时，他读了那编辑致赠的书的头一页，而且，他哭了。

我们不知道李特维诺夫最喜欢牡丹花；他最喜欢的标点符号是问号；他常做噩梦，梦醒之后若想再次入睡——如果还能睡得着的话——非得喝杯温牛奶不可。他经常想象自己的死亡，他想着那个爱他的女人其实不该爱上他，他是扁平足，他最喜欢的食物是马铃薯，他喜欢把自己视为哲学家，他质疑所有事情，即使是最单纯的小事也不例外。他认真到连有人在街上经过他身旁、举起帽子说声"日安"，他也会经常久久站在一旁，思索那是什么意思，等到他决定了一个答案，对方却早就走了，留下他一个人站在原地。这些事情都遭到遗忘，正如好多人从出生到死亡，没有任何人曾经花时间把诸如此类的事情全都写下来。老实说，若非他有个衷心奉献的妻子，根本不会有人知道关于李特维诺夫的任何事情。

一家圣地亚哥的小出版社发行《爱的历史》几个月之后，李特维诺夫收到一个包裹。邮差按门铃时，李特维诺夫的笔正停在一页空白的纸上，眼中闪烁着泪光，心里涨得满满的，感觉自己即将有所领悟。但门铃一响，思绪随之消逝，李特维诺夫又变回普通人，蹒跚走过光线黯淡的走廊，一开门就看到邮差站在阳光下。"你好。"邮差边说边递给他一个包装整齐的褐色大信封，李特维诺夫掂了掂信封就知道，虽然先前不久这一天看来充满希望，似乎将超出他所有的预期，但霎时之间，情势却像地平线上的暴风雨一样转变了方向。他打开信封，更加证实了自己的想法，信封内有一份《爱的历史》的校样，他的出版商还附了一张短函：随函附上一份废弃的印刷品，我们已不需要它，所以把它寄还给你。李特维诺夫不知道把校样寄还给作者是出版社的惯例。他心中一阵抽痛，心想罗莎看了不知道会不会改变对这本书的观感。他不想让罗莎发现，于是他把短函和校样一起烧掉，看着纸张在壁炉中化作琥珀色的灰烬。罗莎逛街回家之后，推开窗户，让光线和新鲜空气进到屋内，还问天气这么好，为什么要生火？李特维诺夫耸耸肩，抱怨说有点冷。

在两千本初版的《爱的历史》中，有些被人买了阅读，有些被人买下却没被阅读；有些被买来送人，有些在书店的橱窗里逐渐褪色，成了苍蝇的驻足之地；有些书内标注着感想，许许多多却被送到压纸厂，跟其他没人读或没人要的书籍一起被化成纸浆，书中文句在机器的旋转刀锋中被解剖、剁碎。李特维诺夫凝视窗外远方，想象两千本《爱的历史》如同两千只正飞回家中的鸽子，鸽群挥动着翅膀回到他身边，跟他报告多少人哭泣、多少人大笑、多少字句被大声朗诵、多少本读不到一页就惨遭合卷、多少本压根没被翻开。

他无从得知。但在两千本初版的《爱的历史》中，最起码有一本注定会改变一个人、甚至不止一个人的一生（李特维诺夫过世之后，他的作品忽然受到重视，于是《爱的历史》重新印刷，还附上了罗莎的引言）。这本特别的《爱的历史》是初版的最后几本，比其他一千多本在圣地亚哥郊外的仓库里待得更久，吸收了不少湿气，后来终于被从仓库送到布宜诺斯艾利斯的一家书店。草率的老板几乎没注意到它。多年以来，它一直被摆在书架上，封面长出了一层霉。这本书不厚，在书架上所占据的位置也不起眼。左边是一本厚得过分、关于一位二线女明星的传记；右边是本曾经红极一时的畅销小说，但现在大家早已忘了这个作家。书店后来易手，这本书成了大甩卖的牺牲品，被卡车运到另一个仓库，仓库肮脏、漆黑，蜘蛛爬来爬去。书在黑暗与阴湿中待了好久，最后终于被运送到一家小小的二手书店。作家博尔赫斯住在书店附近，那时博尔赫斯已经全盲，没有理由去书店，这不单是因为他再也无法阅读，更是因为他这辈子已经读了太多，背下了大量塞万提斯、歌德、莎士比亚的著作，他只需坐在黑暗中默默回想就好了。喜爱博尔赫斯的访客们经常查询他的地址，敲敲他的大门，但当访客们被请到家中时，他们看到的不是个大作家，而是个读者。博尔赫斯用手指摸索藏书的书脊，直到找到他有兴趣的那一本，然后他把书递给访客，访客毫无选择余地，只好坐下来大声读给他听。他偶尔会离开布宜诺斯艾利斯，跟他的朋友玛丽亚·科德玛一起旅行，他述说搭乘热气球的快乐，或是老虎之美，由她记录下来。但他没有造访那家二手书店，即使他视力仍佳之时，跟书店老板交情不错，他依然从没去过书店。

  书店老板慢慢整理她从仓库便宜购进的大量书籍，有天早晨，她检视一箱箱书籍时，发现了那本封面长了霉的《爱的历史》，她从没听过这本书，但书名引起了她的兴趣。她把书放在一旁，店里生意清淡时，她读了开头第一章，章名为《沉默时代》：

> 人类最初的语言是手势。这种从手中流泻而出的语言一点都不原始，手指和手腕精细的骨头能做出源源不绝的动作。现今我

们所说的一切，全都可以借由这些手势来表达。手势繁复而微妙，蕴含着动作之美，却完全被人遗忘。

在"沉默时代"，人们的沟通不会更少，而是更频繁。为求生存，双手几乎从没停过，因此，人们只有睡梦中才不说话，有时即使睡着了，双手依然舞动。手势之语就是生命之语，两者难分难解。举个例子来说，动手盖房子或是准备晚餐，跟比画出"我爱你"或是"我感觉很严重"，同样都是表达方式。当一个人被大的噪音吓了一跳，伸出一只手遮住脸，这就传达了某种意义；当别人掉了东西，一个人伸手拾取，这也传达了某种意义；即使双手休息，同样也传达着某种意义。这样当然会产生一些误解。有时一根手指头说不定只是搔痒，他心爱的人若刚好看到，她说不定不巧地将之视为另一个熟悉的手势：如今我明白，爱上你是个错误。这些误解令人心碎，不过，因为人们知道容易发生误解，也不期望完全了解彼此的意思，所以他们经常打断彼此，询问一下自己的理解是否正确。有时人们甚至希望产生误解，因为这样一来，他们就有理由说：原谅我，我只是在鼻子上搔痒，我当然知道，爱上你始终是个正确的抉择。因为发生误解的次数太频繁，久而久之，道歉的手势进化成一个简单的姿势，只要伸出手掌就表示：原谅我。

所有关于这种最初语言的记录几乎都已经遗失，仅有一个例外，那是一组七十九件手势化石，化石中人类的双手永远停留在句子当中，留下了这些印记，现今我们对"沉默时代"的了解，全都来自这组化石。化石收藏在布宜诺斯艾利斯的一家小博物馆里，其中一块表示"有时会下雨"，另一块表示"过了这些年之后"，另一块则说"那时爱上你是个错误吗"？一九〇三年，一位名叫安东尼奥·阿尔贝托·德别德玛的阿根廷医生，在摩洛哥发现了这组化石，当时他在阿特拉斯山脉的高山上徒步旅行，发现了一个山洞，山洞里的一块泥板岩上嵌印着这七十九种手势。他花了好多年研究这些手势，却始终不得其解，直到有一天，他在痢疾所引发的高烧中,忽然能够解读那些被嵌印在石头中、以拳头与手指所做出的微妙姿势。不久之后,他被送到非斯[①]的一家医院,最后终因痢疾而丧命。临终之时,他躺在病床上,双手像飞鸟般移动,做出千百种沉寂了好多年的手势。

人群齐聚,或是派对中,或是周围有一群跟你不熟的人,有时你的双手会不自然地垂在手臂尽头,你会发现自己不知道该拿它们怎么办,忽然之间,你领悟到自己的身体居然如此陌生,心中不禁充满哀伤。你若曾有这种体验,这是因为你的双手记得曾有一时,身体与心灵、头脑与心智、体内与体外之间的区别要小得多。我们并没有完全忘记手势之语,现在我们说话时习惯挥动双手,就是遗留自"沉默时代"。拍掌、指东指西、竖起大拇指,这些都是古老的手势。举个例子来说,牵手让我们记起那种两人在一起、什么都不用说的感觉。夜深之际,当周遭暗得看不见,我们觉得必须在彼此的身上比画,借此确保对方了解自己的心意。

二手书店的老板调低收音机的音量。她翻到书的后勒口,想多了解这位作家,但上面只说兹维·李特维诺夫出生于波兰,一九四一年搬到智利,至今仍住在智利,连张照片都没有。那天,趁着服务顾客的空当,她读完了整本书。那天晚上拉上店门之前,她把书摆在橱窗,想到有人可能买下它,心中有点不舍。

隔天早上,第一缕晨光流泻过《爱的历史》的书封,苍蝇群中的第一只也缓缓降落其上。在炽热的阳光下,发霉的书页逐渐变干,一只在店里闲荡的蓝灰色波斯猫,懒懒走过书旁,在它旁边的一抹阳光中躺了下来。几小时之后,许多人经过橱窗,在众多路人当中,有人头一次好奇地看了它一眼。

书店老板没有试图向任何顾客推销这本书,她知道若落入不适合

[①] 摩洛哥北部城市。

的人之手，这类书籍很容易遭到忽视，更糟的是，甚至没有人翻阅。她把书留在原处，希望合适的读者会发现它。

合适的读者果然上门。有天下午，一位高个子的年轻人看到橱窗中的书，他走进书店，拿起它，读了几页，把它拿到收银台。他问老板问题时，她听不出他的口音，她对这名即将把书带走的顾客感到好奇，问他是哪里人。他说是以色列人，接着解释说他刚服完兵役，已经在南美洲旅行了好几个月。老板正要把书放进纸袋里，但年轻人说他不需要纸袋，说完就把书放进背包里。在门口的风铃声中，她看着他离去，他那双凉鞋在炎热明亮的街道上啪啪响。

那天晚上，年轻人光着上身待在租来的房间里，头顶上的风扇懒懒地把热气吹来吹去。他翻开书，用练习了多年的一手好字签下他的名字：大卫·辛格。

在满心烦躁与渴望中，他开始阅读。

永恒的喜悦 /L

我不知道我在期待些什么,但我确实怀着某种期望。每次去开邮箱时,我的手指总是发抖。我星期一去,邮箱空空如也;星期二、三、四也去,依然什么都没有。我把书寄出去的两个半礼拜之后,电话响了,我确定来电的一定是我儿子。我已经在椅子上打了一会儿瞌睡,口水都流到了肩膀上。我跳起来接电话,哈啰?但是嘛,那只是绘画班的老师,她说她正帮一家画廊筹备一个展览,想找些人参与,因为我"令人难以忽视的风采",所以她想到我。我当然受宠若惊,换作其他时候,光是这句话就足以让我大嚼猪排以示庆祝,不过嘛,什么样的展览呢?我问。她说我只要光着身子坐在房间中央的一张金属凳上,我若愿意的话(她也希望我会愿意),不妨把身子浸到一桶经过犹太拉比认证的牛血里,然后在他们提供的一张张白色大纸上打滚。

我或许是个笨蛋,但还不到绝望的地步。我愿意做的事情也有限度,于是我衷心跟她道谢,但不得不回绝,因为已经有人请我坐在我拇指上,像地球绕着太阳那样打转。她听了相当失望,但似乎能够谅解。她说如果我想看看学员们以我为模特的画作,他们下个月有个展览,我可以过来参观。我写下日期,然后挂掉电话。

我在公寓里待了一整天,天色逐渐变暗,所以我决定出去散步。我虽然上了年纪,但还能四处走动,我走过"查飞"快餐店、"曼因先生"理发店和"科索"巴利饼①店。星期六晚上,我有时到这家饼店吃个热腾腾的百吉饼,他们本来不做百吉饼,但他们为什么得做呢?开的既然是"巴利饼店",他们做的自然是巴利饼。不过嘛,

---

① 巴利饼(bialy)是犹太人常吃的一种面包,源自波兰,类似百吉饼(烘焙而非油炸的硬面包圈),中间凹陷,内有碎洋葱、大蒜等。

我继续前进，走到一家药店里，撞翻一排软膏展示架，但是嘛，我却心不在此。经过文化中心时，我看见一面巨大的横幅广告，上面写道：杜督·费雪① 本周日晚上演出，购票请早。有何不可呢？我心想。我自己不太喜欢这一套，但布鲁诺非常喜欢杜督·费雪，于是我走进去买了两张票。

我漫无目的，夜幕逐渐低垂，但我继续前进。走着走着，我看到一家星巴克，进去买了一杯咖啡，倒不是因为我想让大家注意到我，而是因为我想喝咖啡。我通常会放肆而夸张地说：给我一杯大杯的……喔，我的意思是中杯，不，来杯特大杯的茶吧，嗯，还是来杯小杯星冰乐呢？最后我还会故意在加牛奶的地方出个小差错。但这次不然，我像个正常人一样倒牛奶，一派循规蹈矩的模样，然后在舒适的沙发上坐下。沙发对面有个男人正在看报，我双手捧着咖啡，热腾腾的感觉真好。隔壁桌坐着个一头蓝发的女孩，身子微微前倾盯着笔记本，嘴里咬着一支圆珠笔。女孩旁边坐着一个身穿足球服的小男孩，跟妈妈坐在一起，妈妈正跟他说：elf 的复数是 elves。一阵快乐突然袭上心头，我好高兴自己属于这一切，而且像个正常人一样享用咖啡。我真想大喊：elf 的复数是 elves，多么奇妙的语言！多么奇妙的世界！

洗手间旁边有个公用电话，我摸摸口袋找零钱，打电话给布鲁诺。电话响了九声，蓝发女孩走向洗手间时经过我身旁，我对她笑笑，她居然也对我一笑，多么令人惊喜啊！响到第十声时，他接起了电话。

布鲁诺吗？

什么事？

活着不是很好吗？

不，谢了，我不想买任何东西。

我不是想卖东西！是我，利奥！我在星巴克喝咖啡，突然感到一阵激荡。

---

① 杜督·费雪（Dudu Fisher），原名大卫·费雪（David Fisher, 1951—   ），以色列著名歌唱家。

你被谁打到了？

哎呀，听好，我忽然觉得活着真好，心情特别激动。活着！我想跟你分享。你了解我在说什么吗？我是说生命真美好。布鲁诺，生命真美好，也是永恒的喜悦。

话筒另一端默不作声。

当然，随便你怎么说，利奥。生命真美好。

而且是永恒的喜悦，我说。

没错，布鲁诺说，喜悦。

我等了一会儿。

还有永恒。

我正要挂电话时，布鲁诺开口了：利奥？

干吗？

你是说人类的生命吗？

我继续啜饮咖啡，一喝喝了半小时，尽情享用。女孩合上笔记本，起身离去。男人快看完报纸了，我瞄了一下标题。周遭的种种远比我宏大，我只是其中一小部分，没错，人类的生命，人类！生命！男人翻到下一页，我的心赫然停顿。

报上有张伊萨克的照片，我从没看过这张照片。我收集了所有关于他的剪报，如果有个书迷俱乐部，我肯定是会长。二十年来，我订阅偶尔刊登他作品的杂志，我以为我已经看过他所有的照片，也仔细端详了上千次，不过，我从没看过这一张。照片里的他站在窗前，下巴低垂，头稍微歪到一边，说不定正在想事情。但他眼睛往上看，好像在按下快门之前，有人刚好叫了他一声。我想大声呼唤他，虽然那只是份报纸，但我想扯着嗓门大喊：伊萨克！我在这里！你听得到我的声音吗？我的小伊萨克！我要他把眼光朝向我，正如他得看着那个刚刚打断他思绪的人。但是，他不能，因为新闻标题写道：**作家伊萨克·莫里兹辞世，享年六十岁**。

声誉卓著的作家伊萨克·莫里兹,因何杰金氏症①于星期二晚上辞世,享年六十岁。他所著的六部小说中,包括曾经荣获国家图书奖的《补偿》。

莫里兹先生的小说诙谐、充满热情,在绝望中亦不放弃希望。从发表第一部小说开始,他便拥有忠实的读者群,其中包括菲利普·罗斯。莫里兹先生一九七二年以处女作获颁国家图书奖,罗斯即为该年的评审之一。他在宣布得奖人的新闻稿中表示:"《补偿》一书的主轴是鲜活的人类之心,充满了狂热与渴求。"莫里兹先生的另一个书迷莱昂·威泽尔蒂亚,今晨在华盛顿特区《新共和》杂志办公室接受电话访问时,称许莫里兹先生是"二十世纪末最重要、最被低估的作家之一",他同时强调,"称他是个犹太作家或实验派作家,无疑是错解了他作品的精神;他的作品无法被归类。"

莫里兹先生一九四〇年出生于布鲁克林,父母是移民。他是个安静而严肃的孩子,从小就在笔记本里详细描述自己生活的一情一景。其中一篇日记里,十二岁的他描述看着一群小孩殴打一条小狗。日后《补偿》中最广为人知的一段叙述,其灵感便来自于这篇日记。在这段叙述中,主角雅各布初次与一名女子做爱,不久后离开她的公寓。他,在冷冽的寒风中,站在街灯的阴影下,目睹两名男子狠狠踢死一条狗。在那一刻,人类的温柔与凶残激起他强烈的感受:"深受自省所苦的兽性以及深受动物本能所苦的人性,在内心形成一股无解的冲突",雅各布于是发出一段动人的感叹,全段长达五页,一气呵成,全无间断。《时代》杂志将之称为现代文学中"最炽热、最令人难以忘怀的一段文字"。

《补偿》佳评如潮,不但为莫里兹先生赢得国家图书奖,同时也让他成为家喻户晓的人物。《补偿》上市的第一年中,销量

---

① 淋巴癌的一种。

达二十万册,也登上《纽约时报》畅销书排行榜。

　　各方热切期待他的第二本作品,五年之后,他终于出版短篇小说集《玻璃屋》,却评价不一。有些书评人赞许这部作品是大胆、创新、截然不同的尝试;诸如莫顿·列维等书评人却抱持不同看法。列维在《评论》杂志中严词批评这本小说集是失败之作。"莫里兹先生的处女作洋溢着末世论的神采,此次却将焦点转移到粪石论。"《玻璃屋》的笔调零碎,有时充满超现实意味,故事主题涵括天使、拾荒者等。

　　莫里兹先生在第三本作品《歌唱》中再度创新,全书文字不加粉饰,《纽约时报》称之为"紧绷得像鼓皮"。在最近两部作品中,莫里兹先生虽然不断寻找新的表达方式,但主题始终如一。他阐述人道热情,锲而不舍地探索人类与上帝的关系,这便是他创作的根源。

　　莫里兹先生尚有一个弟弟伯纳德·莫里兹在世。

　　我茫然坐着,想起我儿子五岁时的脸庞,也想到有一次我在街对面看他系鞋带。过了一会儿,有个眉毛上挂着小环的服务员走到我面前。我们要打烊了,他说。我环顾四周,没错,大家都走了,一个指甲上画了图案的女孩正在拖地。我站起来,或说我试着站起来,但双脚却在颤抖。星巴克的工作人员看着我,好像我是蛋糕粉里的蟑螂。我手中的纸杯已被我压成一堆潮湿的纸浆。我把它递给服务员,蹒跚着走过店里,然后想起那份报纸,服务员已经把报纸丢到垃圾桶里,正把垃圾桶推到店门口。在他的注视下,我翻找出报纸,报纸已经被一块没吃完的丹麦酥弄脏。为了表示我不是个乞丐,我把那两张杜督·费雪的门票递给他。

　　我不知道自己是怎么回到家的。布鲁诺八成听到我开门,因为一分钟之后,他下楼来敲门。我没有应门。一片漆黑中,我坐在窗边的椅子上。他一直敲门,最后我终于听到他走回楼上。过了一个多小时,我又听到他在楼梯上走动。他从门下塞进一张小纸片,上面写着：生命真没好①。我把纸片推出去，他把它推进来，我又推出去，他再推进来。推来推去之际，我盯着纸条，生命真没好，我心想。或许是吧，或许生命正是如此。我听得见布鲁诺在门外的呼吸声，我找到一支铅笔，草草写下：而且永远是个笑话②。我把纸片从门下推回去，他读着，没出声，这下才感到满意，慢慢上楼去了。

我说不定哭了，这又有何差别？

我快天亮才睡着。我梦见自己站在一个火车站里，火车进站，我父亲下车，他穿着一件骆驼毛的大衣。我奔向他，他没认出我，我跟他说我是谁，他摇摇头说不，他说：我只有女儿。我梦见我的牙齿打战，身上的毛毯令我窒息；我梦见我的兄弟们，四处都是鲜血。我真想说，我梦见自己和心爱的女孩一起终老，或是我梦见一扇黄色的门、一片宽阔的田野；我真想说，我梦见我死了，人们在我的遗物中发现我的书，在我过世多年之后，我终于成了一个名作家。不过嘛。

我拿起报纸，剪下我的伊萨克的照片。照片已经发皱，但我把它抚平，放在皮夹中专放照片的塑料套里。我数度拉开又扣上皮夹上的尼龙搭扣，就为了看看他的脸庞。后来我注意到照片下方有一排字：追思礼将于……其他字句被剪掉了。所以我把照片拿出来，摆回刚才剪下来的地方。追思礼将于十月七日星期六早上十点，在"中央礼拜堂"举行。

今天才星期五，我知道我最好不要待在家里，所以我强迫自己出去走走。空气闻起来不一样，世界看起来也变了模样。你变了又变，变成一条狗、一只鸟，或是一株总是向左倾斜的植物。只有在我儿子死去之后，我才了解我始终为了他而活。因为他活着，所以我早上才醒来；因为他活着，所以我才叫外卖；因为他活着读它，所以我才写了我的书。

我搭公交车到上城。我告诉自己，我不能穿着这套勉强可称为西

---

① 原文是 Life is butiful，布鲁诺的笔误，此处却契合了"我"的心境。
② 原文是 And a joke forever，跟他之前说的 And a joy forever（"永恒的喜悦"）构成讽刺。

装的废物参加儿子的葬礼，我不想令他难堪。非但如此，我还想让他以我为荣。我在麦迪逊大道下车，沿着街道浏览店面的橱窗，手中的手帕又冷又湿，不知道该进去哪一家，最后终于选了一家看起来不错的店。我摸摸一件西装外套的面料，一个身材高大、穿了一套亮米色西装、足蹬牛仔靴的黑人走向我，我以为他要把我赶出去。我只是摸摸布料，我说。您想试穿吗？他问。我受宠若惊。他问我的尺寸，我不知道，但他似乎了解，从头到脚打量了我一回，带我到试衣间，然后把西装挂在吊钩上。我脱下衣物。试衣间里有三面镜子，赤裸裸呈现出一些我多年未见的部位。虽然看了伤心，但我依然好好打量，然后穿上西装。西装裤僵硬而窄长，外套简直拖到我的膝盖。我看起来像个小丑。黑人微笑着猛然拉开布帘，帮我拉直西装，扣上扣子，示意我转一圈。我们一起看着镜子。合身极了，他说，如果您觉得有必要，他边说边捏捏我背后的衣料，这里可以稍微改小一下。但我认为没必要，这套西装就像为您定做的。我心想：我哪懂得时装？我问他多少钱，他把手伸到长裤后面，在我的臀部附近摸索。这一套……一千美金，他公布答案。我看着他，一千什么？我问。他客气地笑笑。我们站在三面镜子之前，我把湿的手帕折了又摊开，用仅存的一点尊严，把卡在两边屁股中间的内裤抽出来。应该有个字眼形容这玩意儿，就想象一把单弦竖琴吧。

我回到街上，继续前进。我知道买不买西装根本无所谓，但我必须找点事情做，借此稳定心情。

莱克星敦大道上有家拍护照照片的商店，我有时喜欢光顾一下。我把照片摆在一本小相簿里，里面大多数是我的独照，仅有几张例外，其中一张是伊萨克五岁大时的照片，另一张是我那个锁匠表哥。他是个业余摄影师，有天他教我怎么使用针孔相机，那时是一九四七年春天，我站在他小店的后面，看着他把相纸装进盒子里。他叫我坐下，拿盏灯在我脸上打光，然后移开覆盖在针孔上的绒布。我坐得笔直，几乎不敢呼吸。照完相之后，我们走进暗房，把相纸放进洗照片的平盘，耐心等候，但什么也没看到，应该显现出我影像的地方，只有一片模糊的灰影。我表哥坚持再试一次，所以我们从头再来，结果还是什么也没有。他试了三次用针孔相机帮我照相，但三次都没浮现影像。我表哥百思莫解，诅咒起那个卖相纸给他的男人，说那人肯定卖给他劣质相纸，但我知道那人没有耍花招。有些人失去的是脚或手臂，我则失去了某种特质，少了那种特质，我无法留下任何印象。我请我表哥坐在椅子上，他有点不情愿，但最后终于同意。我帮他拍了一张照片，冲洗时，我们看着他的脸在平盘里的相纸上现形。他笑笑，我也笑笑。拍照的人是我，如果这张照片证明了他的存在，也间接证明了我的存在。他让我留下这张照片，每次我从皮夹里拿出照片，看看照片上的他，其实看的就是我自己。我买了一本相簿，把它贴在第二页，相簿第一页是我儿子的照片。几星期之后，我经过一家药店，店里有个自助拍照间，我走了进去。从那之后，只要手边稍微宽裕，我就到照相间里拍张快照。刚开始一直没有影像，但我不停尝试，后来有一天，快门一闪时，我不经意动了一下，结果出现一个黑影。下一次，我看到了脸的轮廓。几星期之后，我看到了自己的脸，我不再无影无形。

　　我推开照相馆的大门，门铃叮的一响。十分钟之后，我站在人行道上，手里紧抓着自己四张一模一样的大头照。我盯着照片，你可以用各种字眼来形容我，但英俊绝非其中之一。我把其中一张摆到皮夹里，旁边就是那张报纸上伊萨克的照片，然后把剩下的三张丢到垃圾桶。

　　我抬头一看，布鲁明戴尔百货公司就在街对面，我以前去过一两次，让香水部的导购小姐们在我身上喷一喷香水。你管得着吗？这是个自由国家，我爱做什么，就能做什么。我搭手扶电梯上上下下，最后终于在地下楼层找到西装部。这次我先看标价。架上有套打折的深蓝色西装，折扣价是两百美金，看起来像是我的尺寸。我拿着衣服走进试衣间，裤子太长，但这在我意料之中；袖子也太长。我走出试衣间，一个脖子上挂了布尺的裁缝对我招手，示意我站到一个木箱上，我踏了上去，想到母亲以前曾叫我到裁缝家拿父亲的新衬衫。那时我大概九岁还是十岁,在昏暗的室内,几具假人站在角落,好像在等火车。裁缝格列斯基先生低头面向缝纫机,一只脚踩着踏板。我饶有兴味地看着他,在他的巧手以及假人的见证下,一块块布料变成衣领、衣袖、皱褶、口袋。你要试试看吗?他问。我在他的座位上坐定,他教我怎样使用缝纫机。我看着针头跳上跳下,留下一道奇迹般的蓝色缝线。我踩着缝纫机时,格列斯基取出我父亲的衬衫,工整地包在牛皮纸里。他示意我到柜台后面,拿出另一个牛皮纸包好的包裹,小心翼翼地从中取出一本杂志。杂志虽已过期好几年,但保存得非常完好。他用指尖翻阅,杂志里的黑白照片闪闪发亮,照片里的女士们皮肤洁白光滑,好像从体内散发出光泽。她们穿着我从没见过的服装:缀饰着珍珠和羽毛的礼服,还有露出大腿、手臂和胸部曲线的连衣裙。格列斯基口中轻轻吐出一个字:巴黎。他沉默地翻阅杂志,我也静静观看,我们的鼻息在闪闪发亮的照片上凝聚成小小的云朵。说不定格列斯基借此默默地、骄傲地向我展示,他工作时为什么总是小声哼着歌。最后他合上杂志,悄悄把它放回包裹里,然后继续埋头工作。那一刻,如果有人跟我说,夏娃之所以吃下苹果,就是为了让世界上有个格列斯基,我也会相信这话不假。

此时,这位拙劣的裁缝拿着粉笔和大头针在我身旁绕来绕去。我问他修改西装的时候,我可不可以在旁边等,他瞪了我一眼,仿佛我有两个头似的。我手边有好几百套西装要改,你要我马上帮你修改?他摇摇头,最起码得等两星期。

这套西装是为了葬礼买的,我说,我儿子的葬礼。我试着控制自己,伸手想拿手帕,这才想起手帕在我的长裤里,而长裤皱巴巴地摊在试衣间的地上。我踏下木箱,匆匆走回试衣间。我知道那套小丑似的西装让我出丑。一个人应该为了生命的庆典购买西装,而不是为了死亡。格列斯基的鬼魂不就是这么跟我说的吗?我不能让伊萨克难堪,也不能让他以我为荣,因为他已经不存在了。

不过嘛。

那天晚上,我带着一套改好了的、装在塑料衣套的西装回家。我坐在餐桌旁，在衣领上弄出一道裂缝，其实我想把整套西装弄成碎片，但我克制了自己。那位可能是"义人"、也可能是个大白痴的费舍尔曾说：单单一道裂缝比一百道裂缝更难忍受。

我洗了个澡，不是用海绵随便擦擦身子，而是彻底清洗，澡缸边缘都蒙上了一层黑垢。我穿上新西装，从柜子上取下伏特加，喝了一口，用手背抹抹嘴，重复着这个我父亲、祖父、曾祖父做了数百次的举动。我半闭着眼，让强烈的酒精逐渐取代锥心的哀伤。整瓶伏特加下肚之后，我手舞足蹈，刚开始慢慢摆动身体，后来愈跳愈快。我蹬脚又踢腿，关节嘎嘎响。我用力跺脚、弯身，胡乱跳着我父亲和祖父跳过的舞步。我又笑又唱，跳了又跳，跳到热泪滑下脸颊，双脚发痛，脚趾甲下出现淤血。我为生命跳出我唯一知道的舞步，跳着跳着，我撞上沙发，转了又转，直到跌倒为止，但跌倒是为了能够再站起来继续跳。我一直跳到天色破晓，整个人瘫在地上，累得几乎可以向死神吐口口水，轻声道：L'chaim[①]。

一排鸽子在窗沿歇息，我在鸽子拍打翅膀的声音中醒来。西装的一只衣袖已被撕裂，我头痛欲裂，脸颊上有些干了的血迹，但我可不是玻璃做的。

我想到布鲁诺，他为什么没下来？不过，就算他敲了门，我可能也没响应。除非他戴上了随身听，不然肯定听到了我跳来跳去的声音，但即使他戴着随身听，我把台灯撞到地上，家里所有椅子也被我撞得东倒西歪，他怎么可能没听见？我正想上楼敲门，但我看看时钟，已经十点十五分了。我总以为这个世界没为我做好准备，其实说不定是我没准备好面对世界，在这辈子的种种时刻，我总是晚到一步。我跑到公交车站，其实更像是一路跳过去。我两手拉着长裤裤管，走一步、拖一步，走一步、拖一步，走走停停，边跳边喘气。我赶上开往上城的公交车，结果却碰上堵车。这车难道不能开得快一点吗？我大声问道。坐在我旁边的女人起身换到另一个座位，我说不定

[①] 意地绪语，"向生命致敬"。

一不小心拍到了她的大腿，我哪知道？一个身穿橘色外套、蛇纹长裤的男人站起来开始唱歌，每个人都转头望着窗外，后来大伙发现他不是行乞，而只不过是唱歌。

等我到达礼拜堂之时，典礼已经结束，但依然挤满了人。一个系着黄领结、身穿白色外套、仅存的发丝紧贴着头皮的男人说：我们当然知道，但等到那一刻终于来临时，我们都没有心理准备。站在他旁边的女人回答说：谁能有心理准备？我孤零零地站在一盆巨大的盆栽旁，手心湿淋淋的，觉得头愈来愈晕。说不定我不该来。

我想问伊萨克葬在哪里，报上没提到这一点。我心中忽然充满遗憾，后悔自己早已买了墓地，若知道会有今日，我大可跟着他走，说不定就是明后天。我一直害怕会被狗吃掉，所以我造访了弗莱德太太在"松坪墓园"的墓地，那里看起来还不错，有位辛奇克先生带我参观，给我一份简介。我始终想象自己安眠在一棵树下，说不定是棵摇摆的杨柳，旁边还有一个小长凳。但是嘛，当他告诉我价钱时，我的心随之一沉。他给我看看其他选择，那几块墓地不是太靠近马路，就是草地逐渐干枯。没有一块旁边有树的墓地吗？我问。辛奇克摇摇头。灌木丛边呢？他舔舔手指，很快翻了翻手中的文件，唉声叹气一番之后，他终于让步。我们说不定有块地，他说，这块地超出您的预算，但您可以分期付款。墓地位居遥远的一端，几乎在犹太区的边缘，墓地不在树下，但离一棵树很近，秋天来临之时，有些树叶说不定会飘到我的坟上。我想了想，辛奇克请我慢慢考虑，就回办公室去了。我坐在阳光下，然后躺在草地上，在上面滚了滚，雨衣下的土地感觉僵硬而冰冷。我看着天上的云朵飘浮而过，说不定还睡着了。等我回过神来之后，辛奇克站在一旁，俯瞰着我说：怎么样？您要这块地吗？

我从眼角瞥见我儿子同母异父的弟弟伯纳德，这个蠢蛋身材高大，长得很像他父亲。莫尔德凯，她叫他莫提，莫提！愿上帝保佑他在天之灵，没错，即使他也该受到上帝保佑。他已经入土三年。他竟然比我早走，让我觉得自己小胜一场。不过嘛，只要我记得，我就帮他点支祭典蜡烛，我若不做，谁会做呢？

我儿子的母亲，也就是我十岁时爱上的那个女孩，五年前过世了。我期望很快就跟着她走，最起码这样我们便可长伴左右，说不定就是明后天。世上少了她，活下去的感觉很奇怪，这点我非常确定。不过嘛，好久之前，我就习惯活在对她的记忆之中，只有她临终之前，我才再次见到她。我每天溜进她的病房，坐在她身旁。护士是个年轻的女孩，我没跟她说实话，但我编的故事与事实也相去不远。护士让我在探病时间之后进入病房，在那个时候，我不会碰到任何人。我爱的女子，靠机器维生，鼻孔里插着管子，一只脚已跨入另一个世界。我每次转头，都会隐约觉得当我再回过头来之时，她就走了。她整个人瘦小、皱巴巴的，而且全聋。我早该跟她说好多事情，不过嘛，我只讲笑话给她听，当个不折不扣的喜剧明星。有时我觉得她露出一丝笑容，也努力不要说些太严肃的事情，我会说：你相信吗？这个你手臂弯起来的地方叫作手肘；我说：两只兔子分别跑进一片黄色的树林里；我说：摩西去看医生，医生啊，他说……我就这样讲了一大堆。但好多事情我都没说，比方说，我等了好久；比方说，你这些年快乐吗？你跟那个你叫他丈夫的混账家伙过得好吗？其实我很久以前就放弃等待，我已错过了时机。我们原本可以共享的一生，以及真正过了的一辈子，两者之间只隔着一扇门，而那扇门却早在我们面前关上。或者讲得正确一点，那扇门已在我面前关上。这就是我生命的语法：凡是出现复数之处，就请把它更改为单数，这样绝对不会错。哪天我若不小心随口说出"我们"这个冠冕堂皇的字眼，请赶快在我头上重重一击，省得我痴心妄想。

你还好吗？你看起来脸色有点苍白。

问我话的男人戴着黄领结，我先前看到过他。大家总是在你正狼狈时走过来；前一分钟，你或许还可以见人时，大家却永远不会出现。我靠着一棵盆栽站稳。

没事，没事，我说。

你怎么认识他的？他边问边匆匆打量我。

我们以前……我把膝盖靠到盆栽和墙壁中间,希望借此保持平衡,我们是亲戚。

家人啊!真对不起,请原谅我。我以为我已经见过所有家族成员!他的发音听起来像是"家徒成员"①。

当然,我应该看得出来。他又上下打量我一次,还伸出手掌顺顺头发,确保发丝服帖。我本来以为你是一个书迷,他边说边指指逐渐稀疏的人群,你是哪一边的亲戚呢?

我握住盆栽最浓密的部分,整个房间似乎天旋地转,我努力把焦点集中在男人的领结上。

两边都是,我说。

两边都是?他一脸怀疑地重复,同时低头盯着盆栽斜斜插入泥土里的根部。

我是……我一开口就失去重心,盆栽随着摇晃,我踉跄向前,靠着墙的一只脚没事,另一脚却没站稳,被迫自个儿向前弯,结果盆栽的盆口恰好卡在我的胯下,我一只手不得不紧抓着一团悬挂在盆栽根部的泥土,一不注意,把土洒到了那个戴着黄色领结的男人的脸上。

对不起,我说,疼痛从胯下一路往上传来,痛彻心扉。我试图站直,我母亲(愿上帝保佑她在天之灵)以前常叫我不要弯腰驼背。泥土从男人的鼻孔落下,我掏出皱巴巴的手帕贴在他鼻子上,他猛然推开我的手,掏出自己的手帕。手帕洗得干干净净,熨成一个平整的四方形。他把手帕甩开,好像竖起白旗投降。他忙着整理仪容,我则强忍着胯下的疼痛,一时之间气氛颇为尴尬。

过不了一会儿,我居然和我儿子同母异父的弟弟面对面站在一起,那个戴着黄色领结的畜生正紧咬我不放。看我逮到了什么人,他大喊大叫,伯纳德扬起眉毛。他说他是"家徒成员"。

伯纳德首先瞧见我衣领上的裂缝,对我客气一笑,然后看着我那只被撕裂的衣袖。对不起,他说,我不记得您是谁,我们见过吗?

---

① 意地绪语,原文是 mishpocheh,那人发音类似 mishpoky。

那个畜生显然口水过剩。一把细土掉到他衬衫的皱褶上。我瞄了一眼写着出口的标示,若非私处严重受伤,我说不定就会朝着出口奔逃。我忽然感到一阵恶心,不过嘛,有时你得随机应变,你们瞧瞧啊!这会儿我就福至心灵。

你会说意第绪话吗?[1] 我嘶哑地小声说。

对不起,你说什么?

我一把抓住伯纳德的衣袖。那个畜生紧咬我不放,我则紧咬伯纳德不放。我把脸贴近他的脸,他双眼通红。他或许是个蠢蛋,但人还不错,再说我也没有其他选择。

我提高音量,你会说意第绪话吗?我尝得到自己口中隔夜的酒精味,手抓住他的衣领。他稍微后退,脖子上冒出青筋。了解吗?[2]

对不起,伯纳德摇摇头,我听不懂。

很好,我继续用意第绪语说,这个大笨蛋,我边说边指指那个戴着黄领结的男人,这个混蛋硬生生挤到我面前,我要是有办法,早就把他弄走了。拜托你叫他的脏手放开我,不然我就非得再拿盆栽打他的鼻子不可,这次我会连着盆子一起摔过去。

罗伯特?伯纳德努力试图搞清状况,他似乎知道我说的是这个紧咬我不放的男人。罗伯特是伊萨克的编辑,您认识伊萨克吗?

畜生松开我,我正想开口。不过嘛。

对不起,伯纳德说,我希望我会说意第绪话,但是……嗯,谢谢您来参加葬礼,看到这么多人到场,真是令人感动,伊萨克一定会很欣慰。他双手握住我的手,跟我握握手,然后转身离开。

斯洛尼姆,我说。我本来没打算说出口。不过嘛。

伯纳德转过身来。

对不起,什么?

---

[1] 原文为 De rets Yiddish?
[2] 原文为 Farshtaist?

我又说了一次那个地名。

我从斯洛尼姆来的,我说。

斯洛尼姆?他重复。

我点点头。

他忽然看着我,脸上的表情像个妈妈答应来接他、却迟到了的孩子,孩子看到妈妈终于出现,才让自己掉下眼泪。

她以前跟我们提过那里。

她是谁?畜生质问。

我母亲。他跟我母亲来自同一小镇,伯纳德说,我听过好多关于那里的故事。

我想拍拍他的臂膀,但他动了一下,拭去眼中的某种东西,结果我只拍到他的胸部。我不知道怎么办,只好稍稍挤了一下他的胸。

那里有条河,对不对?她以前在河里游泳。伯纳德说。

河水冰冷,我们以前会脱下衣服,从桥上跳下去,边跳边没命地尖叫,心脏几乎停止跳动,身体冻得像石头。霎时之间,感觉似乎即将灭顶。我们奋力游回岸边,大口喘气,双脚沉重,疼痛从脚踝直蹿而上。你母亲身材瘦小,小小的乳房柔软而苍白。我躺在阳光下晒干身子,沉沉入睡。不一会儿,忽然有人在我背上泼了冷水,我在刺骨的冰冷以及你母亲的笑声中醒来。

你知道她父亲的鞋店吗?伯纳德问。

每天早晨,我都到那里接她,这样我们才可以一起走路去学校。除了有次吵了一架,三个礼拜没说话之外,我们几乎每天一起上学。在寒冷的天气中,她潮湿的头发冻成了一道道小冰柱。

她跟我们讲了好多故事,我可以一直说下去。比方说她以前玩耍的田地。

是啊,我拍拍他的手说,田地。

十五分钟之后,我坐上一辆豪华加长轿车的后座,挤在那个畜生和一位年轻女子中间,跟着大家前往伯纳德的家,参加一个为家人和朋友举办的小型聚会。其实我更想去我儿子的家,在他的私人物品之间哀悼，但我安慰自己说，到他弟弟家里看看也不错。豪华轿车里，我的对面还坐了两个人，其中一人点点头，朝着我的方向微笑，我也点头微笑致意。您是伊萨克的亲戚？他问。显然是的，畜生边回答，边伸手捏住一把头发，因为年轻女子刚把车窗摇低，从窗外透进来的风吹乱了他的头发。

花了将近一小时才到伯纳德的家。他家在长岛某处，周围种满了美丽的树，我从没见过这么漂亮的树林。屋外的车道上，伯纳德的一个侄儿穿着裤管裂到膝盖的裤子，一边在阳光下跑来跑去，一边看着自己的裤管在微风中飘扬。屋里，人们站在一张摆满食物的桌子旁谈论伊萨克。我知道我不属于这里，觉得自己像个傻瓜和骗子。我站在窗边，让大家看不到我。我不知道自己会这么难过。不过嘛，听着人们谈论我的儿子，我只能想象与他相会，大家却似乎跟他像自家人一样熟稔，我难过得几乎无法承受。因此我偷偷溜走，在伊萨克同母异父弟弟的家里四处游荡，心里想着：我儿子曾经走在这块地毯上。我走进客房，心里想着：我儿子偶尔睡在这张床上。没错，就是这张床！他的头躺在这些枕头上。我躺下来，我好累，克制不了自己。我把脸埋在枕头里，心里想着：他躺在这里时，眼睛也望向这同样一扇窗，凝视那同样一棵树。

你真会做梦，布鲁诺说。或许我是吧。或许此时我正在做梦，再过一会儿门铃就会响，我会睁开双眼，布鲁诺会站在门口问我有没有一卷卫生纸。

我肯定睡着了，因为下一刻我忽然发现伯纳德高高在上地看着我。

对不起！我不知道有人在这里，您不舒服吗？

我猛然跳起来，如果"弹跳"一词能形容我的举动，此刻正是时候。就在这一刻，我看到了它！它在他右肩后面的架子上，安放在一个银相框中。我可以说它很显眼，但我永远搞不懂这个措辞，还有什么能比眼睛看到的更明显？

伯纳德转身。

噢，那个啊，他边说边从架上取下它，来，我们看看，这是我母亲小时候的照片，我母亲，您看到了吗？您认识她的时候，她就是照片里的样子吗？

（"我们站在树下吧。"她说。"为什么？""因为这样很好。""说不定你应该坐在椅子上，我站在你旁边，夫妻都是这样。""这样太愚蠢了。""为什么愚蠢？""因为我们又没结婚。""我们应该牵手吗？""我们不能。""为什么？""因为大家会知道。""知道什么？""知道我们的事。""他们知道又如何？""大家不知道更好。""为什么？""因为这样就没有人能够夺走我们的秘密。"）

她过世之后，伊萨克在她的遗物里找到它，伯纳德说。这张照片真不错，不是吗？我们不知道他是谁。她没有太多来自家乡的东西，只有几张她父母和姐妹的照片，如此而已。她当然不知道再也见不到他们，所以没带太多东西过来。但我从来没看过这张照片。伊萨克有一天在她公寓的抽屉里找到它，跟一些信件摆在一个信封里，信全是用意第绪文写的。伊萨克认为这些信是以前她在斯洛尼姆爱上的一个男人写的，我不太相信，她从来没有提起任何人。你听不懂我在说什么，对不对？

（"如果我有个相机，"我说，"我会每天帮你拍照。这样一来，我会记得你这辈子每一天的模样。""我看起来一模一样。""不，不一样，你无时无刻不在改变，每天都改变一点点。如果我能，我会把这些全部记录下来。""好，假设你讲得有道理，我每天怎么不一样？""比方说，你每天长高一厘米的几分之一，你的头发长长一厘米的几分之一，你的胸部增高一厘米的……""哪有？""有，它们有。""没有。""就是有。""还有什么？你这头大蠢猪。""你变得快乐一点，也悲伤一点。""这表示两者中和，我也跟先前完全一样。""不，完全不一样。你今天快乐一点，但这并不表示你不感到悲伤。你天天都快乐一点，也悲伤一点。换句话说，当下每一刻都是你这辈子最快乐、也是最悲伤的时刻。""你怎么知道？""你想想，你现在躺在草地上，还有比这个更快乐的时刻吗？""我想没有吧。""你曾经比现在更悲伤吗?""没有。""你知道吗?并不是每个人都是这样。有些人一天比一天更快乐,比方说你姐姐;有些人则变得愈来愈悲伤,比方说自杀身亡的贝拉·亚许。有些人则两者皆备,就像你。""你呢?现在也是你最快乐、最悲伤的时刻吗?""当然。""为什么?""因为没有人能比你让我更快乐、更悲伤。")

我的眼泪滴到相框上,幸好有片玻璃挡着。

我很想多聊聊往事,伯纳德说,但我真的得走了。大伙都在外面。他指指门外,您若需要什么,请告诉我一声。我点点头,他随手把门带上。然后老天帮忙,我把照片塞进长裤口袋,下楼走到屋外,敲敲停在车道上某辆豪华轿车的车窗,司机猛然从梦中惊醒。

我准备走了,我说。

出乎我意料地,他下车,打开车门,扶我上车。

回到家之后,我以为家里遭了小偷。家具东倒西歪,地板上铺了一层白色的粉末。我抓起摆在伞架里的球棒,随着脚印走到厨房。厨房里到处都是锅子、盘子、脏碗,看起来好像小偷窃取了财物之后,还花时间做了一顿饭。我站在原地,口袋深处摆着照片。背后忽然铿锵一响,我转身盲目挥棒,但那只是一个锅子滑下厨台滚过地面。厨房桌上、我的打字机旁边,有个大蛋糕,蛋糕中心已经塌了,但还没完全垮下来,上面有一层黄色的糖霜,还有几个粉红色的潦草字迹:瞧瞧谁烤了个蛋糕。打字机的另一边摆了一张纸条,上面写着:等了一整天。

我没办法不露出微笑。我把球棒摆在一旁,扶正我昨晚踢翻的家具,拿出相框,对着玻璃呼几口气,用衬衫擦拭一下,把它摆在床头柜上。我爬上楼梯到布鲁诺家,刚要敲门就看到门上有张纸条,上面写着:请勿打扰,礼物在你枕头下。

好久没有人给我礼物了,我心中顿时充满喜悦。每天早上我还醒得过来,还能用一杯热茶暖暖手,还可以看着鸽子飞舞。在我生命即将走到尽头时,布鲁诺也没有忘了我。

我转身下楼,为了延长等着拆礼物的喜悦,我到楼下拿信,然后开门走进家里。布鲁诺把面粉洒了一地，家里四处都是一层白粉，说不定是风吹的，谁知道呢？在卧室里，我看得出布鲁诺先前仰躺，在面粉上面做了一个"雪天使"①，我不想毁了这么可爱的印记，所以绕过去走到床边，举起枕头。

枕头下摆了一个褐色的大信封，信封上写着我的名字，字迹我不认识。我拆开信封，里面是一沓印刷工整的纸。我开始阅读，字字读来熟悉，我一时不知道那是什么，然后才认出那是自己的文句。

---

① "雪天使"是雪地上的一种游戏，整个人仰躺在厚厚的积雪中，然后用力摆动四肢，在雪地上画出一道道痕迹，形似天使。

爸爸的帐篷 / A

1. 爸爸不喜欢写信

那个旧巧克力糖罐里装满了妈妈写的信,却没有任何一封爸爸的回函。我到处搜寻,却始终找不到他写的信。他也没有留下一封信给我,让我长大之后拆阅。我问过妈妈,她说没有,所以我知道。她说他不是那种人。我问他是哪种人,她想了一分钟,皱起额头,然后又想了好一会儿,最后说他是那种喜欢挑战权威的人。"还有,"她说,"他坐不住。"我记忆中的他可不是这个样子,除了我很小的时候之外。我记得他总是坐在椅子上,或是躺在床上。我很小的时候以为他是"工程师",这就表示他会开火车,然后我想象他坐在一列煤灰色的火车驾驶座上,后面跟着一长排闪闪发亮的车厢。有天爸爸笑着更正我,所有事才豁然开朗。对一个孩子而言,那一刻确实令人难忘,因为那时你发现,这个世界跟你想的始终不一样。

2. 他给了我一支可以在无重力状态下写字的笔

"它在无重力状态下也可以用。"我检视这支笔时,爸爸说。笔搁在一个印有"航空航天局"徽章的绒布盒里,是我七岁的生日礼物。他躺在医院病床上,头上戴着帽子,因为他没头发了。闪闪发光的包装纸被捏成一团,搁在他的毯子上。他拉着我的手跟我说,他六岁的时候,把石头丢到一个欺负他哥哥的小孩头上,从此之后,再也没有人敢欺负他们兄弟。"你必须自立自强。"他告诉我。"但对着人丢石头不太好吧?"我说。"我知道,"他说,"你比我聪明,你会想出比丢石头更好的方法。"护士进来时,我走到一旁看着窗外,五十九街大桥在黑暗中闪烁着光芒。我数数穿过河流的船只,无聊的时候,我就到布帘另一边看看那个老先生,他大部分时间都在睡觉,醒着的时候双手发抖。我给他看那支笔，跟他说笔在无重力状态下也可以用，但他听不懂，我试着再解释一次，但他依然搞不清楚。最后我终于说："我到外层空间的时候可以用这支笔。"他点点头，闭上双眼。

3. 无法逃脱重力的男人

后来爸爸过世了，我把笔收在一个抽屉里。好几年之后，我十一岁了，交了一个俄国笔友，我们的希伯来文学校和本地的"哈达莎"①分会安排了这个活动。起先我们打算写信给刚移民到以色列的俄国犹太人，但这个点子行不通，后来学校指派我们写信给一般的俄国犹太人。"住棚节"时，我们写了第一封信给笔友们，信里还附上一束香橼②。我的笔友叫作塔提雅娜，住在圣彼得堡的战神广场附近，我则喜欢设想她住在外层空间。塔提雅娜的英文不太好，我经常看不懂她写些什么，但我依然非常期待她的来信。我爸爸是数学家，她写道。我爸爸能在野外求生，我回信道。她每写一封，我就回两封。你养狗吗？几个人用你的浴室？你拥有任何曾经属于沙皇的东西吗？有一天她来信，想知道我有没有去过西尔斯百货公司，信末加了一句说：我班上一个男孩子要搬到纽约，你说不定可以写信给他，因为他半个人都不认识。从那之后，我再也没有收到她的信。

4. 我探索生命的其他形态

"布莱顿海滩在哪里？"我问。"在英国。"妈妈边说，边在橱柜里搜寻某样她摆错地方的东西。"我是说纽约的布莱顿海滩。""我想在科尼岛附近吧。""科尼岛有多远？""大概半小时。""开车或是走路？""你可以搭地铁。""几站？""我不知道。你为什么对科尼岛这么有兴趣？""我在那里有个朋友，他叫米沙，是个俄国人。"我

---

① 犹太妇女的慈善机构，旨在推广教育、进步和平等。
② 此节日是为了纪念犹太教先祖摩西带领犹太人出埃及后，流落西奈四十年间住草棚的生活。香橼是四种祭品之一。

语带欣羡地说。"只是俄国人吗?"妈妈从厨房水槽下面的柜子里问我。"你说只是俄国人是什么意思?"她站起来,转身面对我。"没什么。"她看着我说,脸上的表情好像刚想到某件了不起的趣事。"拿你来说吧,你有四分之一俄国血统、四分之一匈牙利血统、四分之一波兰血统、四分之一德国血统。"我什么都没说,她打开一个抽屉,然后又关上。"事实上,"她又说,"你可以说你是四分之三波兰人、四分之一匈牙利人,因为你祖母芭比的父母搬到纽伦堡之前住在波兰;你外婆莎夏的家乡本来在白俄罗斯,后来才成为波兰的一部分。"她打开另一个塞满塑料袋的柜子,在里面东翻西找。我转身准备走开。"嗯,我这才想到,"她说,"你也可以说你是四分之三波兰人、四分之一捷克人,因为你祖父思德的家乡在一九一八年以前属于匈牙利,后来变成捷克斯洛伐克,尽管如此,匈牙利人依然自认是匈牙利人。二次大战期间,那个小镇甚至又短暂归属于匈牙利。你当然也可以说你是一半波兰人、四分之一匈牙利人、四分之一英国人,因为你外公西蒙九岁的时候离开波兰,搬到伦敦。"她从电话旁的便条本里抓下一张纸,振笔疾书,一分钟之后,她潦草写满了一整页。"你看!"她边说,边把纸推到我面前让我看,"你可以画出十六种不同的圆饼图,每一个都是正确的。"我看着那张纸,上面画着:

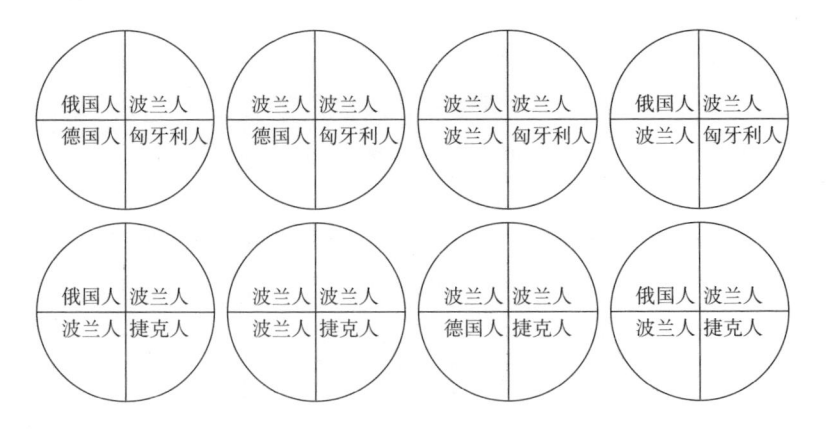

俄国人	波兰人		波兰人	波兰人		波兰人	波兰人		俄国人	波兰人
德国人	匈牙利人		德国人	匈牙利人		波兰人	匈牙利人		波兰人	匈牙利人

俄国人	波兰人		波兰人	波兰人		波兰人	波兰人		俄国人	波兰人
波兰人	捷克人		波兰人	捷克人		德国人	捷克人		波兰人	捷克人

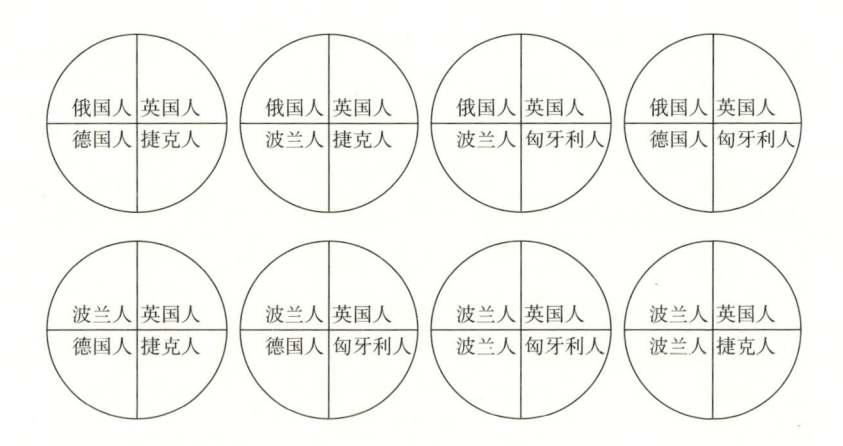

俄国人	英国人		俄国人	英国人		俄国人	英国人		俄国人	英国人
德国人	捷克人		波兰人	捷克人		波兰人	匈牙利人		德国人	匈牙利人

波兰人	英国人		波兰人	英国人		波兰人	英国人		波兰人	英国人
德国人	捷克人		德国人	匈牙利人		波兰人	匈牙利人		波兰人	捷克人

"但话又说回来，你也可以只说你是一半英国人、一半以色列人，因为……""我是美国人！"我大喊。妈妈眨了眨眼睛。"随便你吧。"她说，然后走过去把茶壶放在炉子上。鸟弟正在厨房的角落看一本杂志上的图片，喃喃说："不，你不是。你是犹太人。"

5. 有一次，我用那支笔写信给我爸

为了我的成年礼，我们去了一趟耶路撒冷。妈妈希望在哭墙附近举行仪式，这样一来，祖父思德和祖母芭比才可以参加。祖父一九三八年来到巴勒斯坦时，就说他永远不会离开，他也果然一直待了下来。任何人若想见他，就得到他们在沃尔夫森大厦的家（可以俯瞰以色列国会）。家里摆满了从欧洲买来的陈旧家具和陈年照片。到了下午，他们就把金属百叶窗拉低，阻隔午后强烈的阳光，因为他们拥有的东西中，没有一样适合这种气候。

妈妈花了好几个礼拜打听便宜机票，最后终于买到三张七百美金的以色列航空机票，对我们而言，这依然是笔很大的花费，但她说这笔钱花得很值得。我成年礼的前一天，妈妈带我们去死海，祖母也一起去，她戴着一顶草帽，草帽上有条可以圈住下巴、固定帽子的橡皮筋。她从更衣室出来时，身穿泳装的模样实在令人惊叹，不但全身都是皱纹，而且布满青筋。我们看着她在炽热的硫黄温泉中满脸

通红，上唇边聚积了一排汗珠，一踏出水面，身上热腾腾的水气随之蒸发。我们跟她走到水边，鸟弟站在泥巴里，双腿交叉。"你如果非上厕所不可，就尿在水里吧。"祖母大声说。一群身材壮硕、全身抹上一层黑矿泥土的俄国女人转过身瞧过来，祖母就算注意到，她也不在乎。我们在水中漂浮，她从草帽的宽边帽檐下监看我们，我的眼睛虽然闭着，但依然感觉得到她的身影在我之上。"你还没发育啊？怎么了？"我感到满脸通红，但假装没听到这番话。"你有男朋友吗？"她问。鸟弟忽然精神大振。"没有。"我喃喃道。"什么？""没有。""为什么没有？""我今年十二岁。""那又怎样？我在你这个年纪的时候，已经有三个男朋友，说不定四个啰。你又年轻又漂亮，老天保佑你别被魔鬼的邪眼盯上。"我打水游到一旁，跟她让人害怕的大屁股保持距离，她的声音却跟随着我："青春不会持续到永远的！"我试着站起来，结果一跤摔到泥里。我瞄了一眼低浅的水面，看看妈妈在哪里，最后终于看到她的踪影，她已经游过最远的泳客，而且继续往前。

　　隔天早晨，我站在哭墙旁，身上依然有股硫黄的臭味。一块块大石头的缝隙中，塞满揉成一团的小纸条。拉比说如果我愿意，我也可以写张纸条给上帝，然后把它塞到缝隙中。我不信主，所以我写了封信给爸爸：亲爱的爸爸，我用那支你以前给我的笔写信给你。昨天鸟弟问你会不会"海姆里克急救法"，我告诉他你会，还跟他说你会开气垫船。对了，我在地下室里找到了你的帐篷，我猜妈妈把你的东西全都扔掉时，没有注意到它。帐篷闻起来有点霉味，但没有任何破洞，有时候我在后院架起帐篷，躺在里面，心想你以前也曾经躺在这个帐篷里。我写了这封信，但我知道你无法读到它。爱你的阿尔玛。祖母也写了一张纸条，我试着把信塞进去时，她的纸条掉了下来，她正忙着祈祷，所以我捡起纸条，把它摊开，上面写着：天主啊，请您保佑我先生和我能活到明天，保佑我的阿尔玛平安长大、健康愉快，有对漂亮的乳房也不错。

6. 如果我有俄国口音，一切都会不同

我回到纽约时，米沙的第一封信已经寄达。亲爱的阿尔玛，信的开头写道，你好！你的欢迎让我非常高兴！他快十三岁了，比我大五个月。他背下了几乎所有披头士歌曲的歌词，所以他的英文比塔提雅娜好。他常一边唱，一边用他祖父给他的手风琴帮自己伴奏。米沙的祖母过世之后，他祖父就搬过来跟他们一起住。米沙还说，他祖母的灵魂化身为一群母鹅，降临到圣彼得堡的夏日花园。鹅群待了整整两星期，在雨中鸣叫，离开之时，草地上都是粪便。几个礼拜之后，他祖父拖着一个破烂的皮箱搬过来，皮箱里装了十八册《犹太人的历史》，住进米沙局促的房间（米沙和姐姐斯薇特拉娜共享一个房间，本来就很拥挤），拿出手风琴，开始创作毕生的心血结晶。起先他只是根据几首俄国民歌和犹太乐曲编写变奏曲，后来曲调愈来愈阴沉狂野，最后他完全不演奏那些大家认得的歌曲，拉长长的抖音时还低声啜泣。米沙和姐姐虽然迟钝，但就算没有人跟他们说，他们也知道一心想成为作曲家的祖父，最后终于达成心愿。此外，祖父有一辆破旧的老爷车，停在他们公寓后面的巷子里。根据米沙的描述，他祖父开车开得跟瞎子一样，几乎让车子自己走，一路东撞西撞，只有生死关头才用指尖轻轻推一下方向盘。他到学校接他们回家，米沙和斯薇特拉娜都捂住耳朵，把头转开，但他猛的发动引擎，不可能没人注意，他们只好低着头赶快冲向车子，悄悄溜进后座。姐弟两人一路缩在后座，他们的祖父则一边开车，一边跟着录音带的歌曲《浑球》哼唱（录音带是他们表哥列夫的朋克乐队录制的），但祖父老是把歌词唱错。歌词是"跟人打架，他的脸撞上了车门"，他哼的却是"你是我的骑士，穿戴着闪亮的盔甲"；歌词是"你是个贱货，却如此美丽"，他却唱成"把它带到家里，坐上便宜的小巴士"。米沙跟姐姐指出错误时，祖父装出惊讶的样子，然后把音量调高，让自己听得清楚一点，但下次他还是犯同样的错误。他过世之后，把十八册《犹太人的历史》留给斯薇特拉娜，米沙则得到手风琴。差不多在那个时候，

列夫那个擦着蓝色眼影的姐姐邀请米沙到她房里,弹奏披头士的《让它去吧》给他听,而且教他怎么接吻。

7. 有一把手风琴的男孩

  米沙和我来回通了二十一封信,那时我十二岁,也就是雅各布·马库斯写信请我妈翻译《爱的历史》两年之前。米沙的信里充满惊叹号和各种问题,比如:那什么意思,你的屁股是绿色的吗?等等。我在信里则问了很多关于俄国生活的问题,后来他邀请我去参加他的成年礼派对。

  妈妈帮我编辫子,借给我她那条红色披肩,开车载我去米沙在布莱顿海滩的家。我按门铃,等着米沙下楼。妈妈从车里跟我挥手,我在冷风中颤抖。有个高高的、上唇有些小胡楂的男孩走了出来。"阿尔玛吗?"他问,我点点头。"欢迎!我的朋友!"他说。我跟妈妈挥挥手,然后跟他走进屋内。玄关有股酸白菜的味道。我们上楼,公寓里挤满了吃东西和用俄语大喊大叫的人,饭厅角落有个乐队,虽然屋里挤得几乎无法转身,但大家还是试着跳舞。米沙忙着跟每个人说话,而且不停把信封塞进口袋里,所以我整个派对几乎都端着一盘大虾,坐在角落的沙发上。其实我不吃虾,但那是我唯一认得出来的食物。如果有人过来跟我说话,我还得试图解释我不会讲俄语。有位老人拿了一杯伏特加给我,就在此时,米沙斜背着手风琴从厨房冲了出来,手风琴插在一个扩音器上,乐声随之响起。"你们说今天是你们的生日!"他大喊,大家看起来有点紧张。"好的,今天也是我生日!"他高喊,接着手风琴叽叽嘎嘎展现生机,先是《孤独俱乐部》,接着是《太阳升起》。五六首歌曲之后,披头士的旋律变成《大家一起来欢唱》,大家为之疯狂,每个人都跟着唱,而且试着跳舞。音乐终于停止时,米沙过来找我,粉红色的脸颊汗水淋漓。他抓住我的手,我跟着他到公寓外面,沿着走廊向前走,爬上五阶楼梯,穿过一扇门来到屋顶上。从这里可以看到海和科尼岛的灯光,灯光之后是一座被弃置的摩天轮。我的牙齿开始打战,米沙脱下夹克,把夹克披在我肩上,感觉暖暖的,还有一丝汗味。

8. БАЯДЬ

我什么事情都跟米沙说:爸爸过世,妈妈很寂寞,鸟弟笃信上帝等等。我跟他说那三册《如何在野外生存》的札记、英国编辑和他的小船、亨利·拉文德医生和他在菲律宾捡到的贝壳、兽医图西先生等等。我还告诉他埃尔德里奇博士和《我们所不知道的生命》。我们开始通信两年、我爸爸过世七年、地球上首先出现生物三十九亿年之后,雅各布·马库斯从威尼斯寄来第一封信,这时,我才跟米沙提起《爱的历史》。我们大多写信或是打电话,但有时利用周末碰面。我更喜欢去他家,因为什克洛夫斯基太太会给我们端来加了甜樱桃、盛在瓷杯里的茶。什克洛夫斯基太太的腋下总有一圈暗色的汗渍,她还教我怎样用俄文骂人。我们有时候租电影看,特别是间谍片或惊悚片,我们最喜欢的电影是《后窗》《火车上的陌生人》和《西北偏北》。《西北偏北》我们就看了十次。我假装成妈妈写信给雅各布·马库斯时,我只跟米沙说了,还在电话里把最后版本念给他听。"你觉得如何?"我问。"我觉得你的臀部……""算了。"我说。

9. 寻找石头的男人

我寄出我的信,或说是妈妈的信(或者随便你说好了)之后,已经过了一星期。接着又过了一星期,我猜想雅各布·马库斯说不定出国了,说不定去了开罗或是东京。又过了一星期,我想他说不定猜出了实情。又过了四天,我仔细研究妈妈的脸,看看她有没有生气的样子。现在已经快要七月底了,又过了一天,我想我说不定应该写封信给雅各布·马库斯道歉。隔天他的信就来了。

信封上用钢笔写着妈妈的姓名"夏洛特·辛格",我趁着电话铃声响起时,偷偷把信塞到短裤的腰间。"哈啰?"我不耐烦地说。"这是弥赛亚家吗?"电话另一头的小孩问。"谁?""弥赛亚。"小孩说,我还听到背后有人蒙着嘴偷笑,声音听起来有点像是刘易斯。他住在一条街外，以前是鸟弟的朋友，后来他认识了一些他更喜欢的朋友，自此就不跟鸟弟说话。"别烦他好不好。"我说，然后挂掉电话，真希望刚才想得出更狠的话。

我跑到街旁的公园，边跑边按住身体的一侧，以免信掉下来。户外很热，我已经汗流浃背。我在公园的一个垃圾桶旁扯开封口。第一页中，雅各布·马库斯说他非常喜欢妈妈寄过去的章节，我跳过这些，直到在第二页看到我还没提到你的信，然后才开始细读。他写道：

你的好奇令我受宠若惊。关于你所有的问题，我真希望能给出比较有趣的答案，但我得跟你说，这些日子以来，我大多只是坐在这里，凝视着窗外。我以前很喜欢旅游，但上次的威尼斯之行比我预期的辛苦，我想我八成不会再出外旅行。基于我无法掌控的因素，我的生活已经简化到最单纯。比方说，我书桌上有块石头，这块灰黑的大理石被一条白线分隔成两半，我花了几乎一早上才找到它。之前我已舍弃了许多块石头，倒不是我想收集哪种特殊形状的石头，我想要看到了才知道。寻找的过程中，我逐渐立下一些特定的标准。它必须平滑、灰得漂亮、毫不费力就能握在掌心等等。这样就花了我一早上，我刚刚还休息了几小时。

以前并非总是如此。曾有一时，我若没写出特定数量的东西，就会觉得整天毫无意义。园丁是否跛脚，湖上有没有结冰，或是邻居那个似乎没有朋友的小孩一脸严肃地在外面玩了半天，这些事情都不重要，但现在不一样啰。

你问我结婚了没有。我结过婚，但那是很久以前的事，我们当时够明智（或说够愚蠢），所以没生孩子。我们年纪还轻，尚未通晓世事，也不了解失望的滋味，等到结识了对方，也知道了什么叫作失望，才发现彼此都让对方想起那种滋味。我猜你会说，我也把一个小小的俄国航天员别在衣服的翻领上。我现在一个人住，我倒是不在意。或许有一点点吧。但现在我连走到车道另一头、拿了信再走回来,都觉得吃力,说不定只有与众不同的女士才会想跟我做伴。有个朋友每星期两次拿些杂货给我,我邻居每天借口说想看看她种在我花园的草莓,过来探望一下。我甚至不喜欢草莓。

我把事情说得很糟,其实没那么严重。我还没认识你,却已经想博取你的同情。

你还问我做什么,我阅读。今天早上,我第三度阅毕《鳄鱼街》①,觉得这本书美得几乎令人难以承受。

我还看电影。我弟弟给我一部DVD放映机,你不会相信我过去一个月看了多少部电影。我就做这些事情:看电影和阅读。有时我甚至假装写作,但我骗不了任何人。噢,我还去邮箱取信。

我说得够多了。我喜欢你的译作,请再多寄一些给我。

J.M.

10. 我读了一百次那封信

我每读一次,就觉得更不了解雅各布·马库斯。他说他花了一早上找一块石头,但只字未提《爱的历史》对他为什么如此重要。我当然注意到他写道:我还没认识你。还没!这表示他希望多认识我们一点,或是最起码想多认识我妈妈,因为他不知道鸟弟和我的存在。(还没!)但他为什么连走到邮箱那里、再走回来都吃力呢?为什么只有与众不同的女士才肯跟他做伴?为什么他把俄国航天员别在衣服翻领上?

我决定列出一张线索。我回家,关上卧室的门,拿出第三册《如何在野外生存》,翻到新的一页,决定用暗号记下一切,以防任何人乱翻我的东西。我想到圣埃克苏佩里,于是在最上面写下:降落伞若因故障没打开,你怎么求生?然后写道:

---

① 《鳄鱼街》(*The Street of Crocodiles*)是犹太作家布鲁诺·舒尔茨(Bruno Shulz,1892—1942)的名作。

1. 寻找一块石头
2. 住在湖边附近
3. 有个跛脚的园丁
4. 阅读《鳄鱼街》
5. 需要一位与众不同的女伴
6. 连走到邮箱都嫌吃力

我从他信中只能找到这些线索，所以妈妈在楼下的时候，我偷偷溜进她的书房，从她书桌抽屉里拿出其他几封他写的信。我读信，试图找出更多线索，这下才想到，他第一封信最开头引用了一句妈妈翻译尼卡诺尔·帕拉诗集时写的序。妈妈写，诗人把一个小小的俄国航天员别在他的翻领上，口袋里摆着封一名女子写的信，女子弃他而去另结新欢。雅各布·马库斯说他也别着小小的俄国航天员，这是不是表示他太太也因为另一个人而抛弃他呢？我不太确定，所以我没把这一点列为线索，反而写道：

7. 到威尼斯旅行
8. 很久以前，有人在你临睡之际，念《爱的历史》给你听
9. 从未忘记此事

我翻阅了一下我的线索，没有一条帮得上忙。

11. 我还好吗？

我若想真正了解雅各布·马库斯是怎样一个人，以及翻译《爱的历史》为什么对他如此重要，就只能从《爱的历史》中寻找线索。

我偷溜到楼上妈妈的书房，想看看能不能从电脑里打印出她已经译好的章节。唯一的问题是她正坐在电脑前面。"哈啰。"她说。"哈啰。"我故作轻松。"你好吗？"她问。"很好谢谢你呢？"我答，因为

她以前教我这么说。她也教我哪天英国女王若刚好邀我参加正式的茶聚，我该怎样正确使用刀叉，怎样用两只手指端稳茶杯，以及怎样在不引人注意的情况下掏出牙缝中的食物。我说我认识的人当中，没有一个人正确使用刀叉。她看起来不太高兴，还说她只是想当个好妈妈，更何况如果她不教我，谁会教我呢？但我真希望她没教我，因为有时候有礼貌比没礼貌还糟。比方说，有次格雷格·费德曼在走廊跟我擦身而过，他说："嗨，阿尔玛，还好吧？"我说："很好谢谢你呢？"他停下来看了我一眼，好像我刚从火星跳降落伞下来，他还说："你难道不能就说不怎么样吗？"

12. 不怎么样

外面变黑了，妈妈说家里没东西吃，问我们是想叫泰国菜、西印度菜，还是柬埔寨菜外卖。"我们为什么不烧饭？"我问。"通心粉加芝士？"妈妈问。"什克洛夫斯基太太做的橘皮鸡很好吃。"我说。妈妈看来一脸怀疑。"辣肉酱如何？"我说。她去超市买菜时，我上楼去她的书房，打印出《爱的历史》的第一章到十五章，她只翻译到这里。我把书稿拿到楼下，藏在床底下的求生背包里。几分钟之后，妈妈买了一磅碎火鸡肉、一颗西兰花、三个苹果、一瓶腌黄瓜和一包西班牙进口的杏仁巧克力糖回家。

13. 生命的原貌即是永恒的失望

我们的晚餐是微波炉加热的素食鸡块。晚餐之后，我早早上床，躲在床单下，就着手电筒的灯光，阅读妈妈译好的《爱的历史》。有一章讲到人们用手语沟通，还有一章讲到一个男人以为自己是玻璃做的。有一章叫作"感情的诞生"，这章我还没读过。感情不若时间一样古老，这章如此开头。

正如第一次有人偶然摩擦木棍产生了火花，人们也在偶然中第一次感觉到喜悦和悲伤。有段时间，新的感情一直源源而生，绝望很早就出现，遗憾亦然。人们初次体验到固执时，一连串的感情随之而生，一方面是憎恶，另一方面是疏离与寂寞。臀部逆着时钟摇摆的特定动作说不定引发了狂喜，闪电则让人们初次体验到敬畏。或者，说不定是一个叫作阿尔玛的女孩的躯体引发了敬畏。惊喜之情则跟一般人想象的不一样，它并非马上出现，而是在人们习惯了许多种感情之后才油然而生。等过了足够的时间，有人初次体验到惊喜；而在某处，有人也初次体验到怀旧。

有时人们感觉到了什么，但因为没有字眼来描述，所以没人提起。"感动"或许是人间最古老的感情，但描述它、甚至只是为它命名，却有如试图捕捉某个看不到的东西。

（话又说回来，人间最古老的感情说不定只是困惑。）

体验了感情之后，人们对感情的渴求日增。他们想要感受得更多、更深，即使有时感情强烈到令人伤心也无所谓。人们对感情上了瘾，不时努力发掘新的感情。或许就在这种情况下，艺术因而诞生。艺术引发了新的喜悦，也带来了新的悲伤，诸如生命的原貌即是永恒的失望、暂时免于一死的宽慰、对死亡的畏惧等等。

即使是现在，许多可能存在的感情依然尚未现形，仍有许多超乎我们的想象。偶尔，当一曲没人写过的乐章、一幅没人画过的画作出现在人间，或是发生了某件令人无法臆测、预期，甚至描述的事情，世间便出现一种新的感情。然后，在漫长的感情历史中，有这么百万分之一的时刻，我们的心澎湃汹涌，接纳了感情的震荡。

每一章差不多都像这样，没有任何一章能告诉我这本书为什么对雅各布·马库斯如此重要。我反而想到爸爸，如果爸爸认识妈妈仅仅两星期之后，甚至知道她还不会西班牙文，就把《爱的历史》送给她，这本书对他肯定非常重要。他为什么把书送给她呢？当然是因为爱上了她。

然后我又想到另一点：如果爸爸在送给妈妈的那本《爱的历史》

里面写了些什么呢？我从来没想过要看看。

我下床，走到楼下，妈妈的书房空荡荡，《爱的历史》摆在电脑旁。我把书拿起来，翻开封面，书页上有串我不熟悉的字迹：给夏洛特，我的阿尔玛。如果我能的话，这就是我想写的书。爱你的大卫。

我回到床上，想着爸爸和那番话，一想想了好久。

然后我想到她。阿尔玛。她是谁？妈妈会说她是任何人，是大家曾经爱过的每个女孩和每个女人。但我愈想愈觉得，她也肯定是"某个人"，因为除非李特维诺夫陷入爱河，不然他怎么可能写得出这么多关于爱情的事？他一定爱上了某个特别的人，而且那个人一定叫作……

在我已经列出的九条线索之下，我再加上一条：

10. 阿尔玛

14. 感情的诞生

我冲下楼到厨房，但厨房没人。窗外，妈妈置身后院蔓生的杂草中，我推开纱门。"阿尔玛。"我边喘气边说。"怎么了？"妈妈问，手里拿着种花的铲子。喜欢园艺的是爸爸，不是她，更何况现在是晚上九点半，但我没时间停下来多想她为什么握着种花的铲子。"她姓什么？"我问。"你说什么？""阿尔玛啊，"我不耐烦地问，"书里的女孩，她姓什么？"妈妈抹抹额头，在额头上留下一道泥印。"你这一提，其实啊……书里有一章确实提到一个姓，但这很奇怪，因为书里其他姓名都是西班牙文，她的姓却是……"妈妈皱皱眉头。"却是什么？"我兴奋起来，"她的姓是什么？""梅列明斯基。"妈妈说。"梅列明斯基。"我重复一次，她点点头。"M-E-R-E-M-I-N-S-K-I，梅列明斯基。这是个波兰姓氏，也是李特维诺夫留下来的、关于他身世的少数线索之一。"

我跑回楼上，爬上床，扭开手电筒，翻开《如何在野外生存》的第三册，在"阿尔玛"旁边写下"梅列明斯基"。

隔天，我开始找她。

思考的苦恼/Z

随着岁月流逝，倘若李特维诺夫咳得愈来愈厉害（他干咳得全身猛烈颤动，整个人缩成一团，甚至不得不从晚宴席间告退，拒听电话，推辞偶尔的演讲邀约），这倒不单纯是因为他病了，而是因为他有些话想说。时间愈久，他愈想说出口，而也愈来愈难启齿。有时他从梦中惊醒，罗莎！他大喊，但话还没说出口，他就感到她的手在胸前，一听到她说：怎么了？亲爱的，哪里不舒服？他又失去勇气，十分害怕后果。因此，他不但没有说出想说的事，反而说：没事，只是做了个噩梦。等她又睡着之后，他才推开被子，走到外面阳台。

李特维诺夫年轻时有个朋友，这人虽非他的挚友，但交情还不错。离开波兰那一天，他最后一次见到这个朋友。朋友站在街角，他们先前已经互道珍重，但两人都转头看着彼此离去，好久好久，两人就站在那里。朋友把帽子扭成一团握在胸前，微笑，挥手对李特维诺夫致意，然后压低帽子盖住眼睛，转过身子，双手空空，消失在人群之中。如今，李特维诺夫没有一天不想起那一刻或是那个朋友。

无法入眠的夜晚，李特维诺夫有时会走进书房，拿出他那本《爱的历史》。他已多次反复阅读第十四章"绳索时代"，所以现在一翻开书，书页就自动落到那一页：

> 好多字都已遗失。它们离开了嘴巴，失去了勇气，漫无目标地晃荡，直到像枯死的树叶一样被扫落到沟渠中。在飘雨的日子里，你可以听到它们的和音急促而过：我曾是个漂亮的女孩请别走我也相信我的身体是玻璃做的我从未爱上任何人我觉得自己很滑稽原谅我……
>
> 曾有一时，人们常用一条绳索指引字句，不然它们在迈向目的地的途中，说不定一不注意就迷失了。害羞的人在口袋里摆了

一小束绳索,高谈阔论的人同样也需要绳索,因为习惯让别人无意间听到自己说话的人,在某人面前却经常不知道如何表达。使用绳索时,两人之间的实际距离通常很短;有时距离愈短,两人愈需要绳索。

许久之后,人们才在绳索两端套上罩杯。有些人说此举出自一股把贝壳贴在耳朵上的冲动,我们克制不了这股冲动,期盼听到尚存于世、世界最初言语的回音。有人则说此举源自一个男人,男人握着绳索的一端,他心爱的女孩握着另一端。女孩已前往美国,绳索跟着横跨汪洋。

随着世界逐渐拓展,世间没有足够的绳索防止人们想说的字句消失在空旷之中,电话于焉诞生。

有时,没有一条绳索长到能传达人们必须说的话。在这些情况下,不管是长是短,绳索所能传输的只是一个人的沉默。

李特维诺夫咳了咳。他手中这本书,是原版的副本的副本的副本的副本,原版已不复存,仅仅存在他脑海中。他所谓的"原版",并非作家坐下来动笔之前,想象自己将写出的原创之作。李特维诺夫脑海中的"原版",是他记忆中的一份手稿,是用他的母语写成的,也就是他最后一次跟朋友道别时,握在双手之中的那份手稿。当初他们不知道从此没有机会再见面,但两人在心中都曾这么猜想。

在那段日子里,李特维诺夫是个记者。他在一家日报上班,撰写讣闻。晚上下班之后,他有时到一家坐满艺术家和哲学家的咖啡馆,因为李特维诺夫跟大家不熟,所以他通常只点杯酒,假装阅读已经读过的报纸,聆听周围的对话:

超乎我们体验的时间概念!这种想法真荒谬。
马克思,才怪呢!
小说已死!
在我们宣称达成共识之前,我们必须仔细检视——

> 解放只是获取自由的手段,跟自由的意义不同!
> 马列维奇①的抽象画?我的鼻涕都比那个屁眼有趣。
> 我的朋友啊,这就是思考的苦恼喔!

有时,李特维诺夫发现自己不同意某个人的论点,也在脑海中提出睿智的辩驳。

有天晚上,他听到背后有个声音:"这肯定是篇好文章,你已经读了半小时。"李特维诺夫吓得跳起来,他抬头一看,童年伙伴那张熟悉的脸庞正对着他微笑。他们拥抱,检视岁月在彼此脸上所留下的细微改变。李特维诺夫一直觉得跟这个朋友相当亲近,他急着想知道朋友最近这几年做了些什么。"工作,跟大伙一样。"他朋友边说边拉把椅子过来。"你的写作呢?"李特维诺夫问。他朋友耸耸肩:"晚上很安静,没人吵我,房东的猫过来坐在我大腿上,我在桌前睡着,小猫在晨光乍现的时候悄悄走开,我也醒了。"然后,无缘无故地,两人皆大笑。

从那之后,他们每天晚上在咖啡馆见面。他们讨论希特勒军队的行进,以及谣传中对犹太人所采取的行动,两人日渐忧心忡忡,到后来沮丧得难以言语。"唉,说不定还是有些让人开心的事情。"他朋友最后会说,李特维诺夫听了就欣然改变话题,迫不及待跟老朋友分享他对哲学理论的看法,讨论利用女人丝袜和黑市快捞一笔的赚钱之道,或是描述住在街对面的漂亮女孩。他朋友偶尔让他读读手边正在进行的作品,不过是零星的段落,只是作品的一两个章节,但李特维诺夫总是相当感动。读了第一页之后,他就知道这个当年的同学,已经成为一个真正的作家。

几个月之后,当伊萨克·巴别尔被莫斯科秘密警察杀害的消息传出之后,撰写讣闻的工作落到了李特维诺夫头上。这是一项重要的差事,他认真撰写,试图忠实而贴切地表达出这位大作家悲剧性的死

---

① 马列维奇(Kazimir Malevich,1879—1935),俄国画家,几何抽象画派的先驱。

亡。他直到午夜才离开办公室，但当他在寒夜中走路回家时，他不禁对着自己微笑，深信这篇讣闻是自己最杰出的作品之一。一般而言，他所依赖的材料稀少而琐碎，他不得不用些修饰语词、陈腔滥调以及杜撰出的声誉东拼西凑，借此荣耀死者的一生，强化对死者的哀悼。但这次不是如此，他必须妥善处理手边的材料，尽力找出合适的词汇来追悼一位文字大师，大师终其一生致力于排拒陈辞滥调，希冀为世间引入一种新的思考和写作方式，甚至可说是一种新的体验，而他的辛勤竟然落得被行刑队枪杀的下场。

隔天报上刊出讣闻，报社编辑把他叫进办公室，称许他的佳作，几位同事也纷纷夸奖。那天晚上，他在咖啡馆见到朋友时，朋友也赞美这篇作品，李特维诺夫帮自己和朋友点了伏特加，感到快乐而骄傲。

几星期之后，他的朋友没有像往常一样出现在咖啡馆，李特维诺夫等了一个半小时，然后不等了，径自回家。隔天晚上，他再度等待，但他的朋友还是没出现。李特维诺夫很担心，决定去一趟朋友寄宿的房子，他从没去过那里，但他知道地址。走到那里时，他很讶异房子竟然如此肮脏老旧，玄关的墙壁布满油渍，空气中弥漫着某种陈腐的气味。他敲敲屋里第一个房间的房门，一个女人应声而出，李特维诺夫问他朋友住在哪个房间。"啊，对啊，"她说，"那个大作家，"她伸出大拇指往上一指，"顶楼右边。"

李特维诺夫敲门敲了五分钟，最后终于听到房门另一边传来沉重的脚步声。房门一开，他的朋友穿着睡袍站在门口，看起来苍白憔悴。"你怎么了？"李特维诺夫问。朋友耸耸肩咳嗽。"小心一点，不然你也会被传染。"朋友边说边勉强走回床上。李特维诺夫尴尬地站在拥挤的房间里，他想帮忙，却不知道怎么办，最后枕头下终于传出声音："来杯茶也好。"李特维诺夫赶快走到房间一角权充厨房之处，铿铿锵锵寻找茶壶（"在炉子上。"朋友虚弱地说）。烧水时，他打开窗户让房间透透气，还清洗了一些脏碗盘。他把热气腾腾的茶杯端给朋友，朋友已经烧得全身颤抖，所以他关上窗户，又走到楼下跟房东太太多要一床毯子。最后朋友终于睡着了,李特维诺夫不知道还能做什么,于是他在房里唯一的一张椅子上坐下来等候。十五分钟之后,一只猫咪在门口喵喵叫,李特维诺夫让猫咪进来,但当猫咪看到它午夜的伙伴身体微恙,便悄悄走了出去。

椅子前面有张木桌,纸张散置在桌面,其中一张吸引了李特维诺夫的注意,他瞄了一眼,确定他朋友睡得很熟,然后拿起来看看,那页最上方写着:**伊萨克·巴别尔之死**。

只有被冠上"沉默之罪"的罪名之后,巴别尔才发现诸多不同形态的沉默。当他听到音乐时,他再也听不到音符,而是音符之间的沉默;当他阅读一本书时,他纵情于逗点、分号、句点之后的空白,享受每一个句子第一个大写字母之前的空间。他发现房间中沉默聚集之处,诸如窗帘布幔间的皱褶,以及家族银器中的深口盘皿。人们跟他说话时,他愈来愈听不见他们正在说的话,大家没说出口的倒是愈来愈清晰。他学着解析某些沉默的意义,这就好像在没有任何线索之下,仅靠直觉解决一桩棘手的案件。没有人能指控他在这个自己选择的专业里一事无成,他每天写出一篇篇沉默的巨著,刚开始相当困难。当你的孩子问你上帝是否存在,或是你爱的女人问你是否也爱她,你却只能保持缄默,请想象那是多么沉重的负担。刚开始巴别尔希望只用"是"与"否"两个字,但他知道光是说出一个字,也会摧毁了微妙而流畅的沉默韵律。

即使他们逮捕他、烧毁他一页页空白的手稿之后,他依然拒绝说话;即使他们在他头上重重一击、在他胯下重重一踢,他还是不说话。只有在最后一刻,面对行刑队之际,作家巴别尔才忽然察觉自己可能犯下的错误。当枪指向他的胸膛之际,他不禁怀疑自己认定沉默包含丰富的含义,是否真的因为人类缺乏对沉默的体验?他先前以为人间沉默的形态无穷无尽,但当一颗颗子弹从枪中射出,他身上的坑坑洞洞却述说出实情。他心中发出苦笑,因为不管怎么说,他怎能忘记自己始终明了的一点:上帝的沉默是无与伦比的。

李特维诺夫抛下纸。他气坏了,他的朋友可以任选写作主题,却为什么窃取了他的题材?更何况他最近才以此为题,写了一篇深感自傲的文章。他觉得受到嘲讽与羞辱,想把朋友拖下床,好好兴师问罪一番,但过了一会儿,他冷静下来,又读了一次朋友的作品,读着读着,他逐渐了然于心:朋友没有窃取任何属于他的东西。他怎么可能窃取呢?毕竟,除了死者自己之外,死亡不属于任何人。

一阵悲伤忽然袭上心头,这些年来,李特维诺夫以为他跟他的朋友非常相似,也深以两人的相似之处为傲。但事实上,他跟这个躺在三米之外的床上、与高烧奋战的男人,就跟他和先前悄悄离去的猫咪一样,是完全不同的生物。李特维诺夫心想,这实在太明显了,你只要看看两人如何处理同一个主题就明白了。他看到的是纸上的字句,他朋友看到的则是迟疑、虚无以及字句之间的种种可能性;他朋友看到斑驳的光影、奔放的喜悦和重力的悲哀,他看到的却只是一只一般人眼中的麻雀。李特维诺夫眼中的生命带着真实的欣喜,他的朋友却排拒真实,以及生命中种种显然可见的细节。李特维诺夫看着自己在漆黑窗户中的倒影,他深信某些东西被剥除,事实也呈现在自己面前:他只是个普通人,他欣然接受事情就是如此,也因为这样,他缺乏任何形式的原创力。虽然他这种想法完全错误,但在那天晚上之后,再怎么说也改变不了他的心意。

"伊萨克·巴别尔之死"下面还有一张纸,在刺鼻的自怜泪水中,李特维诺夫继续读下去:

弗朗茨·卡夫卡之死

他死在一棵他不愿爬下来的树上。"下来吧!"他们对着他大喊,"下来!下来!"沉默充斥夜晚之中,夜晚融入沉默之内,在此同时，他们等着卡夫卡说话。"我不能。"他终于开口，语气中带着一丝渴求。"为什么？"他们哭喊，繁星流泻过漆黑的天空。"因为我下来之后，你们就不会再来找我。"人们对着彼此点头，默默私语，他们伸出手臂环绕对方，摸摸小孩的头发；他们脱下帽子，对着这个矮小、憔悴，长着小怪兽般的双耳，身穿黑天鹅绒西装，坐在漆黑树上的男人举帽微笑，然后在浓密的树荫下转身回家。孩子们被爸爸扛在肩上，因为大人带他们来看这个躲在树上的男人，他们已经看得昏昏欲睡。这男人剥取这棵他不愿爬下来的树，把他的大作写在片片树皮上。他的字迹秀美、纤细、难读。人们仰慕那些书，也尊崇他的意志力和活力。毕竟，谁不希望大肆张扬自己的寂寞？家家户户逐一跟对方握手，各自分道扬镳，心中忽然庆幸有邻居相伴。温暖的家中大门紧闭，窗户中透出烛光。在遥远的一方，卡夫卡从树间栖息之处听到了一切：衣服滑落在地上窸窸窣窣，双唇滑过光裸的肩膀啪嗒啪嗒，床铺在轻暖的重量下叽叽嘎嘎。这些声音全都收录在他突出、光滑的耳壳里，声声有如弹珠一样滑过他心灵的大堂。

那天晚上吹起一股寒风。孩子们醒来时跑到窗边，发现寒冰笼罩了世界。有个身材最矮小的孩童高兴地尖叫，她的叫声划破沉默，震裂了大橡树上结的冰。世界闪烁着光芒。

他们发现他像只小鸟一样冻僵在地上，据说当他们把耳朵贴在他的耳壳上时，人们听到了自己的声音。

那一页下面还有一张纸，标题为**托尔斯泰之死**。"托尔斯泰之死"下面是俄国诗人曼达尔斯塔姆的讣闻———一九三八年，曼达尔斯塔姆在海参崴附近的一个临时难民营惨遭杀害。曼达尔斯塔姆之下，还有六或八篇讣闻，只有最后一页不一样，这页的标题是：**利奥波德·古尔斯基之死**。李特维诺夫感到一股寒风刺穿心头，他瞄了一眼他的朋友，朋友呼吸沉重。他开始阅读，读到最后一句时，他甩甩头再读一次，然后再读一次。他读了一次又一次，默默念诵那些字句，仿佛它们不是宣告死亡，而是对生命的赞颂；仿佛只要说出这些字句，他就能确保他的朋友免受死亡天使的袭击；仿佛光是他的鼻息，就能够按住天使的翅膀，多拖一刻，再拖一刻，直到天使放手，不再叨扰他的朋友为止。整个晚上，李特维诺夫照顾他的朋友；整个晚上，他双唇轻轻念诵。记忆中好久以来，他第一次感到自己并非毫无用处。

晨光乍现之际，李特维诺夫看到他的朋友脸上重现颜彩，不禁松了一口气，朋友睡得安稳，已然逐渐复原。晨光升到八点时，他站起来，双腿有点僵硬，感到体内被掏空，心中却充满喜悦。他把"利奥波德·古尔斯基之死"折成两半，而这又是另一件兹维·李特维诺夫不为人知的事情：在他的余生，他始终把这张纸片摆在胸前的口袋里。当年他花了一整晚让纸上之事不要成真，这样一来，他就可以为他朋友、为了生命，多争取一点时间。

直到写字的手发痛 /L

我好久以前写的东西从手中滑落,散落一地。我心想:是谁?怎么会这样?我心想:过了这么多年……怎么回事?好多年。

我陷入回忆之中,夜晚在混沌中过去,到了早上,我依然震惊,直到中午才回过神来。我跪在面粉之间,逐一捡起纸张,第十页把手划破了一道,第二十二页让肾脏感到一阵刺痛,第四页让心脏为之阻塞。

文字有负于我,这话想来可笑而尖酸。不过嘛,我还是紧抓着这些纸,生怕自己的脑筋耍花招,让我低头一看却发现纸张一片空白。

我挣扎着走到厨房,蛋糕松垮垮塌在桌上。各位女士先生,我们今天在此庆祝生命的奥秘。什么?不,不能扔石头,只能丢鲜花或钱。

我抹去椅子上的蛋壳和洒出来的糖粉,在桌旁坐下。屋外,我的鸽子老友咕咕叫,挥舞翅膀拍打玻璃窗,说不定我该帮它取个名字。有何不可呢?我已经花了好多精神帮比它更不真实的东西取名。我试着想出一个叫得顺口的名字,我四下看看,瞥见外卖中餐馆的菜单,菜单多年来都没改变:董先生闻名遐迩的广东、四川和湖南料理。我敲敲窗户,鸽子挥挥翅膀离去。再见了,董先生。

我花了几乎整个下午阅读,回忆簇拥而至,我的眼睛一片模糊,很难集中焦点。我心想:我产生幻觉了。我把椅子往后推,站了起来。我心想:恭喜你啊,古尔斯基,你终于彻底疯了。我帮植物浇水。若要失去你,必得曾经拥有你。什么?难不成你这下变得吹毛求疵?拥有,不曾拥有!这是什么话!你是"不曾拥有"的老手,简直就是输家中的输家。不过嘛,你拿什么证明曾经拥有她?你拿什么证明你有权拥有她呢?

我在水槽里注满肥皂水,清洗脏锅子。每收拾一把锅子、平底锅和汤匙,我也把无法承受的思绪放在一旁,直到厨房和脑中都一样井然有序为止。不过嘛。

"索莫·威瑟曼"变成了"英格纳西欧·达希瓦",我管他叫"达德萨其"的那个人变成了"罗德利格兹","费因戈尔德"则变成"德别德玛";名为"斯洛尼姆"的小镇变成"布宜诺斯艾利斯","明斯克"变成一个我从没听过的城镇。这几乎显得滑稽,但是嘛,我却没笑。

我研究信封上的字迹,信封内没有附上短函,请相信我,我已经检查了五六次。信封上也没有退回地址,我若认为布鲁诺说得出所以然,肯定会上楼盘问他。若有人寄包裹过来,管理员通常把它留在大厅的桌上,布鲁诺一定是看到包裹,把它拿了上来,我们其中之一若收到邮箱装不进去的东西,这可是大事一桩。如果我没记错,上次发生这种大事是两年以前,布鲁诺邮购了一个镶有饰钉的狗颈圈,不说你也知道他先前带了一条小狗回家。小狗暖烘烘,颇讨人喜欢,他叫它"哔哔"。来,哔哔,过来!我听过他叫小狗。但是嘛,哔哔始终没过来。后来有天他带哔哔到狗狗运动场,这里奇哥!有人叫他们的小狗,哔哔一听就奔向那个波多黎各人。来,哔哔,过来!布鲁诺大喊,但一点用都没有。于是他改变策略,这里,哔哔!他扯着嗓门尖叫。你瞧啊!哔哔马上飞奔而来。哔哔整晚吠叫,还在地上随处大便,但他非常喜爱这条小母狗。

有天布鲁诺带哔哔到狗狗运动场,它兴高采烈,东闻西闻,四处拉屎,布鲁诺在一旁骄傲地看着它。有人打开栅门让一条爱尔兰雪达犬进来,哔哔抬头一望,布鲁诺还搞不清怎么回事,它就冲过栅门,消失在街上。他试着追它。跑啊!他对自己说。他记得快速奔跑的感觉,但身体不听使唤,刚跨出第一步,双腿就扭曲发软。这里,哔哔!他大喊。不过嘛,没有半个人过来。他倒卧在人行道上。在这个他需要帮助的时刻,哔哔却露出兽性,背叛了他。我当时正在家里猛敲打字机。他伤心欲绝地回到家里,那天晚上,我们回狗狗运动场等它。它会回来的,我说。但是嘛,它始终没回来。那是两年前的事了,但他依然去那里等待。

我曾试图想通事情，其实我始终没有放弃尝试。利奥·古尔斯基：他曾试图想通事情，这可作为我的墓志铭。

天黑了，我却依然想不通。一整天没吃东西，于是我打电话给董先生，不是我那鸽子老友，而是外卖中餐馆。二十分钟之后，我独自和春卷相伴。我打开收音机，他们正要求听众捐款，捐了钱你就能得到一个印着 WNYC 的马桶吸盘赠品。

我发现有些事情很难形容。不过嘛，我依然像头顽固的骡子一样坚持不懈。有一次布鲁诺下楼看到我坐在餐桌的打字机前面。又是那个东西？他的耳机已经滑落，好像半个圆环似的挂在脑后。我在茶杯冒出的热气中揉揉手指关节。你简直就是霍洛维茨[1]，他边评论边走向冰箱，然后弯下腰翻找他想要的东西。我在打字机里新卷入一张纸，他转身，冰箱的门依然敞开，他的上唇有一道牛奶印。继续努力吧，大师，他说，然后戴上耳机，推门而出，经过我身边时顺便打开桌子上方的电灯，我看着电灯的拉绳晃来晃去，听着莫莉·布鲁姆[2]的声音在他耳边轰轰作响：没有什么比得上一个火热的长吻，深入你的灵魂，使你几近瘫痪。布鲁诺只听她的部分，听得有声书的磁带都磨坏了。

我反复阅读这本自己年轻时写的书，那是好久以前了，当年的我天真单纯，是个陷入爱河的二十岁小伙子，一颗心涨得满满的，思绪也同样沸腾，我认为自己无所不能！如今我已经做了所有我打算做的事，当年的想法似乎显得奇怪。

我心想：这本书如何得以幸存？据我所知，唯一的一份原稿已在大水中遗失。我的意思是说，除了附在信中、寄给我心爱女孩的那些章节之外，原稿已经遗失。那时她已经去了美国，我不得不把自己最得意的杰作寄给她。但是嘛，那只是全书的几部分，如今在我手中的

---

[1] 弗拉基米尔·霍洛维茨（Vladimir Horowitz，1903—1989），美籍俄裔著名钢琴家。
[2] 乔伊斯名著《尤利西斯》里的人物。

却几乎是整本书！而且不知道怎么回事，整本书还是英文！书中还有西班牙文人名！我实在想不通。

我为伊萨克守丧，守丧之时，我试着想出一番道理。我独自待在公寓里，纸张摊在大腿上。黑夜变成白昼，白昼变成黑夜，黑夜转为白昼，我睡睡醒醒，但是嘛，我依然百思莫解。我当了一辈子锁匠，打得开市内每一扇门，不过嘛，我却打不开任何我想开启的东西。

我决定列出所有我认识、还活着的人，以防漏掉了哪个人。我忙着找纸笔，然后坐下来，把纸抚平，笔尖轻触纸张，但是嘛，我脑中却一片空白。

我反而写下：给寄信人的问题。我在这行字下面划了两道横线，继续写下去：

1. 你是谁？
2. 你在哪里找到这本书？
3. 它如何得以幸存？
4. 它为什么是英文？
5. 还有谁读过？
6. ~~他们喜欢吗？~~
6. 读者的人数多于或少于⋯⋯

我停笔思索，有哪个数字不会令我失望？

我凝视窗外，街对面有棵树在风中摇晃。时值下午，孩童们正大声喊叫，我喜欢听他们唱歌。这是个游戏！集中注意力的游戏！女孩们边唱边拍手，不能重复！也不能犹豫！这就开始啰⋯⋯我焦急等待。动物！他们大喊。动物！我想。马！一个小孩说。猴子！另一个小孩说。他们就这样你一句，我一句。牛！第一个小孩大喊。老虎！第二个小孩大喊，因为他稍微犹豫了一下，破坏了韵律，游戏也告一段落。小马！袋鼠！老鼠！狮子！长颈鹿！一个女孩笨口拙舌地接着喊。牦牛！我大喊。

我低头看看纸上的问题，心里猜想：一本我六十年前写的书，要怎样才能寄达我的邮箱里，而且还译成了另一种文字？

我忽然想到一点，而且是用意第绪文想到的。且让我尽力诠释，这个念头大致如下：难道我不知不觉出了名？我感到头晕目眩，喝下一杯冷水，吞了几颗阿司匹林。别傻了，我告诉自己。不过嘛。

我抓起外套，雨滴拍打着窗户，于是我穿上橡胶靴，布鲁诺管它们叫胶鞋，但那是他的事。屋外风声低号，我奋力走过街道，跟我的雨伞奋战，雨伞三度径行往外翻，我抓着不放，一度被它拉得撞上一栋建筑物的墙边，两度被拖得几乎飞腾。

我抵达图书馆，脸上尽是一道道雨水，雨水从鼻子滴落，手中这把雨伞怪兽已经支离破碎，所以我把它留在伞架上。我奋力走到图书馆员的桌前，跑两步，停下来喘气，拉高裤管，前进、踱步、前进、踱步，行行复行行。图书馆员的座位上没人，我简直是在阅览室里横冲直撞，最后终于找到一个人。她正把书重新上架，我几乎控制不了自己。

我要找馆里所有利奥·古尔斯基的书！我大喊。

她转身看我，其他人也是。

对不起，您说什么？

你们馆里所有利奥·古尔斯基的书，我重复。

我事情做到一半，你得等一分钟。

我等了一分钟。

利奥·古尔斯基，我说，G-U-R-

她推着车子往前走，我知道怎么拼。

我跟着她到电脑前，她输入我的名字，我的心狂跳，我老是老，但是嘛，心脏还跳得动。

有个名叫利奥纳德·古尔斯基的作家写了一本关于斗牛的书，她说。

不是他，我说，利奥波德呢？

利奥波德，利奥波德，她说，找到了。

我紧抓着离我最近的东西稳住身子。拜托，来点答案揭晓前的鼓声：

《无牙小神女法兰姬的神奇冒险》，她说，然后露齿一笑。我压下用橡胶靴打她头的冲动。她走到童书部去拿书，我没有阻止她，反倒心中一沉，她拿着书请我坐下。好好读吧，她说。

布鲁诺曾说我若买了一只灰鸽，在街上走到一半，鸽子会变成白色；搭公交车回家路上，白鸽会变成鹦鹉；回到公寓，把鸟从笼子里拿出来之前的那一刻，鹦鹉就成了凤凰。你就是那样，他边说，边从桌上掸去一些不在桌上的碎屑。几分钟之后，不，我不是那样，我说。他耸耸肩，凝视窗外。哪个人听说过凤凰？我说，说不定是孔雀。至于凤凰嘛，我想不是吧。他把头转开，但我觉得我看到他嘴角露出一丝微笑。

但现在我完全没办法把图书馆员找到的废物，变成某个有价值的东西。

在心脏病发作之后，及再度提笔写作之前的那段日子里，我满脑子只想到死。我又逃过鬼门关，只有在劫难过去之后，我才允许自己思索人生难逃的下场。我想象自己在各种可能的状况下死去：脑子里积血、梗塞、血栓、肺炎、严重癫痫、腔静脉阻塞等等。我看到自己口吐白沫在地上翻滚，也经常夜里醒来，双手紧抓着喉咙。不过嘛，不管我多常想象自己的器官可能衰竭，最后的结果却超乎我的想象。死亡终究会临头，我强迫自己想象断气前的那一刻及临终的叹息。不过嘛，我的呼吸始终没有停止。

我还记得第一次领悟到什么叫作死亡。那年我九岁，我叔叔（但愿上帝保佑他在天之灵）在睡梦中过世，他魁梧健壮，吃起东西来跟匹马似的，还能在刺骨寒风中走出户外，赤手空拳打碎一块块结起的冰，但他就这么走了。他以前叫我"利奥波"，听起来像这样：利—奥欧—波，他总是背着我婶婶偷偷给我和我的表兄弟们一颗方糖。他还模仿斯大林，你看了绝对笑得直不起腰。

我婶婶早上发现他走了,那时他的身体已经僵硬,三个大男人合力才把他抬到安葬所。弟弟和我偷溜进去瞧瞧这副庞大的身躯,在我们眼中,他死后的身躯比他在世时更令人惊叹:双手手背上一层浓密的毛发,指甲扁平发黄,脚底板上一圈厚厚的白霜。他看起来非常人模人样,不过嘛,却恐怖得不像个人。有次我帮我父亲端杯茶进去,他坐在尸体旁边,遗体不能没人看顾,连一分钟都不可以。我得去上洗手间,他跟我说,你在这里等到我回来为止。我还没来得及抗议说我还不到成年礼的年龄,他就急忙跑出去上厕所。接下来的几分钟有如几小时一样漫长。叔叔被安置在一块石板上,石板的颜色如同带着白色筋络的生肉,我一度以为看到他的胸膛微微起伏,吓得几乎尖叫。但是嘛,我怕的不仅是他,我还为自己感到害怕,在那个冷飕飕的房间里,我察觉到自己的死亡。房间的一角有个瓷砖龟裂的水槽,死者身上洗刷下来的指甲碎片、头发和尘土都顺着水管流下。水龙头漏水,每听到一滴水声,我就感到自己的生命随之流逝,总有一天,生命将化为乌有。我心里忽然充满活着的喜悦,高兴得真想大叫。我向来不是个信仰虔诚的孩子,但是嘛,我忽然好想哀求上帝,请他让我活得愈久愈好。父亲回来之后,发现他的儿子双膝跪地,双眼紧闭,指关节发白。

从那时起,我就非常害怕自己或是父母亲会死。母亲让我最担心,因为她是我们全家人的中心。父亲活得懵懵懂懂,但母亲可不一样,她活得理直气壮,怀着一股凛然的理智。她评断我们所有的争议,她只要稍微表示不以为然,就足以让我们躲到屋里一角,待在那里哭泣,想象如何一死了之。不过嘛,只要她轻轻一吻,我们又成了小王子,少了她,我们的生活将陷入一团纷乱。

我被死亡的阴影纠缠了一年。每次有人丢下玻璃杯或打破盘子,我就号啕大哭。即使克服了那种恐惧之后,我心中依然留下了不可磨灭的悲伤。倒不是我的生命起了变化,而是我察觉到以前始终没有注意到的事实,这点反而更糟。我心怀这股新生的情绪,好像脚踝上绑了一块石头似的;我走到哪里,这股情绪就跟到哪里。我在脑海中编一些悲伤的短歌，我颂扬落叶，我想象自己在上百种不同状况下死去，葬礼却始终相同：在我的想象中，总是不知道从哪里冒出一条红地毯，因为我死了之后，大家总会发现我是多么伟大。

我可能就这么过下去。

有天早晨，我浪费了不少时间吃早餐，后来又停下来检视斯坦尼拉夫斯基太太挂在晒衣绳上晾干的巨大内衣，结果上学迟到了。铃声已响，但我班上的一个女孩还跪在尘土飞扬的操场上，她的头发编成一条辫子垂在背上，双手圈住一样东西。我问她那是什么。我捉到一只蛾子，她说，看也没看我。你要一只蛾子做什么？我问。你这是哪门子问题？她说。我重新想想我的问题。如果那是一只蝴蝶，那才有道理，我说。不，才没道理呢，她说。你应该放它走，我说。它是一只非常稀有的蛾子，她说。你怎么知道？我问。我感觉得到，她说。我提醒她铃声已响。那你进教室啊，她说，没人阻止你。你放它走，我才进去。那么你可能要一直等下去了。

她稍稍松开大拇指朝里看。让我看看，我说。她不置一词。拜托让我看看，好不好？她看看我，绿色的双眼目光锐利。好吧，但要小心。她把合着的双手举到我面前，两只大拇指分开一条缝。我闻得到她皮肤上的肥皂味。我只看到一点点褐色的翅膀，所以我扳开她的拇指，想看得清楚一点。不过嘛，她肯定以为我试图解救飞蛾，所以猛然合住双手。我们在惊恐中望着彼此，过了一会儿，她又松开双手，飞蛾在她手掌中微弱跳动，一边翅膀已经脱落，她小声惊呼。不是我弄的，我说。我凝视她的双眼，她眼中盈满泪水，一股我还不知道是渴慕的情绪在我胃中翻腾。对不起，我轻声说。我有股冲动想搂住她，以吻抹去那只飞蛾和断翅。她什么都没说，我们凝视着对方，目光久久没有移开。

我们仿佛分享了一个充满罪恶感的秘密。之前我每天在学校看到她，但从来不觉得她有什么特别，就算是有，我也只觉得她霸道。她还算可爱，但是嘛，她是个糟糕的输家，偶尔我若比她先回答老师的趣味小常识问题，她就不跟我说话，而且还不止一次。英国国王叫作乔治！我大喊，剩下的那一天里，我就得面对她的冷战。

如今，她在我眼中却显得不同。我察觉到她特殊的魔力，她似乎把光线和重力凝聚她站立之处。我以前从未注意到她双脚的大脚趾稍微内弯，现在我却看得出来。她光裸的双膝上沾了泥土，外套整齐地罩在纤细的肩膀上。我的眼睛好像有了魔力，让我看她看得更仔细。她嘴唇上方有个像墨水点的黑色胎记，耳朵透着粉红色的光泽，金发垂落到两颊旁。她一寸又一寸地显露在我面前，我几乎以为再过一会儿，我就能够像拿着显微镜似的，看清她肌肤下的每个细胞。我心中忽然涌起一股熟悉的忧虑，生怕自己长得太像父亲，但那种感觉稍纵即逝，因为在注意到她躯体的同时，我也注意到自己的身体，一股悸动几乎让我喘不过气来，我体内开始发麻，然后像火焰似的扩散出去，整个过程不到三十秒。不过嘛，悸动过后，我已迈入了童年即将宣告结束的神秘之境。那不到半分钟所滋生的欢喜与痛苦，多年之后才尽数散去。

她没多说半句话就抛下残破的飞蛾，跑了进去，沉重的铁门砰的一声关上。

阿尔玛。

我好久没说出那个名字了。

我下定决心不计任何代价让她爱上我。但是嘛，我也明白不要马上展开攻势。接下来的两个礼拜，我观察她的一举一动。耐心向来是我的优点之一，有次我为了看看那位从巴洛诺维奇来访的"义人"是不是跟其他人一样会拉屎，于是就在拉比家后面的户外厕所旁躲了整整四小时，答案果然是肯定的。发现了这个不怎么光彩的生命真相之后，我兴奋地从厕所旁边冲出来，大声喊没错！为了此事，我的头被重重敲了五下，而且还得在玉米穗轴上跪到膝盖流血，但是嘛，被罚也是值得的。

我将自己视为一个间谍，潜入外星世界（也就是女性的势力范围）一探究竟。我以搜集证据为借口，从晒衣绳上偷取斯坦尼拉夫斯基太太的超大内裤。我一个人在户外厕所里放肆嗅闻这些贴身衣物。

我把脸埋在裤裆里，把它们套在头上，把它们高高举起，然后让它们像一个新国家的国旗一样在风中飞扬鼓起。母亲把门推开时，我正在试穿它们的尺寸，它们容得下三个我。

母亲狠狠瞪了我一眼（我还得敲敲斯坦尼拉夫斯基太太的大门，亲自送还她的贴身衣物，这个惩罚真丢脸），我一般性的搜证工作就此画下句点。不过嘛，我继续进行细节部分，在这方面，我的研究相当详尽。我发现阿尔玛是四个孩子中的幺女，最受她父亲宠爱，我知道她的生日是二月二十一日（这表示她比我大五个月又二十八天）。她喜欢泡在糖浆里的酸樱桃，糖浆酸樱桃是从俄国边境走私过来的，有一次她偷吃了半罐，她母亲发现之后，逼她吃下另外半罐，以为这样一来，她会因为吃得太多而身体不舒服，从此就对樱桃避而远之，但这招没有奏效，她把整罐樱桃吃得干干净净，还跟我们班上一个女孩吹牛说她吃得下更多。我知道她父亲希望她学钢琴，但她想学小提琴，两人僵持不下，各持己见，后来阿尔玛找到一个空小提琴琴盒（她宣称在路边找到这个被弃置的琴盒），成天带着琴盒在她父亲面前晃荡，有时甚至假装拉奏这把想象中的小提琴，此举终于让她父亲看不下去，放弃坚持，请她在维尔纳读中学的哥哥带回一把小提琴。这把新琴放在闪闪发亮的黑色皮盒里送抵家中，盒内还铺着紫色的绒布，阿尔玛用它拉出的每一首歌曲中，无论曲调多么忧伤，总是带着一丝胜利。我站在她家的窗外听她拉琴，所以我知道这件事。我期待着破解她心中的秘密，热切的程度不下于先前等着"义人"拉屎。

然而我的期待落空了。有天，她昂首绕过屋侧来质问我。这一个礼拜我每天看你站在外面，大家也都知道你在学校成天盯着我，你如果有什么事要跟我说，为什么不干脆当着我的面讲，而要像个坏蛋一样偷偷摸摸？我考虑了一下该怎么办。我要么掉头就跑，从今之后再也不去学校，说不定甚至偷渡到澳大利亚，要不然就冒险对她告白。答案显然是：我将前往澳大利亚。我张开嘴跟她永远地道别，不过嘛，我说出口的却是：我想知道你愿不愿意嫁给我。

她面无表情,但是,她的眼睛闪烁着跟她从琴盒中取出小提琴之时一样的光芒。我们目不转睛地瞪着对方,僵持了好久。让我想想看,她终于说,然后绕过屋角,昂首走回屋里。我听到门砰的关上,一会儿之后,屋内响起德沃夏克的《妈妈教我唱的歌》,虽然她没说好,但从那一刻起,我知道我还有机会。

简而言之,从那之后我就不再老想着死亡。我并非不再畏惧死亡,只是不再想它。若除了想念阿尔玛之外,我还有空余时间,说不定会担心一死,但其实我已经知道怎样筑起一道墙,阻挡诸如此类的思绪。每一件新学会的事情,都是墙上的一块石头,直到有一天,我明白我已经将自己逐出那个永远无法返回的地方。不过嘛,这道墙保护了我,让我忘却童年所领悟的痛苦却明晰的事实。即使在藏身林间、树上、洞穴,以及地窖之中的那几年,死神在我颈边呼气,我依然从未想过自己总有一死。只有在心脏病发之后,那道阻隔在我和童年之间的墙开始崩落,我才再度感受到死亡的恐惧,而那种恐惧感跟以往一样可怕。

我盯着那本《无牙小神女法兰姬的神奇冒险》,作者利奥波德·古尔斯基却不是我。我没翻开封面,只是听着雨水流过屋顶的排水沟。

我离开图书馆。过马路时,一股强烈的孤寂感狠狠袭上心头。我觉得悲哀而空洞,没人要我,没人注意到我,没人记得我。我站在人行道上,觉得自己毫无可取之处,活着只不过招揽尘土。人们从我身旁匆匆而过,每个经过我身旁的人都比我快乐,我感到那股熟悉的嫉妒感,我情愿放弃一切,只求成为他们其中之一。

我以前认识一个女人,她被锁在门外,我帮她开锁。我以前像撒面包屑一样四处留下名片,她看到其中一张,打了电话给我,我尽快赶过去,那天是感恩节,而我和她显然没有其他地方可去。我碰碰门锁,门锁啪的弹开,她说不定因此认为我天赋异禀。屋里依稀闻得到一股炒洋葱的味道,还有一张马蒂斯或莫奈的海报。哦,不,那是莫迪里亚尼①,这下我记起来了,因为海报上是个裸体女人。为了表示奉承,我对她说:那是你吗?我已经好久没跟女人在一起,我闻得到自己手上的油渍及腋下的味道。她请我坐下,为我俩准备餐点,我说声对不起,走进浴室梳头,试图整理仪容。从浴室出来之后,我看到她穿着内衣站在黑暗中,对街有个霓虹灯招牌,霓虹灯在她双腿上投射出蓝色的光影。我想跟她说,她如果不想看着我的脸,我也不介意。

几个月之后,她又打电话给我,请我复制一把她家的钥匙,我为她高兴,因为这表示她不再孤单。我倒不是自怜,但我想跟她说:你只要请新钥匙的主人去一趟五金行,这样不是简单一点吗?不过嘛,我复制了两把,一把给她,一把我自己留下,我把它摆在口袋里很久,只是为了假装有人爱我。

有天我忽然想到:我什么地方都进得去。我以前从没想过这一点,我是个移民,花了好长时间才克服被遣返的恐惧。长久以来,我生活在恐惧中,生怕自己犯错,有一次我错过六班火车,只因我不知道怎样开口买车票。换作另一个人说不定就直接上车,但是嘛,一个从波兰来的犹太人不会这么做,他连上厕所忘了冲马桶都怕因此会被遣送出国。我避免引人注意,低着头开锁、上锁,这就是我的工作。在我的家乡,开锁是小偷行径;在美国,我却是个专业人士。

一段时间后,我愈来愈自在。我在各处耍点花招,借此装点我的工作,比方说开锁之前半转一下,这个举动没什么意义,但看起来比较高明。我不再紧紧张张,反而变得有点滑头。我在每一个装设的锁上刻下我的姓名缩写,锁槽上方多了一个小小的签名,没有人会注意到,但我不在乎,只要我知道就够了。我在市区地图上标示出所有我刻下姓名的门锁地点,地图折折开开了好多次,有些街名在折缝中已经磨损不清。

有天早上我去看电影,正片开始之前播放了一部关于胡迪尼的短片,胡迪尼就是那个被埋在地下还能从紧身囚衣中脱逃的男人。他们

---

① 阿梅戴奥·莫迪里亚尼(Amedeo Modigliani,1884—1920),意大利籍犹太画家、雕塑家。

把他关在一个捆满铁链的箱子里，把箱子丢到水中，他却破水而出。短片向观众展现他怎样练习、怎样为自己计时，他反复练习，直到把时间缩短到几秒钟的工夫为止。从那之后，我对于我的工作更加自豪，我经常把最难开的锁带回家，为自己计时，我试着把时间缩减一半，而且反复练习，直到能在预定时间之内把锁打开为止，我不停练习，最后手指甚至失去感觉。

有次我躺在床上，梦想着愈来愈困难的挑战，想着想着忽然福至心灵：我若打得开一个陌生人家的锁，为什么不试试"科索"巴利饼店呢？或是公共图书馆？或是伍尔沃斯百货商店？假设说吧，有什么能够阻止我打开……卡内基音乐厅的锁呢？

我思绪奔腾，全身兴奋颤动，我大可开锁让自己进去，然后悄悄走出来，说不定留下一个小小的刻痕。

我计划了好几个星期，我在音乐厅附近来回观望，任何细节都逃不过我的眼睛。可想而知，我真的动手了。清晨时分，我由五十六街后台的门进入，花了一百零三秒开锁。在家里，同样的这种锁只花了我四十八秒，但是清晨外面天气冷，我的手指不太灵活。

伟大的钢琴家鲁宾斯坦排定那晚登台，一架闪闪发亮的黑色施坦威钢琴孤零零地安放在舞台上。我从布幕后面走出来，在出口标志的灯光中，依稀可见台下一望无际的观众席。我坐在琴凳上，用鞋尖轻踩踏板，而不敢动手碰触琴键。

当我抬头望时，她就站在那里。活脱脱一个十五岁的女孩，头发扎成一条辫子，站在距离我不到一米半之处。她举起手上的小提琴，也就是那把她哥哥从维尔纳带给她的小提琴，放低下巴，夹在琴。我试图说出她的名字，但是嘛，名字却卡在我的喉咙里。再说，我也知道她听不到我的声音。她举起琴弓，我听到德沃夏克乐曲的开头几个音符。她闭着眼睛，乐声从她指尖流泻而出。她拉得毫无瑕疵，现实生活中，她从未拉得如此完美。

最后一个音符缓缓消退之际，她也消失了。我的掌声在空荡荡的音乐厅中发出回音。我停止鼓掌，沉默在我耳里隆隆作响。我再看最后一眼空旷的演奏厅,然后匆匆循着原路出去。

从那之后,我再也不做这种尝试。我已经向自己证明我办得到,这样就够了。偶尔经过某个私人俱乐部门口时(我就不说是哪一个了),我心中暗想:狗屎混账家伙,你们别想把眼前这个犹太人关在门外。但是在那个晚上之后,我再也没去碰运气。如果我被关到牢里,大家将发现其实我不是胡迪尼。不过嘛,在我感到孤寂之时,只要想到世界上的一扇扇门,虽然紧紧关上,但我总有办法把门打开,每思及此,我心里就舒坦多了。

倾盆大雨中,我在图书馆门外寻找立足之处,陌生人从我身边匆匆而过时,我心中就升起那个令人舒坦的念头。毕竟,我表哥不就是因为如此,才教我开锁吗?他知道我不能永远无影无形。你让我看看一个活了下来的犹太人,有次我看着他打开一把锁时,他对我说,我就给你看看一个魔术师。

我站在街上,任凭雨水顺着脖子流下。我眯起眼睛,门一扇接着一扇、一扇接着一扇、一扇接着一扇摇摆而开。

《无牙小神女法兰姬的神奇冒险》让人白忙一场,我离开图书馆,回到家中。我脱下外套挂起来晾干,在炉上烧开水,身后有个人清清喉咙,我吓得几乎跳起来,但那只是坐在黑暗中的布鲁诺。你在干吗?你想把我吓疯吗?我一边大喊,一边打开电灯。我童年时代写的书,一页页散落在地上。噢,不,我说,这不是你……

他没给我机会辩白。

不错嘛,他说,我不会这样形容她,但是我能说什么呢?那是你的事。

你听我说,我说。

你不必解释,他说,这本书很棒,我喜欢你的文笔,除了一些你偷用别人的部分之外,其他都很有创意。我们若纯就文学观点来说——

我愣了一下子才发现有异:他正用意第绪语跟我说话。

——纯就文学观点来说,有什么好挑剔的呢?不管怎样,我过去一直猜想你写些什么。过了这么多年,我现在明白了。

但我也在猜想你写些什么,我说,同时想起好久以前,当我们二十岁时,我俩都想成为作家。

他耸耸肩,摆出一副布鲁诺特有的神情:跟你一样。

一样?

当然一样。

一本关于她的书?

一本关于她的书,布鲁诺说。他移开视线,凝视窗外,然后我看到他把那张我跟她的合照搁在膝上,照片中我跟她站在一棵树前,她一直不知道我在树上刻下我们名字的缩写:A + L。你几乎看不到,但是嘛,我知道它们在那里。

他说:她很会保密。

这时我想起来了。六十年前的那一天,我含着泪水离开她家时,我瞥见他靠着一棵树站着,手里握着一本笔记本,等着我离开之后去找她。几个月之前,我们还是最要好的朋友,我们跟其他两个男孩大半夜没睡,一边抽烟一边讨论小说。不过嘛,那天下午瞥见他之后,我们就不再是朋友。我们甚至不讲话,我走过他身旁,仿佛他根本不存在。

我只有一个问题,六十年之后的今日,布鲁诺说,我一直想知道。

知道什么?

他咳了两声,然后抬头看我。她跟你说你的文笔比我好吗?

没有,我先是撒谎,然后告诉他真话,我不需要任何人跟我说。

我们沉默了好一会儿。

真奇怪啊,我以前总以为……他讲到一半停了下来。

以为什么?我说。

我以为我们不仅仅为了她的爱而争吵,他说。

这下该我凝视窗外。

还有什么比她的爱更重要？我问。

我们一语不发地坐着。

我说了谎，布鲁诺说，我还有一个问题。

什么问题？

你为什么还像个傻瓜一样坐在这里？

你这话什么意思？

你的书，他说。

我的书怎样？

把书拿回来啊。

我跪在地上，动手收拾散落的书页。

不是这一本！

哪一本？

噢，天啊！布鲁诺拍拍额头说，我每件事情都得跟你说清楚吗？

我嘴角慢慢露出微笑。

三百零一页，布鲁诺说，他耸耸肩，移开视线，但我想我看到他在微笑，这可不是小事儿。

淹大水 / A

1. 没有火柴怎样生火？

我在网络上搜寻阿尔玛·梅列明斯基，我想有人说不定报道过她，我说不定能找到关于她的信息。我打出她的名字，按下回车键，但屏幕上只出现一串一八九一年抵达纽约的移民名单（比方说曼德尔·梅列明斯基），以及收录在耶路撒冷大屠杀纪念堂里的受害者名单（比方说亚当·梅列明斯基、芬尼·梅列明斯基、纳汉、塞利格、赫谢尔、布鲁玛、伊达，但是没有阿尔玛，我松了一口气，因为我不想在还没有开始找她之前就失去她）。

2. 弟弟一直是我的救星

朱利安舅舅来跟我们住，他打算在纽约待到做完研究为止。他已经花了五年写一本关于雕塑家暨画家贾科梅蒂的书，弗朗西斯舅妈则留在伦敦照顾小狗。朱利安舅舅睡在鸟弟床上，鸟弟睡我的床，我睡在地上百分之百的鹅绒睡袋里，但是真正的专家不需要这种睡袋，因为在紧急状况中，她只要杀一些鸟，把它们的羽毛塞进衣物下就能保暖。

有时晚上我听到鸟弟说梦话，话语残缺不全，我听不懂他讲些什么。只有一次他讲得非常大声，我以为他醒着。"别踩到那里。"他说。"什么？"我坐起身。"那里太深了。"他喃喃自语，然后把脸转向墙壁。

3. 但是为什么呢？

有个星期六，鸟弟和我跟朱利安舅舅到现代艺术博物馆。鸟弟坚持用他卖柠檬汁赚来的钱为自己买票。朱利安舅舅到楼上跟展览策划人谈事情，我和鸟弟则四处游荡。鸟弟问一位警卫这栋大楼里有多少饮水器（五个）。他发出类似电动玩具的奇怪噪音，直到我叫他安静为止，然后他数数多少人有暴露在外的刺青（八个）。我们站到一幅画前面，画中有一群人倒卧在地。"他们为什么躺成那样子？"他问。"有人杀了他们。"我说。其实我不知道他们为什么躺成那样，我甚至不确定他们是不是人。我走到房间另一端观赏另一幅画，鸟弟跟在我后面。"但是为什么有人要杀他们？"他问。"因为他们需要钱，就到人家家里抢钱。"我说，说完就搭手扶梯下楼。

坐地铁回家的路上，鸟弟碰碰我的肩膀："但是他们为什么需要钱呢？"

4. 迷失在大海中

"你为什么认为《爱的历史》中的这个阿尔玛是真人？"米沙问。我们坐在他家那栋公寓后面的沙滩上，双脚埋在沙里，享用什克洛夫斯基太太做的烤牛肉芥末三明治。"一个。"我说。"一个什么？""一个真人。""好吧，"米沙说，"回答我的问题。""她当然是真的。""但你怎么知道？""因为这本书的作者李特维诺夫帮其他人取了西班牙名字，唯独她没有，可见她一定是真实人物，这样才说得通。""为什么？""他不能。""为什么不能？""你看不出来吗？"我解释，"他可以改变每个细节，但他不能改变她。""但是，为什么？"他怎么这么迟钝！"因为他爱她！"我急道，"因为对他而言，只有她才是真实的。"米沙咬了一口烤牛肉："我想你电影看得太多了。"但我知道我说得没错，就算不是天才，你也能从《爱的历史》里猜出这一点。

5. 我想说的事情卡在嘴里

我们沿着通往科尼岛的海边步道往前走，天气非常炎热，一颗颗汗珠顺着米沙的太阳穴往下滴。我们经过一些正在打牌的老人，米沙跟他们打招呼，一个满脸皱纹、穿着超小泳衣的老人也跟他挥手。"他们以为你是我女朋友。"米沙大声说。就在此时，我扭到大脚趾，跌了一跤。我觉得脸上发热，心想自己是全世界最笨手笨脚的人。"哦，我不是。"我应道,但心里并不想这么说。我移开视线,假装对一个拖着橡胶鲨鱼走向海边的小孩大感兴趣。"我明白,"米沙说,"但他们不知道。"他满十五岁了,几乎长高了十厘米,而且开始刮上唇的黑胡须。我们下水游泳,他纵身跃入海浪间,我看着他的身体,胃部升起一种感觉,不是胃痛,而是一种不同的情绪。

"我跟你打赌一百美金,她的名字一定列在电话簿里。"我说。其实我根本不相信这一点,但我只能想出这话来改变话题。

6. 寻找一个很可能不存在的人

"我要查阿尔玛·梅列明斯基的电话号码,"我说,"M-E-R-E-M-I-N-S-K-I。""查哪一区?"那个女人问。"我不知道。"我答。对方停顿了一下,我听到敲键盘的声音。米沙盯着一个穿着蓝绿色比基尼、脚踏直排轮滑飞驰而过的女孩。电话另一头的女人说了几句话,我没听清楚。"对不起,再说一遍好吗?"我说。"我说我查到一个A.梅列明斯基,住在布朗克斯区一百四十七街,"她说,"请稍等,我给你电话号码。"

我匆匆抄在手上。米沙走过来:"怎么样?""你有二十五分钱的硬币吗?"我问。这有点愚蠢,但我已经走到这个地步。他扬起眉毛,把手伸进短裤口袋里。我拨了写在手掌心的号码,一个男人接起电话。"阿尔玛在吗?"我问。"你说谁?"他说。"我要找阿尔玛·梅列明斯基。""这里没有叫作阿尔玛的,"他跟我说,"你打错了,我叫艾尔提。"然后挂断电话。

我们走回米沙家。我去上洗手间,里面闻得到他姐姐的香水味,他爸爸发灰的内裤挂在晒衣绳上晾着,洗手间显得很拥挤。我出来时,米沙打着赤膊在看一本俄文书。他洗澡的时候,我坐在他床上等候,随便逐页翻翻俄文书。我听到水声溅落,也听得到他在唱歌,但听不出歌词。我在他的枕头上躺下,枕头有他的味道。

7. 如果继续这样下去

米沙小时候,家里每年夏天都会到乡下的别墅度假,他和他爸爸从阁楼里把捕蝶网拿下来，试着捕抓漫天飞舞的移栖蝴蝶。那栋老房子里摆满了他祖母的瓷器（真的来自中国），墙上挂了什克洛夫斯基家族三代男人小时候抓的蝴蝶标本。时间一久，蝶翅上的鳞片逐渐掉落，你若赤脚跑过屋里，瓷器会叮啷作响，脚上也会沾上点点蝶翅。

几个月前，米沙十五岁生日的前一晚，我决定为他制作一张贴着蝴蝶的卡片。我上网搜寻俄国蝴蝶的照片，反而看到一篇报道说，过去二十年来，大部分蝴蝶的数量都大幅降低，灭绝的速度比正常状况高出一万倍。报道中还说，每一天平均有七十四种昆虫、植物和动物面临绝迹的命运。报道中指出，根据这些及其他令人害怕的统计数字，科学家相信人类正处于地球有史以来的第六次大灭绝。全世界的哺乳动物，几乎有四分之一在三十年之内将面临绝种；鸟类之中有八分之一很快就会绝迹；在过去半世纪里，全世界百分之九十的大型鱼类已经消失无踪。

我查了大灭绝的资料。

最近一次大灭绝发生在六千五百万年前，当时大概有颗小行星撞上我们的星球，杀死了所有恐龙以及大约一半的海洋生物。在那之前是三叠纪大灭绝（也是由一颗小行星造成，或说不定是火山爆发），将近百分之九十五的物种因而消失殆尽。在那之前则是晚泥盆纪大灭绝。目前这次大灭绝，是地球四十五亿年历史中进程速度最快的一次，而且跟先前几次都不一样，成因不是自然灾害，而是人类的无知。如果继续这样下去，地球上一半的物种将在一百年后消失。因为这样，所以我没在米沙的卡片上贴蝴蝶。

8. 间冰期

妈妈接到信，受托翻译《爱的历史》的那个二月，雪下了将近六十多厘米，米沙和我在公园里造了一个雪穴，我们花了好几小时，两人的手指都冻僵了，但我们依然继续挖。洞穴完工时，我们爬到里面，一道蓝光从入口处照射进来。我们肩并肩坐着。"说不定有天我会带你去俄国，"米沙说，"我们可以到乌拉山露营。"我提议："去吉尔吉斯大草原就行。"讲话的时候,我们的呼吸化作一朵朵小云。"我会带你去看看那个我跟我祖父住的房间,"米沙说,"还可以教你在涅瓦河上溜冰。""我可以学俄文。"米沙点点头:"来,我教你。第一个字:Dai。""Dai。""第二个字:Ruku。""那是什么意思?""先念一次。""Ruku。""Dai ruku。""Dai ruku 是什么意思?"米沙拉起我的手,一把握住。①

9. 如果她真的存在

"你为什么认为阿尔玛来了纽约?"米沙问。我们刚刚玩了十次金拉米牌,这会儿躺在他卧室的地板上,仰望天花板。我泳衣上和牙齿间有沙子,米沙的头发还是湿湿的,我闻得到他身上体香剂的味道。

"书中第十四章,李特维诺夫写道,有个离家前往纽约的女孩,手里拉着一根横跨海洋的绳索。他是波兰人,没错吧?我妈妈说他在德国人入侵之前逃走,纳粹几乎杀光了他村里的人,如果他没逃走的话,就不会有《爱的历史》,如果阿尔玛也是那个村里的人,我也可以跟你打赌一百美金她是……"

"你已经欠我一百美金了。"

"重点是我读过的章节讲到阿尔玛小时候的事情,她大概是十岁。这么说来,如果她真的存在,而我也认为她是,那么李特维诺夫一定从小就认识她。这表示他们可能是同一个村子的人,更何况大屠杀纪念堂的受害者名单里,没有一位来自波兰的阿尔玛·梅列明斯基。"

"大屠杀纪念堂是何方神圣?"

"那是一个在以色列的博物馆,纪念二次大战期间遭到大屠杀的犹太人。"

"好吧。但说不定她根本不是犹太人,就算她是——就算她真的存在,而且是波兰的犹太人,而且来到了美国,你怎么知道她没去其他城市?比方说密歇根的安娜堡?""安娜堡?""我有个表哥在那里,"

---

① Dai ruku,意为"把你的手给我"。

米沙说,"不管怎样,我以为你找的是雅各布·马库斯,而不是这个叫阿尔玛的人。"

"我是啊。"我说。我感觉他的手背擦过我的大腿,我想说虽然刚开始我想找个能够再让我妈妈开心的人,但现在我也在找寻另一个人的下落,我的名字来自于她,这事也关系到我,但我不知道怎么解释。

"说不定因为阿尔玛,所以雅各布·马库斯才想找人翻译《爱的历史》。"我说,这倒不是因为我相信这话,而是因为我不知道还能说什么。"说不定他认识她,或者,说不定他正试着找她。"我很高兴米沙没问我为什么——既然李特维诺夫这么爱阿尔玛,却没有跟着她来美国,反而去了智利,而且娶了一个叫作罗莎的女人——为什么呢?我唯一能想到的解释是:他毫无选择。

墙壁的另一边,米沙的妈妈朝他爸爸吼了两句,米沙用手肘撑起身子,低头看我。我想到去年夏天,十三岁的我们站在他家这栋公寓的屋顶上,脚下的焦油发软,他教我他家祖传的俄式亲吻,我们的舌头在彼此嘴里。现在我们已经认识两年了,我大腿的一侧贴着他的小腿,他的腹部贴着我的肋骨。他说:"我觉得当我的女朋友也没那么糟。"我张开嘴,却说不出话。我是七种语言的结晶,我只要能说其中一种就好了,但我不能,于是他弯下身子吻我。

10. 然后

他的舌头在我嘴里,我不知道应该伸出舌头跟他相触,还是把舌头移到一旁,让他的舌头在我嘴里自由行动。我还没做出决定,他就伸回舌头,闭上嘴巴,我则惶然张着嘴,看来似乎不太对。我以为此事说不定就此告一段落,但后来他又张开嘴巴,我不知道他打算做什么,结果他开始舔我的嘴唇,我分开双唇,伸出舌头,但太迟了,因为他的舌头已经伸回嘴里。后来我们总算大致清楚对方想做什么,我们同时张开嘴巴,好像两人都试着说些什么似的。我伸出手绕住他的脖子,就像电影《西北偏北》里,女配角爱娃·玛丽·森特在火车上抱住加里·格兰特一样。我们翻滚了一会儿,他的鼠蹊隐约摩擦着我的胯下,但这只持续了一秒钟,因为我的肩膀不注意撞上了他的手风琴。我嘴里都是口水,呼吸有点困难,窗外有架飞机飞过,朝向肯尼迪机场前进,他爸爸也开始朝他妈妈大吼。"他们在吵什么?"我问。米沙的头往后倾,脸上浮现某种表情,那却是我不了解的语言。我心想我们之间会不会有所改变。"Merde。"他说。"那是什么意思?"我问。他说:"那是法文。"① 他把我的一簇发丝塞回耳后,又开始吻我。"米沙?"我轻声说。"嘘。"他说,然后悄悄把手从我腰间伸到我裙子里。"不要这样,"我坐直身体,接着说,"我喜欢别人。"话一出口我就后悔了。我们显然再也没什么好说的,于是我穿上球鞋,鞋子里全都是沙子。"我妈很可能不知道我在哪里。"我说,但我们都知道这不是真的。我站起来时,沙子四散,索索作响。

11. 一个礼拜过去了,米沙和我没说话

看在过去的分上,我重读了《北美洲可食用的植物与花朵》。我到我家屋顶上,看看自己能否辨识星群,但周围太多灯光,所以我下楼走到后院,在黑暗中练习架起爸爸的帐篷。我只花了三分五十四秒,比自己先前的纪录几乎快了一分钟。架好帐篷之后,我躺到里面,试着记起所有关于爸爸的事。

12. 继承自爸爸的回忆

(1)甘蔗的味道。

(2)以色列刚建国时,街上灰土飞扬,街道之外一片报春花。

(3)他扔石头砸一个小男孩的头,小男孩欺负他哥哥,此举赢得了其他孩子的尊敬。

(4)他跟祖父到集体农场买鸡,而且看到鸡被砍头之后,两只

---

① 意为"该死,他妈的"。

脚还不停摇动。

（5）祖母和她的朋友们在安息日之后的星期六晚上打牌，洗牌洗得窣窣响。

（6）他一个人到伊瓜苏瀑布旅行，旅途艰辛，他也付出了代价。

（7）他第一次看到日后将成为他太太、也就是我妈妈的那名女子时，她穿着黄色短裤，坐在集体农场的草地上看书。

（8）晚间的蝉叫声，以及沉寂。

（9）茉莉、芙蓉和橙花的气味。

（10）我妈妈苍白的皮肤。

13. 两个礼拜过去了，米沙和我依然没说话，朱利安舅舅还没走，已经将近八月底了

《爱的历史》有三十九章，自从寄给雅各布·马库斯前十章之后，妈妈又译完了十一章，所以她总共已经译完二十一章，这表示她完成了超过一半，很快就会再寄个包裹给他。我把自己锁在浴室里，这是我唯一有点隐私权的地方。我试着写另一封信给雅各布·马库斯，但写什么读起来都很奇怪、琐碎，或是像在说谎，而整封信也确实是个谎言。我坐在马桶上，膝上搁着笔记本，脚踝边有个垃圾桶，桶里有张捏成一团的纸片，我捡起纸片，上面这样写着：狗？弗朗西斯？狗？你的话真伤人，但我想那就是你的本意。我没有像你所说的"爱上"芙欧，我跟她是多年同事，她刚好喜欢那些我在乎的东西。艺术，弗朗西斯，你记得艺术吗？我们实话实说吧，你已经一点都不在乎艺术，你始终忙着指责我，根本没注意到你自己变了多少，你几乎已经不是那个当初我……信到此为止，我小心地把纸片再捏成一团，重新放回垃圾桶里。我紧紧闭上眼睛，心想朱利安舅舅说不定短期之内不会完成贾科梅蒂的研究。

14. 然后我心生一计

死亡记录肯定存放在某个地方。市区里一定有某个办公室

或是部门，保存了出生和死亡登记，那里绝对有些档案，记录着哪些人在纽约出生及死亡。有时太阳下山，开车沿着布鲁克林—皇后区快速道路前进时，摩天大楼在灯光中一栋栋现形，天空闪烁着橘色的光芒，这时数千座墓石尽在眼前，你会有种奇怪的感觉，好像市区的电力来自埋在墓园里的每个人。所以我心想：他们说不定有份她的记录。

15. 隔天是星期天

外面下雨，所以我待在家里阅读从图书馆借来的《鳄鱼街》，心里想着米沙会不会打电话来。引言中说作者来自波兰的一个村庄，读到这里我就知道自己会有所获。我心想：雅各布·马库斯要么就是非常喜欢波兰作家，要么就是无意中给我一个线索，哦，我的意思是给我妈妈一个线索。这本书不厚，我一个下午就看完了。五点钟的时候，鸟弟全身湿淋淋地回到家里。"开始了。"他说，同时摸摸厨房的门符，然后亲吻自己的手。"什么开始了？"我问。"雨。""雨明天就会停。"我说。他帮自己倒了一杯橙汁，一口喝光，走出厨房，亲吻家中四个门符，然后回他的房间去了。

朱利安舅舅在博物馆待了一天之后回家。"你看到鸟弟搭的小屋了吗？"他边问边从厨台上拿起一根香蕉，就着垃圾桶剥皮。"你不觉得很壮观吗？"

但是星期一雨还没停，米沙也没打电话来，所以我穿上雨衣，找到一把伞，出门前往纽约市档案处，根据网络数据，那就是他们存放出生和死亡登记之处。

16. 钱伯斯街31号，103室

"梅列明斯基，"我跟柜台后面那个戴着圆边黑框眼镜的男人说，"M-E-R-E-M-I-N-S-K-I。""M-E-R。"男人边说边写下来。"E-M-I-N-S-K-I。"我接道。"I-S-K-Y。"男人说。"不是，"我重来，"M-E-R……""M-E-R。"他说。"E-M-I-N。"我说。他却说："E-Y-N。""不对！"我重复:"E-M-I-N。"他面无表情地瞪着我,所以我说:"我帮你写下来好吗?"

他看看那个名字,然后问阿尔玛·M-E-R-E-M-I-N-S-K-I是不是我的祖母或曾祖母。"是啊。"我以为这样说不定能加快程序。"哪一个?"他问。"曾祖母。"我说。他看看我,嘴里嚼着一片薄薄的东西,然后走到后面,搬出一箱微缩胶片。我装第一卷胶片时,片子卡住了,我挥挥手,指着那团缠在一起的胶片,试图引起那个男人的注意。他叹了一口气走过来,把胶片卷进去。试了三卷之后,我摸到了窍门。我阅览了全部十五卷胶片,没看到阿尔玛·梅列明斯基的资料,于是男人从后面再搬来一箱,然后又搬来一箱。我得去上洗手间,途中顺便从贩卖机里买了一包夹心饼和一罐可乐。男人出来买了一根巧克力棒,为了找话题,我说:"你知道怎样在野外求生吗?"他脸一皱,把眼镜推回鼻梁上:"你这话是什么意思?""比方说,你知道几乎所有南极圈的植物都可以吃吗?当然除了某些特别的蕈类之外。"他扬起眉毛,一脸不可置信,所以我说:"你知道光吃兔肉也会饿吗?根据文献的说法,有些试图在野外求生的人,就是因为吃了太多兔肉而死亡,如果吃太多任何一种精肉,比方说兔肉,你就会感染上——你知道的,总而言之,那会让你送命。"男人把吃剩的巧克力棒丢掉。

回到里面之后,他搬出第四个箱子。我眼睛发痛,但两小时之后我仍然在那里。"她可能在一九四八年之后过世吗?"男人问,显然深感挫折。我跟他说有可能。"唉,你为什么不早说?因为这样一来,她的死亡登记就不在这里。""会在哪里?""纽约市卫生局的出生死亡资料部,"他说,"地址是沃斯街125号113室。他们保存了所有一九四八年之后的死亡登记。"我心想:这下好了。

17. 妈妈犯过最糟糕的错误

回到家时,妈妈正窝在沙发上看书。"你在读什么?"我问。"塞万提斯。""塞万提斯?"我问。"他是西班牙最有名的作家。"妈妈边说边翻页。我对她翻翻白眼。有时我猜想她为什么不干脆嫁个名作家,而不是跟个喜爱野外的工程师结婚。如果她嫁了个作家,这一切都不会发生。在这一刻,她说不定跟她的名作家先生坐在餐桌前,讨论其他名作家的优劣,绞尽脑汁思索谁该获颁"身后诺贝尔奖"。

那天晚上我拨了米沙的电话号码,但电话一响就挂掉了。

18. 然后是星期二

还在下雨。走到地铁站的路上,我经过那个空置的停车场,鸟弟在这里搭了一个棚子,他把一大块油布搭在一米八高的垃圾堆上,垃圾袋和旧绳索悬吊在两旁,乱七八糟的杂物中冒出一根杆子,说不定正等着插上旗帜。

卖柠檬汁的小摊子还在那里,新鲜柠檬"枝",五十美分一杯,请自助(我的手腕扭伤了)的牌子也还在,牌子旁边加上了一句:所有收入将捐赠慈善机构。但摊子上空荡荡,鸟弟也不见踪影。

我搭上地铁,搭到卡洛尔街和伯根街之间的时候,我决定打电话给米沙,也决定要装作什么都没发生的样子。下车之后,我找到一个没有坏掉的公用电话,拨了他的号码,电话铃声响起时,我的心跳随之加速,他妈妈接了电话。"嗨,什克洛夫斯基太太,"我说,口气尽量轻松自在,"米沙在家吗?"我听到她叫他,过了似乎好久之后,他接起电话。"嗨。"我说。"嗨。""你好吗?""不错。""你在干吗?""看书。""看什么书?""漫画。""你问问我人在哪里。""哪里?""纽约市卫生局外面。""为什么?""我正要去找阿尔玛·梅列明斯基的资料。""还在找啊。"米沙说。"没错。"我说,然后是一阵尴尬的沉默。我开口:"嗯,我只是打电话问问你今天晚上要不要租《黄宝石》[①]?""不行。""为什么?""我有事。""什么事?""我要去看电影。""跟谁去看电影?""我认识的一个女孩子。"我的胃部一阵翻腾。"哪个女孩?"我心想,拜托不要是——"露芭,"他说,"说不定你记得她,你见过她一次。"我当然记得,你怎么可能忘记一个

---

① 希区柯克一九六九年执导的名片。

身高一米七五、金发、宣称是凯瑟琳女皇后裔的女孩呢？

今天真是糟透了。"M-E-R-E-M-I-N-S-K-I。"我跟那个113室柜台后面的女人说。他怎么可能喜欢一个面临生死关头，却不知道怎么进行"通用可食性测试"的女孩？"M-E-R-E，"女人起了头，于是我说："M-I-N-S……"我心想，她说不定甚至没听过《后窗》。"M-Y-M-S。"女人说。"不是，"我纠正，"M-I-N-S。""M-I-N-S。"女人应道。"K-I。"我说。她跟着说："K-I。"

一小时过去了，我们没找到任何关于阿尔玛·梅列明斯基的记录。又过了半小时，我们依然毫无收获。寂寞的心情转变成沮丧。两小时之后，女人说她百分之百确定没有一个一九四八年之后在纽约市过世的阿尔玛·梅列明斯基。那天晚上我又租了《西北偏北》，看了第十一次，然后上床睡觉。

19. 寂寞的人总是半夜睡不着

我睁开眼睛时，看见朱利安舅舅站在我身旁。"你多大了？"他问。"十四。下个月我就十五岁了。""下个月就十五岁。"他好像在脑子里做算术。"你长大以后想做什么？"他还穿着雨衣，雨衣湿透了，一滴水滴进我眼睛里。"我不知道。""说吧，你一定想过的。"我在我的睡袋里坐起来，揉揉双眼，看看我的电子表。表上有个按钮，按了数字会发光，手表还有一个内置式罗盘。"现在是早上三点二十四分。"我说。鸟弟在我的床上熟睡。"我知道，我只是好奇，你跟我说，我保证听了就让你回去睡觉。你长大以后想做什么？"我想了想，我要当个能在零下气温求生、搜寻所需的食物、建造雪中洞穴、什么东西都没有也能生火的人。"我不知道，说不定当个画家。"我说，我这样说只想让他高兴，好让他放我回去睡觉。"真有趣啊，"他说，"我正希望你会这么说。"

20. 在黑暗中醒着

我想着米沙和露芭、我爸和我妈，也想着兹维·李特维诺夫为什么搬去智利，娶了罗莎，而不是他真心钟爱的阿尔玛。隔着走道，我听到朱利安舅舅在睡梦中咳嗽。然后我想到了：等等。

21. 她肯定是结婚了！

一定是那样！所以我找不到阿尔玛·梅列明斯基的死亡记录。我先前怎么没想到这一点？

22. 当个正常的人

我伸手到我床底下，从求生背包中抓出手电筒和《如何在野外生存》的第三册。扭开手电筒开关时，忽然看到有样东西夹在床架和墙壁间、靠近地面之处。我悄悄爬到床底下，打开手电筒好看得清楚一点，那是一本黑白作文簿，簿子封面上写着 יהוה [1]，旁边还写着"私人物品"。米沙曾告诉我俄文里没有所谓的个人隐私，于是我翻开作文簿。

四月九日

יהוה

　　我已经连续三天当个正常人，这表示我没有爬到任何一栋建筑物的屋顶上，或是把 G-d 的名字[2]写在不属于我的东西上，或是引用摩西五经里的话来回答一个普通问题。这也表示如果你问：一个正常人会做这事吗？答案若是不会，我就不做。目前为止不算困难。

四月十日

יהוה

　　今天是连续第四天当个正常人。上体育课的时候，乔希·K把我靠墙按住，问我是否认为自己是个大胖天才，于是我告诉

---

[1] 这四个希伯来文字母即四个辅音 YHWH，代表上帝耶和华之名。
[2] 乌弟敬畏上帝，不敢直接说 God 而婉称 G-d。

他，我不认为自己是个大胖天才。因为不想毁了这个正常的一天，所以我也没跟他说我可能是弥赛亚。我的手腕好多了，你若想知道我怎么扭伤了手腕，那是因为我爬到了屋顶上。我太早到希伯来文学校，大门还锁着，屋子旁边有个梯子，梯子生锈，但不太难爬。屋顶中间有一大摊水，我把弹珠丢到水里，然后试着抓住它，好玩！我又丢了十五次，直到弹珠滚到屋顶边不见才停手。后来我仰躺着看天空，数数有三架飞机经过，数到后来觉得无聊，于是决定爬下来。爬下来比爬上去困难，因为我得倒着爬。爬到一半，我经过其中一间教室的窗户，看见朱克太太站在教室前方，所以我知道这是四年级的班（你若想知道的话，我今年五年级）。我听不到朱克太太说什么，所以我试着读唇语。我得离开梯子很远才看得清楚。我把脸贴在窗户上，忽然间每个人都转头看我，所以我跟大家挥挥手，这下却失去平衡，我跌了下来。拉比威兹纳先生说，我没跌断骨头真是奇迹，但在我内心深处，我从头到尾都知道我很安全，G-d 不会让任何事发生在我身上，因为我几乎肯定自己是个智者。

四月十一日

יהוה

今天是当个正常人的第五天。阿尔玛说我若当个正常人，我的日子会好过一些，更别说其他人也会好过一点。我已经拆下手腕上的绷带，现在只有点痛。我六岁跌断手腕的时候说不定痛多了，但是我不记得。

我跳页往下翻，一直翻到：

六月二十七日

יהוה

目前为止，我卖柠檬"枝"已经赚了两百九十五块半，那是五百九十一杯！我最捧场的顾客是戈尔德斯坦先生，他一次就买十杯，因为他非常渴。朱利安舅舅有一次也给了我二十块小费。只缺三百八十四块半了。

六月二十八日

יהוה

  今天我几乎做了一件不正常的事。我经过第四街的一栋建筑物，那里有块木板靠在脚手架上，附近没有半个人，而且我好想要这块木板。这跟一般的偷窃不一样，因为我在建造的东西能够帮助众人，G-d 也希望我建造它。但我也知道我如果偷了木板，而且被人发现，我的麻烦就大了，阿尔玛得过来接我，她绝对会生气。但我敢打赌，一旦开始下雨，等她终于知道那个我正在建造的东西是什么，她就不会生气了。我已经搜集了许多建材，其中大部分是人们丢到垃圾堆的废物。我非常需要泡沫塑料，却很难找得到，因为泡沫塑料会飘浮，目前搜集到的相当有限。有时候我担心还没建造好就开始下雨。

  如果阿尔玛知道将发生什么事，我想她就不会因为我在笔记本里写上 יהוה 而生气。我已经读了《如何在野外生存》的全三册，她写得非常好，而且里面有很多有趣又有用的信息。其中一部分讲到核弹爆炸，虽然我认为不可能发生核弹爆炸，但为了以防万一，我依然仔细阅读。然后我决定如果核弹在我去以色列之前爆炸，灰烬像雪花一样飘到各处，我要躺下来做个雪天使，我要穿越任何我想穿越的房屋，因为所有的人都不在了。我不可能继续上学，但其实这也无所谓，因为我们在学校里本来就学不到重要的事情，比方说，我们死了以后会如何。不管怎样，我只是在开玩笑，因为不会发生核弹爆炸，但会发大水。

23. 屋外依然下着大雨

我们同在一起/Z

在波兰的最后一个早晨，当他的朋友拉下帽子遮住眼睛，消失在街角之后，李特维诺夫走回住处。房里已经空无一物，家具不是卖了，就是已经送人，他的皮箱摆在角落。他拿出一直放在外套里的褐色信封，信封封了口，他的朋友在上面用熟悉的字迹写道：请帮利奥波德·古尔斯基保管到再碰面为止。李特维诺夫把信封塞进皮箱口袋里，走到窗边，最后一次凝视外面一小方天空。远方依稀传来教堂的钟声，正如先前他工作或睡梦中响过的数百回。钟声没两下就响起，他甚至觉得像是自己脑袋运作的节拍。他伸手抚摸布满小洞的墙面，小洞中曾经钉着照片或是报上剪下的文章。他停手，仔细端详镜中的自己，这样一来，日后回想起来，他才会记得自己当年那一天的模样。他觉得有什么哽在喉咙里。不知道是第几次，他又检查一次口袋里的护照和船票，然后瞄瞄手表，叹了口气，拿起皮箱，走出门外。

如果李特维诺夫刚开始没怎么想到他的朋友，那是因为太多事情盘据在他脑海中。在他父亲的积极奔走下，他拿到了西班牙的签证（有个朋友欠他父亲人情，这个朋友又碰巧认识某人），将从西班牙前往葡萄牙，然后从里斯本搭船到智利，他父亲有个表亲住在那里。他一上船就被其他事情分散了注意力：一阵阵晕船攻心，漆黑的海水令他畏惧，望着海平面沉思，猜想海中有哪些生物，思乡心切，看到一头鲸鱼，眼前出现一位美丽的法国黑发女子等等。

船只终于抵达瓦尔帕莱索的港口，李特维诺夫颤抖着下船，随即开始忙其他事情。（即使多年之后，有时他依然无缘无故感到晕眩，这时他就告诉自己："你不会晕船的。"）初抵智利的几个月，他找到什么工作，就做什么工作，起先是在一个香肠工厂，但上工的第三天，他就因为搭错车迟到十五分钟而被炒鱿鱼。丢了那份工作之后，他到一家杂货店打工，后来有人告诉他，有个领班在招人，他去拜访领班时迷了路，走着走着，发现自己来到市区报社的门外。报社的窗户开着，他听得见里面打字机咔嗒咔嗒响，一股强烈的渴慕忽然涌上心头，他想到以前在报社的同事们。想到这里，他又想起他那张桌面上有一道道刻痕的桌子，他以前时常抚摸刻痕以帮助思考；想到这里，他又想起他的打字机，它的 S 键过于油滑，结果他的文章中总是出现诸如此类的句子：hisss death leavesss a hole in the livesss of thossse he helped①；想到这里，他又想到他上司廉价雪茄的气味；想到这里，他又想到他从兼职特约记者被拔擢为撰写讣闻的记者；想到这里，他又想起伊萨克·巴别尔，然后他不敢再想下去，他遏制心中的渴慕，匆匆离开。

最后他在一家药店找到工作。他父亲是个药剂师，过去这些年来，李特维诺夫学到了足够的常识，足以帮助那个小药店的德国犹太老板。药店在市区宁静的一角，直到这时他才租得起房子，也才打开皮箱，整理行囊。他在其中一个皮箱口袋里发现那个褐色信封，上面是他朋友的字迹。一股悲伤如潮水般涌上心头，不知怎么的，他忽然想起那件他留在明斯克的中庭、吊在晒衣绳上晾干的白衬衫。

他试图想起自己当年那一天在镜中的模样，但想不起来。他闭上眼睛，拼命想勾起回忆，但脑海中只浮现出他的朋友站在街角时脸上流露的表情。李特维诺夫叹口气，把信封放回空皮箱里，拉上拉链，把皮箱收到衣柜的架上。

李特维诺夫把支付食宿费所余的钱全部存下，打算把妹妹米丽娅姆接过来。他们兄妹的年龄最接近，长得也最像，虽然米丽娅姆肤色较白，而且戴着玳瑁镜边的眼镜，但两人小时候经常被误认为双胞胎。她本来在华沙就读法学院，后来却被禁止到学校上课。

李特维诺夫唯一的奢侈品是一台短波收音机，每天晚上，他调整旋钮，搜寻南美洲大陆的讯号，直到找到新电台"美国之音"为止。他只会说一点英语，但那就够了。他满心惶恐地收听纳粹德军的进

---

① "他的离世在他所帮助的人们生活中留下空洞。"因为 S 键过于油滑，所以打字时会出现多余的 S。

展,希特勒已打破与苏联的盟约,进犯波兰,原本糟糕的状况变得更可怕。

朋友和家人寄来的少量信件变得更少了,他很难知道究竟发生了什么事。在米丽娅姆寄来的倒数第二封信里,她说她跟另一个法学院的学生坠入情网,而且已经结婚,信里还附了一张她和兹维小时候的合照,米丽娅姆在照片后面写着:我们同在一起。

早晨,李特维诺夫边煮咖啡,边听流浪狗在巷子里打架。他在晨光中等街车,清晨的阳光已经晒得他发烫。他在药店后方的一角吃午餐,四周堆满一箱箱药片、药粉、樱桃糖浆、缎带发饰。夜晚时分,抹完地板,把所有药罐擦得亮到可以看见妹妹的脸庞之后,他就回家。他没有交很多朋友,他已经没有资格交朋友。不上班的时候,他在家听收音机,听到累得在椅子上睡着,但即使在睡梦之中,他仍然聆听,梦境绕着播报员的声音打转。他周遭许多难民都历经同样的恐惧和无助,但李特维诺夫没有因此而宽心,因为世上有两种人:一种偏好在众人之中感受悲伤,另一种偏好独自神伤。李特维诺夫喜欢独处,人们请他吃晚餐时,他总是找借口推辞。房东太太有次请他星期天过去喝茶,但他跟她说他得写完手边正在进行的一篇东西。"你写作?"她惊讶地问,"你写什么?"在李特维诺夫看来,说一次谎跟说两次谎没有什么差别,因此他想都没想就回答:"我写诗。"

有人开始谣传他是诗人。李特维诺夫暗自得意,也没有采取任何行动澄清谣言。他甚至买了一顶阿尔贝托·桑托斯·杜蒙戴的那种帽子,巴西人宣称阿尔贝托是第一个飞行成功的飞行员,李特维诺夫还听说,阿尔贝托的巴拿马帽因为帮飞机的引擎扇风而翘了起来,那种帽子在文学界依然相当流行。

时光荏苒,老德国犹太人在睡梦中过世,药店歇业。李特维诺夫或许因为谣传中的文学实力,受聘到一所犹太学校担任老师。战争结束了,李特维诺夫逐渐得知米丽娅姆、他父母和其他四位兄弟姐妹发生了什么事(至于他大哥安德烈的境遇,他只能自行从各种可能性之中拼凑)。他学着承认事实,这并不表示他能够接受,而只是承受了下来。事实宛如一头大象，而他必须与它同住在一个屋檐下。他的房间很小，每天早上为了上洗手间，他就得侧身绕过"事实"；为了到衣橱里拿条内裤，他就得爬到"事实"之下，还得祈祷它不要在这个时候坐到他脸上。夜晚时分，当他闭上双眼时，他可以感觉到"事实"的阴影笼罩着他。

他瘦了，所有关于他的一切似乎都缩小，唯独耳朵和鼻子例外，他的双耳和鼻子下垂，而且愈来愈长，让他看起来一副郁郁寡欢的模样。满三十二岁的那一年，他开始一把把地掉头发。他扔掉那顶翘边的巴拿马帽，到哪里都刻意穿上厚重的外套，外套口袋里始终摆着一张纸片，纸片跟了他好多年，磨损又皱痕累累，折叠之处已经开始裂开。在学校里，他若不小心碰到小孩子，孩子们就在他背后偷偷假装帮他们自己打预防针。

在这种状况下，罗莎在海边的咖啡馆中注意到了李特维诺夫。下午时分，他拿阅读小说或是诗刊作为借口，好光顾咖啡馆（他起先是为了自己谣传中的声誉而读诗，后来却愈来愈喜欢），但其实只想在不得不回家之前多打发一点时间。"事实"仍在家里等着他，待在咖啡馆时，李特维诺夫允许自己暂且遗忘。他望着海浪冥想，观看在座的学生们，有时偷听他们的争辩，那些争辩跟他学生时代的争辩一模一样，但那已是十多年、甚至一百年前的事啰。他甚至知道他们一些人的名字，其中包括罗莎。他怎么可能不知道？大伙总是喊着她的名字。

她走向他桌旁的那天下午，她没有继续往前跟某个年轻男孩子打招呼，而是有点突兀地停下来，恬然问能不能跟他坐在一起。李特维诺夫以为她在开玩笑。她的头发乌黑而有光泽，刚好落在下巴左右，鼻子看来因而更加挺直。她穿着一条绿色裙子（罗莎日后辩称那是一条黑色圆点的红裙子，但李特维诺夫不肯让步，依然坚称他记得她那身无袖的绿色薄纱）。她坐下来跟他聊了半小时，她的朋友们感到兴趣索然，转身继续聊天，李特维诺夫这才知道她是真心的。两人沉默了一会儿，气氛有点尴尬，罗莎笑了笑。

"我甚至还没有自我介绍呢。"她说。

"你叫罗莎。"李特维诺夫说。

隔天下午,罗莎依约再度出现,聊着聊着,她瞄了一眼手表,发现竟然这么晚了,于是两人约了第三次见面。在那之后,不用说也知道会有第四次。第五次见面时,两人热烈争辩聂鲁达和鲁本·达里欧的诗作何者较佳。罗莎年轻、随性的神采令李特维诺夫大为着迷。争辩到一半时,他忽然提议一起去听音乐会,话一出口他自己也吓了一跳。罗莎马上欣然同意。他心想这个漂亮的女孩说不定真的喜欢上了他,真是奇迹中的奇迹啊。这就好像有人在他胸前敲打铜锣。他整个人都因此而受到振荡。

音乐会之约几天后,他们约在公园野餐。接下来的那个星期日,他们约了一起骑车。第七次约会时,他们去看电影。看完电影之后,李特维诺夫送罗莎回家。他们站着讨论电影,比较格蕾丝·凯莉的演技和她令人惊艳的容貌,说着说着,罗莎忽然靠过来吻他,或者说她试着吻他。李特维诺夫吓了一跳,往后退了一步,结果罗莎身子往前倾,脖子还微微向前,姿态有点怪异。李特维诺夫整晚一直心怀喜悦地注意两人的肢体距离变化,只是变化少得可怜,这会儿罗莎的鼻子却忽然碰到他,令他几乎高兴得落泪。他知道自己不该后退,马上把脖子探向两人之间的鸿沟,可这时罗莎已经感到难为情,缩回安全范围之内。李特维诺夫小心翼翼地呆站了很久,久到罗莎的香水开始逗得他鼻子发痒,然后他也忽然抽身。但罗莎不想再碰运气,所以猛然把双唇贴向两人之间忽近忽远的空间,一时竟然忘了脸上有个鼻子,过了半秒钟,等她想起来之时,她的鼻子已和李特维诺夫的鼻子相撞,他的双唇也在此时猛然贴上她的双唇,于是,这个初吻让两人成了"血亲"。

坐公交车回家途中,李特维诺夫开心得不得了。他对每个朝着他看的人微笑,吹着口哨走在他家附近的街上。然而,当他把钥匙插进门锁之际,一阵寒意浮上心头。他没打开电灯,独自站在满室黑暗中。老天爷啊,他心想,你失去理智了吗?你能给这样一个漂亮的女孩什么？别傻了，你已任凭自己心碎，碎片也已经失散，如今你没有剩下任何东西可以给她，你不可能永远隐藏下去，她迟早会发现实情：你只是一个空壳，她只要轻轻敲打，就会发现你的空荡。

他站了好久，头贴着窗户，思索每一件事情。然后他脱下衣物，摸黑清洗内衣裤，把它们挂在暖炉上晾干。他扭开收音机，收音机在黑暗中闪闪发光，发出声响，但一分钟之后，它又无声无息，探戈的乐声戛然而止。他全身赤裸坐在椅子上，一只苍蝇停在他发皱的阳具上。他喃喃说了一些话，喃喃自语的感觉很好，所以他又喃喃说了更多。这些字句他早已牢记在心，因为他已把它们记在纸片上。当年他看顾朋友，祈求上天不要让他的朋友被死神拉走，这些年来，他始终把那张纸片放在胸前口袋里，已经默念了纸片上的字句好多次，有时甚至毫不自觉地念诵，到后来几乎忘了这些不是他自己的话语。那天晚上，李特维诺夫从衣橱里拿出皮箱，把手伸进箱子内袋里，摸索里面那个厚厚的信封。他抽出信封，坐回椅子上，把它摆在膝上。虽然从没打开信封，但他当然知道里面是什么。他闭上眼睛躲避强光，然后伸手打开台灯。

请帮利奥波德·古尔斯基保管到再碰面为止。

日后，不管他试了多少次想把这个句子埋在垃圾堆里，埋在橙皮和咖啡滤纸堆之下，它却似乎总是浮现在眼前。于是有天早晨，李特维诺夫翻出那个空信封，信封里的东西已被安置在他桌上。然后他强忍着眼泪，点燃火柴，看着他朋友的字迹在火中燃烧。

笑着死去 /L

上面说什么？

我们站在中央车站的星星下，或者说我是这么猜的。要我把头往后仰，看清楚头顶上是什么东西，还不如叫我把脚踝盘到耳朵后面呢。

上面说什么？布鲁诺又问了一次，还用手肘捣我的肋骨。我朝着起程时刻表，把下巴再抬高一点，上下唇慢慢分开，等着脱离下颚的掌控。快点，布鲁诺说。有点耐心，我跟他说，一张嘴说出口的却是修点阿心。我只看得出时间是九点四十五分，说出口的却是九点斯五温①。现在几点了？布鲁诺询问。我奋力把视线移回手表上，九点四十三分，我说。

我们拔腿就跑，其实不是跑，更像是两个人为了赶火车，耗损全身细胞似的移动。我领先，但布鲁诺紧跟在后，后来他使劲摆动双臂提高速度，那副模样着实难以形容。他超过我，一时之间，他简直就像乘风破浪。我跟在后面，紧盯着他的颈背，忽然之间，毫无预警地，他在我眼前消失了，我往后一瞧，他整个人摔倒在地，一只脚穿着鞋，一只脚的鞋掉了。快去！他对我大喊。我跟跄几步，不知道该怎么办。快去！他又大喊，所以我往前跑，不一会儿他从后面追上来，再度超前，手里拿着一只鞋，跑得气喘吁吁。

二十二号月台的乘客请上车。

布鲁诺跑下通往月台的阶梯，我紧跟在后，我们深信绝对赶得上火车。不过嘛，布鲁诺跑到火车旁边时，出乎意料地停顿了一下，我停不下来，一头越过他冲进车里。车门在我身后关上，他透过玻璃窗对我笑笑。我握拳用力捶打窗户，该死的，布鲁诺。他挥挥手，他早

---

① 利奥牙齿漏风，说话有些口齿不清。

就知道我绝不会单独行动。不过嘛，他知道我一定得去，而且必须单独前往。火车驶离车站，他的双唇动了动，我试图读出意思。好，他的双唇说，然后停下来。好什么？我真想大叫，告诉我好什么？然后他的双唇又说：运。火车摇摇晃晃地离开车站，驶向黑暗。

那个褐色信封和那部我半世纪前写的书，来到我身边五天之后，我上路去取那本我半世纪之后写的书。或者这么说吧，我儿子过世七天之后，我上路前往他家。但不管怎么说，我都是单独一人。

我在窗边找到座位，试着喘口气。火车飞速穿过隧道，我把头靠在玻璃窗上，有人在窗面上刻下"奶子好正点"，让人很难不想：谁的奶子？火车穿过迷蒙的灯光和细雨，这是我生平第一次没买票就坐上火车。

有个男人在约克斯站上车，他坐到我旁边，拿出一本平装本小说。我的肚子咕咕叫，除了今早和布鲁诺在唐恩都乐喝了咖啡之外，我一整天都没吃东西。那时还早，我们是第一批客人。给我一个果酱的和一个糖粉的甜甜圈，布鲁诺说。给他一个果酱的和一个糖粉的，我补充，我要一杯小杯咖啡。戴着纸帽的男人停下手来：点中杯更划算。感谢老天爷我在美国！好吧，我说，给我一杯中杯。男人走开，然后端了咖啡回来。给我一个巴伐利亚奶油的和一个蜜糖的，布鲁诺说。我瞪了他一眼。怎么了？他耸耸肩说。给他一个巴伐利亚奶油的——我说。和一个香草的，布鲁诺说。我转过头恶狠狠看了他一眼。对不起，他说。香草就香草，过去坐下，我跟他说。他站在那里。坐下，我说。帮我买一个法兰奇圈吧，他说。巴伐利亚奶油甜甜圈四口就下肚，他舔舔手指，朝着灯光举起法兰奇圈。这是个甜甜圈，不是钻石，我说。这个法兰奇圈不新鲜，布鲁诺说。还是吃了吧，我跟他说。换一个苹果肉桂口味的给我，他说。

火车飞驶过市区，两旁尽是绿油油的田野。已经下了好几天雨，而且雨势持续不停。

我曾多次想象伊萨克住在哪里。我在地图上找到他的住所，有次甚至打电话到查号台。如果我想从曼哈顿去找我儿子，我问，我该怎么去？我仔细想象每个细节，连最细微之处都设想周到。多么快乐的一天啊！我将带着礼物上门，说不定是一罐果酱。我们不会拘泥于形式，到了这个时候讲客套已经太迟了。我们说不定会在草地上丢丢球，我不会接球，说真的，我也不会投球，不过嘛，我们会谈论棒球。我从伊萨克小时候就关心棒球，他支持道奇队，我就跟着支持道奇队。他看什么，我就看什么；他听什么，我就听什么。我尽可能跟上流行音乐潮流，披头士、滚石乐队、鲍伯·迪伦，你就算没有黄铜大床也听得懂《女孩，躺下》①。每晚我下班回家，打电话叫董先生餐馆的外卖，然后从封套中取出唱片，提起唱针，放唱片听歌。

伊萨克每搬一次家，我就画出他家和我家之间的路径。他十一岁的时候第一次搬家，我曾站在他布鲁克林的学校对面等他，不为别的，只为了看他一眼，如果运气好，说不定能听到他的声音。有一天我跟往常一样等候，但他没出来，我以为他闯了祸，必须留校察看。天色渐暗，他们关了灯，但他依然没出来。我隔天又回去，再度等待，但他还是没出来。那天晚上，我想象了最糟的状况，我无法成眠，一直想着哪些可怕的事情会发生在我的孩子身上。即使我对自己承诺决不去找他，但隔天早上，我仍然起个大早，直奔他住的地方。我不仅是"经过"，而是站在街对面等他，或是阿尔玛，或是她那个笨蛋先生。不过嘛，还是没人出来。最后我终于拦下一个从大楼里走出来的孩子，你认识莫里兹家的人吗？他瞪着我，是啊，怎么样？他说。他们还住在这里吗？我问。你问这个干吗？他说，然后转身朝街上走去，边走边拍打皮球。我一把抓住他的衣领，他眼神中充满恐惧。他们搬到长岛了，他脱口而出，然后飞快跑走。

一星期之后，阿尔玛寄来一封信。她有我的地址，因为有一年她生日时，我寄给她一张卡片。生日快乐，我写道，利奥敬上。我撕开她的信。我知道你去学校看他，她写道，别问我怎么知道，我就是知道。我一直等着他跟我询问真相的那一天，有时当我凝视他的双眼，

---

① 这是鲍伯·迪伦的歌，第一句是"女孩，躺下，躺在我的黄铜大床上。"

我看到了你，我想也只有你能回答他的问题。我听得到你的声音，仿佛你就在我身旁。"

这封信我不知道读了多少次，但那不是重点，重要的是她在信封左上角写下了回邮地址：纽约州长滩市亚特兰大大道 121 号。

我拿出我的地图，熟记路径的每一细节。我曾幻想发生洪水、地震等灾祸，世界天翻地覆，这样一来，我就有理由过去找他，一把将他搂到我的外套里。后来我放弃这种情有可原的幻想，转而梦想我们会偶然相遇。我盘算所有我们可能偶然交会的场合，比方说，我会在火车上，或是医生的候诊室，刚好坐在他旁边。但我知道最终还是得靠自己。阿尔玛过世之后，再过两年莫尔德凯也走了，再也没有任何人能阻止我。不过嘛。

两小时之后，火车进站。我问售票亭里的人怎样叫出租车。我已经很久没有离开市区，四下一片绿意，我置身其中，甚感惊讶。

车子开了好一会儿，我们从大街转进一条比较小的小路，然后再转进更小的小径。一路颠簸、穿过茂密的树林之后，我们终于到了。这里非常偏僻，很难想象我儿子住在这种地方。如果他忽然想吃披萨，他能去哪里呢？如果他想一个人坐在漆黑的电影院里看电影，或是看看年轻人在联合广场亲嘴呢？

一栋白色的房子出现在眼前。微风吹拂着云朵，透过树梢之间，我看见一个湖，我曾多次想象他的住处，但从来没想过有个湖，这个疏漏令我心中一痛。

在这里让我下车，我在车子开到林中一处空地之前说。我有点希望有人在家，据我所知，伊萨克一个人住，但这也很难说。出租车停下来，我付钱下车，司机随即倒车离去。我想了一个车子抛锚、必须打电话的借口，深深吸一口气，拉起衣领挡雨。

我敲门，门旁有个电铃，所以我按了门铃。我知道他已经死了，但心中仍有小小的期盼。我想象他来开门，我想象他的脸庞，我能跟他、我唯一的孩子说什么呢？请原谅我，你母亲不能像我所希望的一样爱我，说不定我也不能给予她所需要的爱？不过嘛，这一切都是无解。我等了等，只想确定一下。等到无人应门，我绕到屋后。草坪上有棵树，它令我想起当年我刻上我俩姓名缩写 A ＋ L 的那棵树，她一直不知道有这回事，正如长达五年期间，我始终不知道我跟她有个爱的结晶。

草地沾了泥变得湿滑，远方依稀可见一艘小艇绑在岸边。我遥望湖面。他一定是个游泳好手，就跟他爸爸一样，我自豪地想着。我父亲非常爱好大自然，我们出生不久，他就把我们一个个丢到水中，他宣称这样一来，我们才不会完全失去两栖动物的本能。我姐姐汉娜讲话口齿不清，她将此归咎于这个可怕的回忆。我常想我会采用不同的方式，我会把我儿子抱在怀里，轻声跟他说：好久以前你是一条鱼。一条鱼？他会问我。没错，我跟你说啊，你是一条鱼。你怎么知道？因为我以前也是一条鱼。你也是？当然，好久以前啰。多久？很久了，因为你是一条鱼，所以你以前会游泳。我会吗？当然，而且游得很好，你以前是游泳比赛冠军，你非常喜欢水。为什么？什么为什么？为什么我喜欢水？因为水是你的生命！我们说话之际，我会慢慢放开他，一次放开一只手指，直到不知不觉中，他少了我也可以在水中漂浮。

然后我心想，或许当爸爸就是这么回事：教导你的孩子少了你也活得下去。如果真是如此，那么我是全世界最伟大的爸爸。

后门只有一道锁，而且是个常见的弹簧锁，不像前门那个双道锁。我最后再敲敲门，依然没人应门，于是我动手开锁，努力了一分钟，弹簧锁终于应声而开。我扭动门把，推了一下，然后动也不动地站在门口。哈啰？我大喊。屋里一片沉寂，我感到一阵寒意直下脊椎，我走进去，关上门，屋里闻起来有烧木柴的烟味。

这是伊萨克的家，我告诉自己。我脱下雨衣，挂在另一件外套旁边的钩子上。那是一件褐色斜纹、褐色丝质衬里的外套，我举起一只衣袖，贴在自己的脸颊边。我心想，这是他的外套。我把它拿到鼻下，深深吸口气，依稀闻到古龙水的清香。我试穿一下，袖子太长，但是嘛，这也没关系。我把袖子往上拉，脱下沾满泥巴的鞋子。地上有双慢跑鞋,鞋尖部分已经弯曲。我像个不折不扣的"罗格斯先生"①一样,把鞋子套在脚上。慢跑鞋最起码是十一号,说不定是十一号半。我父亲的脚很小,我姐姐嫁给邻村的一个男孩子时,他整场婚礼都满心遗憾地盯着新女婿的脚,他若活着看到他孙子的脚,不知道会惊讶到什么地步。

我就这样走进我儿子的家:身上披着他的外套,脚上套着他的鞋。我跟他从来没有离得这么近,却又如此遥远。

我踏过通往厨房的狭窄走道。我站在厨房中央,等着警车的警笛声,警车却没出现。

水槽里有个脏盘子,一个玻璃杯倒放着沥干,小碟子里有个发硬的茶包,一些盐粒洒在餐桌上,一张明信片粘在窗边。我取下明信片,把它翻过来,上面写道:亲爱的伊萨克,我从西班牙寄这张明信片给你,我在此地已经住了一个月,我写来跟你说我还没读你的书,而且也不打算读。

身后传来一声巨响,我紧抓着胸口,以为一转身就会看到伊萨克的鬼魂,但那只是门被风吹开的声音。我双手颤抖,把明信片放回原位,站在一片沉寂中,耳里传来怦怦的心跳声。

木地板在我的体重下嘎嘎作响。屋里到处都是书,还有笔、一个蓝色的玻璃花瓶、一个苏黎世大饭店的烟灰缸、一支生锈的风向仪指针、一个小小的黄铜沙漏、一副望远镜,以及一个权充烛台、烛油已流到颈部的空酒瓶,窗台上摆着几个海胆化石。我东摸西摸。最终而言,你所留下的只是属于你的物品。或许因为如此,所以我一直舍不得丢掉任何东西;或许因为如此,所以我囤积了全世界:我总希望在我死后,我所遗留的东西会让人以为,我的一生比我真正的一辈子更光彩。

我觉得头昏脑涨,一把抓住壁炉架支撑身子。我走回伊萨克的厨房,我没什么食欲,但还是打开冰箱,因为医生说我不能不吃东西,

---

① 弗雷德里克·罗格斯(Frederick Rogers,1928—2003),美国知名的儿童科学益智节目主持人。

这八成跟我的血压有关。一股臭味直冲鼻孔,冰箱里吃剩的鸡肉已经发臭,我把鸡肉丢掉,还丢了两个变色的桃子和一些发霉的奶酪。然后我洗了那个脏盘子。我在儿子家里做这些寻常小事,实在不知道如何形容心中的感受。那个被我放回橱柜的玻璃杯,那个被我丢掉的茶包,那个被我清洗干净的小碟子,我怀着爱意帮他收拾。有些人说不定希望保存伊萨克身后的原样,比方说那个系着黄色领结的男人,或是未来哪位传记作家。说不定将来有一天,那些保留卡夫卡喝最后一口水的玻璃杯,或是诗人曼达尔施塔姆吃最后一餐的盘子的人,会帮伊萨克盖座博物馆。伊萨克是个伟大的作家,我永远不可能跟他并驾齐驱。不过嘛,他总是我的儿子。

我走到楼上,每打开一扇门、一个衣柜和一个抽屉,我就多了解伊萨克一点;我愈了解他,愈感觉到他真的不在世上;我愈感觉他真的不在世上,心里也愈难相信。我打开医药柜,里面有两瓶滑石粉,我甚至不知道滑石粉是什么,或是为什么需要它,但这件有关他生活的小事却深深震撼了我,比其他任何我曾想象的细节更令我感动。我打开他的衣柜,把脸埋进他的衬衫里。他喜欢蓝色。我拿起一双式样花哨的褐色皮鞋,鞋跟几乎已经磨平,我把鼻子凑进鞋子里闻一闻。我在床头柜上找到他的手表,把表戴上,表带上他以前常扣的洞口附近已经磨损,他的手腕比我粗壮。他是什么时候长得比我高大的?我儿子长得比我壮的那一刻,我在做些什么?他呢?

床铺得很整齐,他是在这张床上过世的吗?或者他知道大限已至,起身再次跟他的童年打声招呼,结果却被击倒在地?他最后注视着什么?是这只在我腕上、停在十二点三十八分的手表吗?还是窗外的湖?还是某个人的脸?他感到疼痛吗?

只有一次有人死在我的怀里。那是一九四一年的冬天,我在医院里当清洁工,我只做了很短一段时间,最后还是丢了工作。但在医院的最后一星期,有天晚上拖地时,我听到有人发出呕吐声,声音来自一个女人的病房,她患有血液方面的疾病。我跑向她,她整个人抽搐痉挛,我把她抱到怀里,我想我们都很清楚接下来会如何。我知道她有一个孩子，因为我看到过他和他爸爸来探病。小男孩穿着一双擦得发亮的靴子和一件有金纽扣的外套，他从头到尾坐在一旁玩玩具车，除非他妈妈跟他说话，否则他就不理她，说不定他气妈妈把他一个人留在爸爸身旁，一留就留了好久。我凝视她的脸，心里想的是那个小男孩，他将在不知道如何原谅自己的遗憾中长大，而我却完成了他无法达成的心愿，我觉得有点欣慰、骄傲，甚至高人一等。但是不到一年之后，我竟也成了一个母亲去世时不在身旁的儿子。

身后传来一个声响，叽叽嘎嘎的声音，这次我没转身。我紧闭上双眼，伊萨克，我轻声说。我被自己的声音吓了一跳，但我没有停下来。我想告诉你……然后我便住口。我想告诉你什么？事实吗？什么是事实？我错把你母亲视为我的生命吗？不，伊萨克，我说，事实就是那些我所捏造、让我活得下去的事情。

这会儿我转身，看到自己在伊萨克墙上镜子里的身影：穿着一身滑稽衣服的傻瓜。我到这里拿回我的书，现在却不在乎找不找得到它。我心想：让它跟其他东西一样失散吧。没关系，再也无所谓了。

不过嘛。

从镜子的一角、走道对面反射到镜子里的倒影中，我看到了他的打字机。就算没人跟我说，我也知道他的打字机跟我的一模一样。我读过的一篇专访中提到，他用一种手动奥林匹亚牌打字机将近二十五年，几个月之后，我看到一家二手用品店里出售一台同款的打字机，店里的人说它还能用，所以我买下它。刚开始我只是喜欢看着它，喜滋滋地想着我儿子也用同一种打字机。日复一日，它坐在那里对我微笑，打字机键有如一排排牙齿。后来我心脏病发作，它还是露出微笑，于是有天我卷进一张纸，写了一个句子。

我穿过走道，心里想着：如果我在他的桌上找到我的书，那该怎么办？一种奇怪的感觉忽然袭上心头：我身穿他的外套，我的书在他的桌上，他有着我的双眼，我穿着他的鞋子。

我只想知道他读过我的书。

我在他的椅子上坐下，眼前是他的打字机。屋里感觉很冷，我把他的外套拉紧。我以为听到笑声,但我告诉自己,那只是小艇在大风中吱嘎作响。我以为听到屋顶上有脚步声,但我告诉自己,那只是小动物在搜寻食物。我稍微前后摇动,就像我父亲祈祷时的姿态一样。我父亲有次跟我说:当一个犹太人祷告时,他问上帝的是一个没有结局的问题。

夜幕低垂,雨丝飘落。

我从来没问:那是什么问题?

如今却已太迟。因为我已失去你,爸爸[①]。一九三八年的一个春日,雨势稍止,云层乍现,我失去了你。你出门为了你正在构思的一个理论采集标本,理论攸关雨量、本能和蝴蝶,而后你就撒手西归。我们发现你躺在一棵树下,脸上泥渍点点,我们那时就知道你已解脱,从此不再为令人失望的结果伤神。我们把你埋在祖父和曾祖父安眠的墓园里,让你长眠在栗树树荫下。三年之后,我失去了妈妈[②]。我最后一次看到她时,她身穿那件黄色围裙,忙着把东西塞到皮箱里。家里乱七八糟,她叫我赶紧去树林里,她已经帮我准备好食物,虽然那是个七月天,她依然叫我穿上外套。"去吧。"她说。我年龄够大,不一定得听从,但我依然像个小孩一样乖乖听话。她跟我说她隔天就来,我们选了一个彼此都知道的地方,约好在林中碰面。那棵以前你最喜欢的橡树啊,爸爸,因为你说那棵大树具有人的特质。我没有特意道别,我想让自己相信这样更容易一点。我等了又等,她却一直没有出现。从那之后,我始终心怀愧疚,当年她认为她会成为我的负担,我却太晚才领悟到这一点。爸爸,我失去了弗里茨,当年他在维尔纳读书,某人的某个朋友告诉我,大伙最后看到他在一列火车上。恶犬夺走了萨里和汉娜的性命,赫舍尔丧生于大雨之中,约瑟夫在时光的缝隙中死去。我失去了笑声,我失去了一双鞋,那双鞋是赫舍尔给我的,我脱了鞋睡觉,醒来时鞋子不见了,我光脚走了好几天,最

[①] 原文为意地绪语 Tateh。
[②] 原文为意第绪语 Mameh。

后终于受不了，偷了别人的鞋。我失去了我唯一想要爱的女人。我失去了多年岁月。我失去了书。我失去了我出生的那栋屋子。我失去了伊萨克。这么说来，谁能保证在过去的某个时刻，我没有在不知不觉中失去了心智呢？

哪儿也找不到我的书。除了我自己之外，四下皆无我的踪迹。

如果不是，就不是 /A

1. 我裸体是什么模样？

　　我在睡袋里醒来时，雨已经停了，我的床上空空如也，床单也给揭了下来。我看看手表，十点零三分，而且今天是八月三十号，这表示只剩十天就开学，只剩下一个月我就满十五岁，也表示只剩下三年我就会离家上大学，开始我的新生活，但就目前的情况看来，那似乎不太可能发生。想到这点和一些有的没的，我的胃部一阵绞痛。我朝走道对面鸟弟的房间里一看，朱利安舅舅戴着眼镜睡着了，《欧洲犹太人之灭绝》第二卷摊开摆在他胸膛上。妈妈有个住在巴黎的表亲送给鸟弟这套书，我们曾在她下榻的旅馆一起喝茶，之后她就相当关心鸟弟。她说她先生曾加入二战时的反抗军，鸟弟放下手边正用方糖兴建的房子说："反抗谁？"

　　我在浴室里脱下我的T恤和内衣，站上马桶，盯着镜中的自己。我试着想出五个形容词来描述我的模样，其中一个是瘦巴巴，另一个是耳朵外翘。说不定我该穿个鼻环。我把手臂举到头的上方，胸部却凹了进去。

2. 妈妈一眼看穿我

　　妈妈在楼下，身穿和服，在阳光中看报纸。"有人打电话找我吗？"我问。"我很好，谢谢，你呢？"她说。"我刚才并没跟你问好。"我纳闷。"我知道。""跟家人在一起的时候，人不必总是这么有礼貌。""为什么不？""如果大家有话直说，不是更好吗？""你的意思是说，你不在乎我好不好？"我瞪了她一眼。"很好谢谢你呢？"我只好补上这句。"很好，谢谢。"妈妈回道。"有人打电话来吗？""比方是谁？""随便什么人。""你跟米沙怎么了？""没什么。"我边说，边打开冰箱检查几株枯萎的芹菜。我把一个英式松饼放进烤面包机，妈妈继续翻阅报纸，浏览标题，我心想如果我让松饼烤得焦黑，不知道她会不会注意到。

"《爱的历史》最开头的时候，阿尔玛十岁，对不对？"我问。妈妈抬眼瞧我，点了点头。"到了结尾的时候她几岁？""这很难讲，书里有好多个阿尔玛。""年纪最大的是几岁？""年纪不太大，大概二十岁吧。""也就是说她只有二十岁，书就结束啰？""可以这么说，但其实复杂多了，有些章节甚至没提到她，书里的时间和历史概念也相当松散。""但是所有章节中，没有一个阿尔玛超过二十岁？""没错，"妈妈说，"我想没有。"

我在心中暗想，如果真有阿尔玛·梅列明斯基这个人，那么李特维诺夫很可能在两人十岁时就爱上她，她可能在二十岁的时候前往美国，那肯定是他们最后一次见面，不然的话，全书怎么可能在她这么年轻时就结束？

我站在烤面包机前面吃了抹上花生酱的英式松饼。"阿尔玛？"妈妈说。"什么事？""抱抱我。"她说。尽管我不想抱她，但还是依言照办。"你怎么长得这么高？"我耸耸肩，暗自希望她不要再说下去。"我要去图书馆。"我跟她说。虽然这是个谎言，但从她看着我的神情来看，我知道她没有真正在听我说话，因为她看到的并不是我。

3. 所有我曾说过的谎言，有一天会回头找上门来

我在街上碰到赫尔曼·库珀坐在自家门前的台阶上。他整个夏天都待在缅因州，人晒黑了，也拿到了驾照。他问我要不要开车出去兜风，我大可提醒他，我六岁的时候，他曾散播谣言说我是波多黎各人，而且是被领养的小孩；或是我十岁的时候，他曾四处跟人说我在他家地下室掀起裙子，让他一览无余。但我没说这些，只告诉他我会晕车。

我又去了一趟钱伯斯街31号，这次我想找找看有没有阿尔玛·梅列明斯基的结婚记录。上次那个戴着黑框眼镜的男人，坐在103室的柜台后面。"嗨。"我招呼。他抬头看了看："啊，兔肉小姐，你好吗？""很好谢谢你呢？"我说。"我想还好吧。"他翻着一本杂志，

然后补充说:"嗯,我有点累,我想说不定是感冒了。今天早上我醒来的时候,我的猫吐了。唉,如果不是吐在我鞋子里的话,其实也不算太糟。""哦。""更严重的是,我刚刚发现我迟了几天付有线电视的费用,所以他们把线给剪了,这表示我会错过所有电视节目,而且我妈圣诞节给我的那棵植物有点发黄,如果植物死了,她绝对不会放过我。"我等了等,看看他是否打算再说下去,但他没说话,所以我说:"说不定她结婚了。""谁?""阿尔玛·梅列明斯基。"他合上杂志,盯着我看。"你不知道你自己的曾祖母是不是结婚了?"我想了一下可行的对策。"她不是我的亲曾祖母。"我说。"我以为你说……""其实我们没有血缘关系。"他一脸疑惑,而且有点生气。"对不起,这事说来话长。"我说。我有点希望他问我为什么找她,这样一来,我才可以坦白跟他说其实我也不太确定,我刚开始只想找个再让我妈妈开心的人,虽然我还没放弃希望,但在寻找的过程中,我也开始搜寻其他一些东西,这些跟原本的目的有关,但也不尽相同,因为它们也关系到我。但他只是叹口气说:"她有可能在一九三七年之前结婚吗?""我不确定。"他叹口气,把眼镜推上鼻梁,说103室只有一九三七年之前的结婚登记。

我们还是着手进行,但没找到任何一个名叫阿尔玛·梅列明斯基的人。"你最好去一趟市政办事处,"他怏怏不乐地说,"那里有一九三七年之后的登记。""市政办事处在哪里?""中央街1号252室。"他说。我从来没听过中央街,所以我问他怎么去。那里并不远,于是我决定走过去,我边走边想象那些遍及全市、收藏着各种档案的房间,大家甚至从没听过这些存放了最后的遗言、善意的谎言,还有凯瑟琳女皇的冒牌后裔等档案的房间。

4. 破了的灯泡

市政办事处柜台后面的男人年纪很大。"有什么我能为您服务的吗?"排队轮到我时,他问道。"我想查查一位叫作阿尔玛·梅列明斯基的女士是不是结了婚,从了夫姓。"我说。他点点头,低头写了几笔。"M-E-R……"我刚开口，他马上接着说："E-M-I-N-S-K-I。I，还是Y？""I。"我说。"我想也是，"他又问，"她大概什么时候结的婚？""我不知道，说不定是一九三七年以后，什么时候都有可能。如果她还健在，现在大约八十岁了。""第一次结婚吗？""我想是吧。"他在笔记本上记下这一点。"你知道她可能嫁给谁吗？"我摇摇头。他舔了一下指头，把笔记纸翻到下一页，又写下另一点。"结婚典礼……他们是公证结婚，还是由牧师主持？可不可能是拉比帮她证婚呢？""说不定是拉比。"我说。"我想也是。"他说。

他打开抽屉，拿出一条薄荷糖。"要不要吃一颗？"我摇摇头。"来一颗吧。"他说，所以我拿了一颗。他丢颗薄荷糖到嘴里，吸吮起来。"她说不定来自波兰？""你怎么知道？""很简单，"他说，"看名字就知道。"他把薄荷糖从嘴巴的一边滚到另一边。"说不定她在大战之前，一九三九或是一九四〇年来到美国？这样的话，她大约……"他舔舔手指，翻到前一页，拿出计算器，用铅笔末端的橡皮擦敲敲按键，"十九二十岁，顶多二十一岁。"

他把这些数字写在笔记本上，咋舌摇头："她一定很寂寞，可怜的女孩。"他抬头瞄了我一眼，神情中带着疑问，眼睛蒙眬而湿润。"我想是吧。"我说。"她当然很寂寞！"他说，"她还认识谁呢？没半个人！说不定只认识一个不想跟她联络的表亲，这个大人物住在美国，哪需要一个难民亲戚呢？他儿子的英语一点口音都没有，哪天说不定成为有钱的律师，他哪管得了一个瘦得跟死人一样、从波兰来的亲戚？"现在说什么似乎都不妥当，所以我没讲话。"她说不定偶尔运气好，受邀到他家过安息日，他太太连声抱怨，因为他们自己都没东西吃，她得再哀求肉店老板赊一只鸡。她跟她丈夫说，这是最后一次了，你给猪一张椅子，它过不了多久就会想要爬到桌上。我们就别提那些没良心的坏蛋在波兰屠杀了这女孩的家人，杀到一个也不剩。我衷心希望老天保佑他们安息。"

我不知道该说什么，但他似乎在等着我说话，所以我说："那一定很难受。""我就是这个意思，"他说，然后又咋舌道，"可怜的女孩啊。嗯，戈德法布……阿瑟·戈德法布，前几天有个女人来找我，我想是他的曾侄女，她有张他的照片，这人是个医生，蛮英俊的，有人帮他安排相亲，结果不太相配，婚后一年就离婚了。他跟你的阿尔玛倒可能是绝配。"他咬碎薄荷糖，用手帕擦擦鼻子。"我太太跟我说，帮死人配对没什么了不起，我跟她说，你若总是喝醋，就不知道世上有比醋更甜蜜的东西，"他从椅子上起身，"请在这里等等。"

他回来的时候有点上气不接下气，奋力坐回高脚椅上。"这个阿尔玛真是难找，好像淘金一样。""你做到了吗？""什么？""找到她了吗？""我当然找到她了，我若找不到这么一个好女孩，还算哪门子行政人员？阿尔玛·梅列明斯基，一九四二年在布鲁克林和莫尔德凯·莫里兹成婚，婚礼由格林博格拉比主持，名单上还有父母姓名。""真的是她吗？""还会是谁？这里说她在波兰出生，莫尔德凯在布鲁克林出生，但父母来自敖德萨。这里还说他爸爸有一家成衣工厂，所以她还算命好。老实说，我松了一口气。说不定婚礼还挺隆重的，那时大家都穷，没有人拿得出一个多余的玻璃杯，所以新郎踏破的说不定是个灯泡。"①

5. 北极没有公用电话

我找到公用电话，打电话回家，接电话的是朱利安舅舅。"有没有人打电话给我？"我问。"我想没有，阿尔玛，对不起，昨天晚上把你吵醒。""没关系。""我很高兴我们聊了一会儿。""嗯。"希望他不会再提起当画家这回事。"我们今天晚上出去吃饭，好吗？除非你另有安排。""没有。"我说。

我挂了电话，打电话给查号台。"查哪一区？""布鲁克林。""登记姓氏？""姓莫里兹，名叫阿尔玛。""商户或是私人住宅？""私人住宅。""查无此人。""莫尔德凯·莫里兹呢？""也没有。""那，曼哈顿有没有莫里兹？""有位莫尔德凯·莫里兹住在五十二街。""真的吗？"

---

① 传统的犹太婚礼上，新郎在仪式最后必须踩碎一个玻璃杯，表示对婚姻忠诚。

我真不敢相信。"请等等,我把电话号码给你。""等等!"我忙说,"我需要地址。""东五十二街450号。"电话另一端的女人说。我把地址记在手掌上,搭地铁前往上城的方向。

6. 我敲门,她应门

她年纪很大,用玳瑁梳子把一头白色的长发固定在脑后。她的公寓光线充足,还有一只会说话的鹦鹉。我跟她说,我爸爸大卫·辛格二十二岁的时候,带着一张地形图、一个罗盘、一把瑞士军刀、一本西班牙—希伯来文字典旅行,行经布宜诺斯艾利斯时,在一家书店的橱窗看到《爱的历史》。我还跟她提到我妈妈和那一整排字典;我弟弟艾曼纽尔·哈伊姆因为尊崇个人自由而自称"鸟弟",想飞却摔了下来,人虽然没事,额头上却留下一道永远的伤疤。她给我看一张她在我这个年纪时的照片。会说话的鹦鹉大叫:"阿尔玛!"我们两人同时转头。

7. 我厌恶有名的作家

我在白日梦中坐过站,不得不往回走十条街,每走过一条街,心里就更紧张,也更不确定。如果那个依然健在、活生生的阿尔玛真的出来开门,我该怎么办?我该跟一个从书中走出来的人物说些什么?她如果没读过《爱的历史》呢?如果她读了,却想把它忘了呢?我一直忙着找她,却从没想过说不定她不想被人找到。

但我没时间多想,因为我已站在五十二街街尾、她住的那栋大楼外面。"我能帮什么忙吗?"门房问。"我叫阿尔玛·辛格,我要找阿尔玛·莫里兹太太,她在家吗?"我问。"莫里兹太太?"他说,提到她名字时,他露出奇怪的表情。"唉。"他说,看起来似乎为我抱憾。当他告诉我阿尔玛已经不在人间,我也为自己抱憾。她五年前过世,就这样,我发现跟我名字有关的每个人都死了:阿尔玛·梅列明斯基死了,我爸爸大卫·辛格死了,我的犹太名字黛芙拉来自我的曾姑妈黛拉,而她也在华沙集中营里过世。大家为什么都用已经过世的人来取名字？如果大家非得根据什么来取名字，为什么不能采用比较耐久的事物，比方说天空、大海，甚至想法呢？这些事物再怎么糟也不会完全消逝。

门房刚刚一直说话，但现在停了下来。"你还好吗？"他问。"很好谢谢你呢？"虽然心情不太好，但我还是这么说。"你要坐一下吗？"我摇摇头。我不知道为什么，但我想到有次爸爸带我到动物园看企鹅，他在潮湿、充满鱼腥味的冷风中把我举到他的肩头，好让我把脸贴在玻璃上观看企鹅喂食，他还教我怎么念"南极洲"。然后我又想道：真的有这回事吗？

因为没有其他话可说，所以我问："你有没有听过一本叫作《爱的历史》的书？"门房耸耸肩，摇了摇头。"如果你想讨论书，你应该跟她儿子谈谈。""阿尔玛的儿子？""没错，他叫伊萨克，有时候会过来。""伊萨克？""伊萨克·莫里兹，很出名的作家。你不知道他是他们的儿子？他到市区的时候就住在这里，你要留个口信吗？"他问。"不用了，谢谢你。"我说，我从来没听过哪个叫作伊萨克·莫里兹的人。

8. 朱利安舅舅

那天晚上，朱利安舅舅帮他自己点了一杯啤酒，帮我点了一杯芒果奶昔。他说："我知道有时候你妈妈很难过。""她想念我爸爸。"我说，这话像是指着一栋摩天大楼，说它很高一样。朱利安舅舅点点头："我知道你跟你外公不熟，从很多方面而言，他都称得上是个大好人，但他不太好相处，讲得好听一点是喜欢控制人，他严格规定你妈妈和我应该怎样过日子。"我出生几年之后，外公在伯恩茅斯的一家旅馆度假时寿终正寝，所以我不太记得他。"夏洛特是老大，又是女孩，受到的影响最大，我想就是因为这样，她才始终不愿干涉你和鸟弟该做什么，或是该怎么做。""除了礼仪之外。"我说。"不，她自己不拘泥于礼仪，不是吗？我想说的是，我知道她有时可能显得冷淡。有些问题必须靠她自己解决，想念你爸爸是其中之一，跟她自己的爸爸吵架是另一个问题,但你知道她非常爱你,阿尔玛,对不对?"我点点头。朱利安舅舅的笑容总是有点歪斜,嘴巴一边弯得比另一边高,好像身体的一部分拒绝跟其他部分合作。"嗯,那就好,"他说,然后举起杯子,"敬你快满十五岁,也敬我完成这本该死的书。"

我们互碰杯子,然后他跟我说他二十五岁的时候怎么迷上贾科梅蒂。"你是怎么爱上弗朗西斯舅妈的?"我问。"唉。"朱利安舅舅边说边抹抹额头,他的额头发亮又湿润,他有点秃头,但看起来挺好看。"你真的想知道?""没错。""她那时穿着一条蓝色紧身裤。""什么意思?""我在动物园里看到她站在黑猩猩的笼子前,身穿一条亮蓝色的紧身裤,我心想:那就是我要娶的女孩。""因为她那条紧身裤?""没错,阳光下的她非常漂亮,而且她看一只黑猩猩看得出神,但如果不是因为那条紧身裤,我想我绝对不会过去跟她说话。""你有没有想过,如果那天她决定不穿那条紧身裤,结果会如何?""我经常想这个问题,"朱利安舅舅说,"说不定我会比现在快乐多了。"我把盘子里的印度咖喱推来推去。"但很可能不会。"他说。"如果你会呢?"我问。朱利安舅舅叹口气。"每次一想到这个问题,不管我快不快乐,我都很难想象少了她会怎样。我跟弗朗西斯已经在一起太久,我没办法想象怎么跟另一个人生活,或是跟另一个人生活的感觉如何。""比方说芙欧?"我说。朱利安舅舅随即被食物哽到:"你怎么知道芙欧?""我在垃圾桶里看见了你写的那封信。"他的脸马上变红。我抬头看看墙上的印度地图,每个十四岁的青少年都应该知道加尔各答的确切位置,如果不知道加尔各答在哪里,你怎么出外游历?"原来是这样啊,"朱利安舅舅说,"唉,芙欧是我在科托德艺术学院的同事,也是我的好朋友,弗朗西斯一直有点嫉妒,有些事情……嗯,阿尔玛,我该怎么说呢?好吧,我举个例子,我能举个例子吗?""好。""肯伍德馆有幅伦勃朗的自画像,那里离我们家非常近,你小时候我们带你去过,你记得吗?""不记得。""没关系,重点是,那是我最喜欢的画作之一,我经常过去观赏,每次到公园散步,不知不觉就走到那里。这幅画作是他最后几幅自画像之一,大约在一六六五到一六六九年之间完成,一六六九年他就孤零零地过世,而且身无分文。整幅画作笔触精简,带着急切的张力,你可以看到他用画笔末端在油彩中留下的痕迹,感觉上好像他知道来日不多,然而他脸上带着一丝尊严,他在最凄惨的时候依然保留了些什么。"我在小隔间的座位里往下滑,摇动双脚,一不注意踢到朱利安舅舅的腿。"这跟弗朗西斯舅妈和芙欧有什么关系?"我问。一时之间,朱利安舅舅看来失了魂。"我真的不知道。"他说,抹抹额头,叫人买单。我们沉默地坐着,朱利安舅舅的嘴巴微微抽动,他从皮夹里拿出一张二十美金的钞票,把它折成一个小方块,然后折成更小的方块,最后他很快地说:"弗朗西斯对那幅自画像一点兴趣也没有。"说完就把空了的啤酒杯举到唇边。

"如果你想知道,我不认为你是条狗。"我说。朱利安舅舅笑笑。"我可以问你一个问题吗?"我问,这时服务生拿了零钱走回来。"当然。""我爸妈吵过架吗?""我想是的,夫妻难免吵嘴,但他们吵架的次数不比其他人多。""你想我爸爸会希望妈妈再谈恋爱吗?"朱利安舅舅又对我露出歪斜的微笑。"我想是的,"他说,"我想他非常希望。"

9. 该死的

我们回家时,妈妈正在屋外后院。透过窗户,我看到她穿着一条沾满泥巴的吊带裤跪在地上,在仅余的黯淡光线中种花。我推开纱门,枯叶和生长多年的杂草都已清理干净,从来没有人坐过的花园铁椅旁,摆了四个黑色垃圾袋。"你在做什么?"我大喊。"我在种菊花和紫菀花。"她说。"为什么?""我就是想种花。""你为什么想种花?""今天下午我又寄出去几章,所以我想做些放松心情的事情。""你说什么?"我说。"我又寄了几章给雅各布·马库斯,所以我想放松一下。"她重复了一遍。我真不敢相信。"你自己去寄?但你向来把东西交给我拿到邮局去啊!""对不起,我不知道这件事对你这么重要。但你整天都不在家,而且我想赶快把包裹寄出去,所以我就自己处理。"自己处理? 我真想大叫。自成特殊物种的妈妈把一株花放进小洞里，动手填土，过了一会儿，她转身抬头看看我。"你爸爸以前很喜欢园艺。"她说，仿佛我对爸爸一无所知似的。

10. 我继承自妈妈的回忆

i 摸黑起床上学。

ii 在斯坦福山①家附近的废墟中玩耍，那些建筑物被炸得乱七八糟。

iii 她爸爸从波兰带过来的旧书的味道。

iv 她爸爸星期五晚上为她赐福时，大手贴在她头上的感觉。

v 她从马赛到海法所搭乘的那艘土耳其船；她晕船。

vi 以色列的田野非常空旷沉寂，还有她在集体农场的第一晚所听到的虫鸣，虫鸣使得四下更显空旷沉寂。

vii 我爸爸带她去死海。

viii 在她衣服口袋里找到沙。

ix 瞎眼的摄影师。

x 我爸爸单手开车。

xi 雨。

xii 我爸爸。

xiii 几千张书页。

11. 怎样让心脏再度跳动？

《爱的历史》的第一到二十八章端放在妈妈的电脑旁。我在字纸篓里翻找，但没看到她寄给马库斯那封信的草稿，只找到一张揉成一团的纸，上面写着：回到巴黎之后，阿尔贝托开始有了不同的想法。

12. 我放弃了

至此我便放弃寻找一个能再让妈妈快乐的人。我终于明白无论我

---

① 伦敦北区之一，居民多是犹太人。

做什么，或是找到什么人，我、他，甚至我们之中任何一个人，都难敌她对爸爸的回忆。这些回忆虽然令她伤心，但也让她得到慰藉，因为她用这些回忆建造了一个她知道怎样在其中生存的世界，除了她之外，没有人能活在那个世界里。

那天晚上我睡不着，从鸟弟的呼吸声，我知道他也醒着。我想问他在空停车场盖了什么东西，还有他怎么知道他是智者；我也想跟他说那次他在我笔记本上写字，我跟他大吼，实在很抱歉。我想说我好害怕，为了他，也为我自己；我想告诉他，这些年来我对他说了不少谎话，我想把真相全都告诉他。我轻轻叫他一声。"嗯？"他轻声回应。我躺在黑暗与沉寂中，这不像爸爸小时候在特拉维夫，躺在泥土路边屋子里的那种黑暗与沉寂，也不像妈妈在集体农场第一晚的那种黑暗与沉寂，但感觉相同。我回想刚才打算说什么。"我没醒着。"我终于说。"我也没有。"鸟弟说。

鸟弟终于睡着之后，我扭开手电筒，又读了几章《爱的历史》。我想我若读得仔细，说不定能够发现爸爸真实的一面，也能看出如果他没死的话，他会跟我说些什么。

隔天我起个大早，听到鸟弟在我上方的床上动来动去，我睁开眼睛，看到他把床单捏成一个球，他睡衣的臀部附近湿了一片。

13. 然后就到了九月

夏天结束了，米沙和我正式不跟彼此说话；雅各布·马库斯没写信来；朱利安舅舅宣布他打算回伦敦，试着解决他跟弗朗西斯舅妈之间的问题。他前往机场、我升上十年级的前一晚，他敲敲我的房门。"先前我跟你提到弗朗西斯和伦勃朗，"我请他进来时，他跟我说，"我们能假装我从没说过吗？""你说过什么吗？"我说。他笑笑，露出两颗门牙间的缝隙，我和他都从外婆身上遗传到这一点。"谢谢，"他说，"嗨，我买了一样东西给你。"他递给我一个大信封。"这是什么？""打开看看。"信封里是市区一所艺术学院的课程目录，我抬头看看他。"来，读一读。"我翻开封面，一张纸飘落到地上，朱利安舅舅弯腰把纸捡起来。"你看看。"他边说边抹抹额头。那是一张注册表格，上面写着我的名字，课程名称叫作"生命素描"。"里面还有一张卡片。"他说。我把手伸进信封里，那是一张伦勃朗自画像的明信片，明信片背面写着：亲爱的阿尔玛，哲学家维特根斯坦曾写道，当双眼看到某样美丽的东西，手就会想画下它。但愿我能画下你。先祝你生日快乐。爱你的朱利安舅舅。

最后一页 /Z

刚开始很容易。李特维诺夫假装只是打发时间,听收音机时心不在焉地信笔涂鸦,正如学生们在他讲课时的举动,但他没坐在那张他房东太太儿子刻下犹太人最重要祷词的制图桌前,也没有在心中暗想:我打算剽窃我那位已被纳粹杀害的朋友的作品;他更没有想:她若以为这些都是我写的,她就会爱我。他只是抄写下第一页,自然而然就接着抄写第二页。

抄到第三页时,阿尔玛的名字才出现。他停笔。他已经把来自维尔纳的"费因戈尔德",易名为来自布宜诺斯艾利斯的"德别德玛",如果他把阿尔玛改名为罗莎,难不成真的很糟吗?毕竟他只更改了三个字母,而且最后一个字母"a"没变。他已经走到了这个地步,更何况,他跟自己说,只有罗莎会读这本书。

但当他准备把大写的"A"改为大写的"R"时①,拿着笔的那只手却犹豫了一下,这或许是因为除了真正的作者之外,只有他读过《爱的历史》,且又认识真正的阿尔玛。事实上,他从小就认识她,跟阿尔玛一直是同学,直到他到犹太神学院念书为止。他看着她和其他女孩从干瘦的黄毛丫头,摇身变为丰润的热带美女,所经之处激起一阵浓郁的湿气。阿尔玛在他脑海中留下不可磨灭的印象。他见证了她和其他六七个女孩的转变,在他郁闷苦恼的青春期,这些女孩也依次成为他心仪的对象。即使事隔多年,李特维诺夫坐在瓦尔帕莱索家中的书桌前,仍记得当年那些光裸的大腿、手肘内部以及颈背所引发的种种旖想,虽然当年阿尔玛跟某个男孩子分分合合,但她依然在李特维诺夫的幻想中扮演重要角色(只不过在李特维诺夫的幻想中,通常是他一个人唱独角戏)。就算他嫉妒阿尔玛名花有主,也不是因为他

---

① 阿尔玛原文 Alma,罗莎原文 Rosa。

特别喜欢她，而是因为他也希望有人看上他，而且只爱他一人。

当他再度试图更改她的名字，拿着笔的那只手却再度犹豫不动，这或许是因为他很清楚，删改她的名字就像擦掉书中每一个标点符号、元音、形容词和名词一样，少了阿尔玛，这本书根本就不存在。

李特维诺夫的手停在纸上，心里想起一九三六年初夏的那一天，当时他在神学院读了两年书之后返回斯洛尼姆，周遭看起来都比他记忆中小了一号。他双手插在口袋里走在街上，头上戴着一顶他省钱买下的新帽子，他觉得戴上这顶帽子会给人一种饱经世事的感觉。他转弯走进一条偏离广场的街道，感到时间似乎不只过了两年。同一批母鸡依然在鸡舍里下蛋，同一群缺牙的老人依然为了芝麻小事争论不休，但不知怎么的，一切似乎变得更加窄小而简陋。李特维诺夫知道他内心也起了变化，他已不是昔日的自己。他走过一棵大树，树干上有个洞，他曾把从他爸爸朋友书桌上偷来的一张色情图片藏在洞里，还把图片展示给五六个男孩看，后来话传到他哥哥耳里，他哥哥就没收了图片，自己私藏下来。李特维诺夫走向大树，赫然看到他们，他们站在大约九米之外，古尔斯基靠在篱笆上，阿尔玛则靠在他身上，李特维诺夫看着古尔斯基伸手捧住她的脸，她犹豫了一下，然后仰头迎向他的脸。李特维诺夫看着他们接吻，顿时觉得他所拥有的一切全都没有价值了。

十六年之后，他每天晚上看着古尔斯基的书一章章在自己的笔迹中重新呈现。在此必须郑重声明，除了名字之外，他照着原书逐字抄写，但书中所有人物中，只有一人的名字没变。

第十八章，他在第十八个晚上抄写着，天使之间的爱。

天使们怎么睡觉。天使们其实睡得不太安稳，他们翻来覆去，试图理解凡人之谜。他们很难理解那种重新配副眼镜，忽然又能看得到世界，心中又失望又感激的感受，他们也很难想象一个叫作——抄到这里，李特维诺夫暂时停笔，噼噼啪啪地揉揉手指关节——阿尔玛的女孩，第一次把手放在你腰间的感觉。关于那种感觉，他们仅有理论，而没有实际经验。你如果给他们一个雪景水晶球，他们说不定还不知道要把球摇一摇。

他们也不做梦。因为如此,他们少了一件可聊之事。他们醒来之后总感到有点遗憾,好像有些事情忘了告诉彼此。这是某种残存的情绪,还是源自对凡人的同情,天使们没有定论,但感觉是如此强烈,有时甚至令他们啜泣。一谈到梦,天使们通常抱持这两种看法,即使在天使之间,也存在各执一词的悲伤。

抄写到这里,李特维诺夫站起来上洗手间,他还没小解完就压下马桶把手,看看能不能在马桶中注满清水之前让膀胱净空。小解之后,他瞄了一眼镜中的自己,从医药箱中拿出一根镊子,拔去一根冒出来的鼻毛。他穿过走道来到厨房,在橱柜里翻找一些能吃的东西,结果什么也没找到。他把茶壶放在炉子上烧开水,在书桌前坐下,继续抄写。

隐私之事。天使们确实没有嗅觉,但基于对凡人无尽的爱,他们依然四处嗅闻每样散发出气味的东西。他们跟小狗一样,觉得嗅闻彼此也没什么难为情的。有时,当他们睡不着的时候,他们会躺在床上嗅嗅自己的腋下,猜想自己闻起来是什么味道。

李特维诺夫擤擤鼻子,把卫生纸捏成一团丢到脚边。

天使之间的争执。争执持续到永恒,而且不太可能有结论,这是因为他们辩论置身凡人之间有何意义,也因为他们不知道自己只可能猜测,正如凡人只可能猜测上帝的——这时茶壶开始嘶嘶响——本性。

李特维诺夫站起来泡了一杯茶。他打开窗户,把一个被碰坏的苹果丢到窗外。

独处。天使们跟凡人一样有时对彼此感到厌烦,很想独自静一静。因为他们居住的房子距离很近,他们也没地方可去,所以在这个时候,天使们能做的就是闭上眼睛,把头低下来搁在手臂上。当一位天使这么做时,其他天使都明白他正在欺骗自己,试图营造独处的错觉,于是他们也跟着蹑手蹑脚。为了帮他产生独处的感觉,他们说不定故意提到他,好像他不在场似的。若不小心撞上他,他们甚至小声说:"我没撞你。"

李特维诺夫甩甩手,他感到手有点抽筋。过了一会儿继续抄写。

同甘共苦。天使们不结婚。第一,他们太忙;第二,他们不会爱上彼此。(你若不知道你爱的人把手放到你腰间的那种感觉,你怎么可能坠入情网呢?)

李特维诺夫停下来想象罗莎滑润的手摆在他肋骨的感觉,也很高兴发现自己起了鸡皮疙瘩。

他们住在一起的光景,跟一群刚出生的小动物差不多:盲目、快意、全身光溜溜。但这并不表示他们感觉不到爱,他们的确感觉得到,有时感觉是如此强烈,甚至让他们大为惊慌。在那一刻,他们的心脏不可抑制地跳得飞快,担心自己快吐了。但他们爱的不是自己的同类,而是他们无法理解、闻不出、也碰不到的凡人。天使广爱凡人,对象虽然广泛,爱意却没有因而稍减。只有偶然之时,有个天使会发现自己有些缺陷,坠入了爱河,她爱的不是广泛一群人,而是某个特定对象。

李特维诺夫抄到最后一页的那天,把他朋友古尔斯基的手稿集中在一起,弄乱次序,全数扔到厨房水槽下的垃圾桶里。但他想到罗莎经常造访,说不定会发现垃圾桶里有份手稿,所以又把手稿捡回来,扔到屋后的金属垃圾箱,还仔细把手稿藏在几个垃圾袋之下。处理完毕之后,他准备上床睡觉。但半小时之后,他想到还是有人可能找到手稿,忽然非常害怕,于是他起床在垃圾箱里翻找,捡回手稿。他把手稿塞到床下,试着入睡,但垃圾的恶臭太刺鼻,所以他又起床找到一个手电筒,从房东太太的储藏室里拿了一支种花的泥铲,在她的白绣球花旁挖个洞,把手稿丢到洞里埋起来。等到他穿着沾满泥巴的睡衣再度上床时,天际已经渐渐发白。

每次从窗户看到房东太太的绣球花,李特维诺夫就想起这件想要忘却之事,若非如此,这事说不定就此告一段落。春天来临时,他天天看绣球花看得入迷,甚至有点希望花朵绽放出他的秘密。有天下午,房东太太在绣球花周围种上一排郁金香,他看了心里又焦虑又期待。每次闭上眼睛想睡觉,那些巨大的纯白花朵就出现在脑海中嘲笑他。他愈来愈受到良心的苛责,情况愈来愈糟,直到他将和罗莎结婚,两人即将搬到山崖上小屋的前一晚,他在满身冷汗中惊醒,摸黑溜到外面,一了百了地挖出那个心理包袱。从那之后,他把手稿摆在新家书房书桌的抽屉里,用一把他以为已经藏起来的钥匙锁好。

我们总在早上五六点醒来,罗莎在为第二版、也是最后一版《爱的历史》写的引言最后一段中写道,他去世的那天是个酷热的一月天,我把他的床推到楼上敞开的窗边,阳光流泻到我们身上。他丢开被单,脱去所有衣物,在阳光下晒得变成褐色,我们每天早上都这么做,因为护士八点就到,在那之后,一天就变得相当无趣。我和兹维对医药细节都不感兴趣。兹维并不痛苦。我问他:"你难受吗?"他说:"我这辈子从来没有这么舒坦过。"那天早晨,我们遥望晴朗无云的天空,兹维翻开一本他正在阅读的中文诗集,把书翻到他说是为我而写的一首诗,诗名叫作《别出航》,这首诗很短,开头如下:"别出航!/明日风势将止;/而后你可离去,/我将不再为你烦忧。"他过世的那天早上本来刮着强风,花园里前一晚疾风暴雨,但当我打开窗户时,天空一片清朗,毫无风声。我转身对他大喊:"亲爱的,风停了!"他说:"那么我就可以离开,你也不再为我烦忧?"我觉得我的心快停了。但他说的是真的,结果就是如此。

但结果并不就是如此,不全然是。李特维诺夫过世的前一晚,大雨敲打着屋顶,雨水流窜过排水沟,此时,他大声呼叫罗莎,她正在清洗碗盘,急忙跑向他。"亲爱的,怎么回事?"她边问,边伸手摸摸他的额头。他咳得很厉害,她以为他快吐血了。咳嗽稍止时,他说:"我想跟你说一件事。"她耐心等候。"我……"他开口,但又咳了起来,整个人咳得弯起身子。"嘘,"罗莎边说,边用手指遮住他的双唇,"别说话。"李特维诺夫拉起她的手,捏了两下。"我一定得说。"他说,这次他的身子总算合作,不再颤动。"你看不出来吗?"他问。"看不出什么?"她不解。他紧闭上双眼,然后又睁开眼睛,她依然在原地，一脸温柔和关切地看着他，轻拍他的手。"我帮你泡杯茶。"她说，随即起身去泡茶。"罗莎！"他在她身后大喊，她转过身来。"我只是想让你爱上我。"他轻声说。罗莎看着他，在那一刻，她觉得他似乎是那个他们从未拥有的孩子。"我的确爱上了你。"她边说，边把一个灯罩扶正，然后她走出门外，轻轻把门带上。他们的谈话就此画上句点。

我们不难把这番话视为李特维诺夫的最后遗言，但事实并非如此。那晚稍后，他和罗莎聊到下雨，罗莎的外甥，旧烤面包机已经短路了两次、她该不该买个新的等等，但谈话中没有提到《爱的历史》及其真正的作者。

多年之前，当圣地亚哥一家小出版社同意发行《爱的历史》时，编辑提出几个建议，李特维诺夫不想惹人讨厌，所以遵照建议做些更改。有时他几乎说服了自己，他的作为其实没有那么糟：古尔斯基已经死了，最起码他的遗作得以问世，也有人阅读，这不是很好吗？但他的良知对于这个不具实质意义的问题，感到不以为然。他不知道该怎么办，绝望之中，他那天晚上做了一个编辑没有要求的更动。他锁上书房的门，伸手到胸前的口袋，摊开那张随身带了多年的纸片。他从书桌抽屉里拿出一张纸，在最上方写道：第三十九章：利奥波德·古尔斯基之死，然后竭尽所能把纸片上的字句逐字翻译成西班牙文。

收到手稿之后，编辑回信给李特维诺夫。你为什么加上最后一章？它跟全书一点关系都没有，我要把它删掉。时值退潮，李特维诺夫读完信抬起头来，看着一群海鸥争夺岩石上的某样东西。他回信道：你若把它删掉，我就把书撤回。隔天没有动静。老天爷啊！编辑终于回复，别那么神经过敏。李特维诺夫从口袋中掏出笔。此事没有商量的余地，他回信道。

正因如此，所以当雨势终于歇止，李特维诺夫在满室阳光中悄悄在床上过世时，他的秘密没有随之而去，最起码他没带走所有秘密。只要翻到最后一页，人们就看到上面清楚地写着《爱的历史》真正作者的姓名。

在他们两人之中，罗莎更能保守秘密。比方说，她从没告诉任何人，她在她叔叔举办的花园派对中，看到她母亲吻葡萄牙大使；或是她曾看到女佣把她姐姐的金链子悄悄塞进自己的围裙口袋里；或是那个有一双绿眼、双唇饱满、深受女孩们欢迎的表哥阿方索，其实偏好男孩；或是她父亲饱受头痛之苦，有时痛得哭出来。因此，你若知道她从没跟任何人提到那封在《爱的历史》出版几个月后寄给李特维诺夫的信，想必也不觉得讶异。那封信的邮戳上标示着美国，罗莎以为是纽约某家出版社迟来的拒绝信函，为了不想让李特维诺夫看了难过，所以她把信偷偷塞进抽屉里，然后忘了这回事。几个月之后，她在找一个地址时又看到那封信，把信拆开，惊讶地发现信是用意第绪文写的。亲爱的兹维，信的开头写道，为了不让你吓得心脏病发作，我就先跟你说吧，我是你的老朋友利奥·古尔斯基。你或许很惊讶我还活着，老实说，有时我自己也相当讶异。我现在人在纽约，也从这里写信给你，我不知道你收不收得到这封信。几年以前，我把信寄到我唯一知道的地址，但信被退回，至于我怎样找到这个地址，那就说来话长了。不管怎样，我有好多事想跟你说，但信里很难讲清楚，我希望你身体健康，快快乐乐，诸事顺遂。我当然一直想着你有没有帮我保留那个我们最后一次见面时，我交给你的信封，信封里装的是我们在明斯克结识时，我正撰写的那本书。如果你还保留着，能不能麻烦你把它寄回来给我？如今除了我之外，它对任何人已经没什么价值了。献上热情的拥抱。L.G.

罗莎慢慢领悟到实情：当年发生了一件错事。此事确实不光彩，她想了就非常不舒服，但这部分亦归咎于她。她此刻才想起来有那么一天，她找到他书桌抽屉的钥匙，打开抽屉，发现里面有一沓脏兮兮的纸，上面是她看不懂的字迹，但她决定不加询问。没错，李特维诺夫确实对她撒谎，但她也记得是她一直坚持他应该出版这本书，她想了心里就难过。他曾跟她争执，辩称这本书太私密、带有太多个人隐私，但她一再逼迫，他的坚持因而软化，最后终于放弃初衷，同意出书。艺术家的太太们不都应该这么做吗？她们不都该让先生的作品公诸于世吗？少了她们，作品岂不是默默无闻吗？

惊魂甫定之后，罗莎把信撕成碎片，扔到抽水马桶里冲掉。她很快就想出该怎么办。她在厨房的小桌前坐下，拿出一张空白信纸，动手写道：亲爱的古尔斯基先生，我很遗憾地告诉您，我先生兹维病得没办法亲自回信，但他很高兴接到您的来信，也很高兴知道您仍健在。很不幸地，您的手稿已在我们家淹水时毁损，我希望您能原谅我们。

隔天她准备了野餐，跟李特维诺夫说他们最好到山上走走，她说他出了书，情绪太亢奋，需要好好休息，然后指挥他把东西搬到车上。李特维诺夫发动引擎时，罗莎忽然拍拍额头。"我差点忘了草莓。"她说，说完就跑回屋里。

进屋之后，她直接走到李特维诺夫的书房，拿出粘在桌面下的那把小钥匙，插进抽屉的钥匙孔中，取出那沓肮脏、闻起来有霉味的纸稿。她把稿子摆在地上，除此之外，她还从书架高处取下李特维诺夫用意第绪文抄写的副本，移到更接近地面的书架上。出门之时，她打开水槽的水龙头，堵住排水管。她停下来看着自来水逐渐溢出槽外，然后关上她先生书房的房门，一把抓起在玄关桌上的一篮草莓，急忙出门上车。

我在水底下的生活 / A

1. 存在于物种之间的渴望

朱利安舅舅离开之后,妈妈变得更孤僻,说她隐匿说不定更恰当,也就是飘渺、生疏、含糊的意思。空茶杯堆在她周围,一页页字典掉在她脚旁,她放弃园艺,那些指望被她呵护、度过初霜的菊花和紫菀花,吸满了水,沉甸甸地下垂着。出版商们写信来询问她是否有兴趣翻译某某书,她却没有回信。她只接朱利安舅舅打来的电话,不管跟他说些什么,她讲电话时总是把门关上。

每一年,我对爸爸的记忆变得更飘渺、生疏、含糊。这些记忆曾经生动清晰,而后变得像是照片,现在则类似照片的照片。但有时候,我会忽然想起他,这种时刻相当稀少,但记忆来得如此突然、如此清晰,积压在心里多年的情绪也忽然如同弹簧小丑一样蹦出来。在这种时刻,我总是猜想妈妈心里是否就是这种感觉。

2. 有乳房的自画像

每个星期二晚上,我搭地铁到市区,参加"生命素描"的课程。第一次上课我就发现了这门课为什么叫作"生命素描",这表示我们必须素描全身光溜溜的人体模特,受雇的模特动也不动地站在我们的座椅围成的圆圈中间。我显然是全班年龄最小的学生。我试着装出没事的样子,好像我已经素描裸体的人好多年了。第一位模特是个乳房下垂、头发卷曲、双膝发红的女人,我不知道该看哪里,周围的同学们对着素描簿低下头,尽情作画。我在画纸上犹豫地画了几笔。"同学们,别忘了乳头。"老师一边大喊,一边顺着圆圈巡视。我加上乳头。走着走着,老师来到我身旁,对我说:"可以借一下你的画吗?"然后把我的作品举给全班观看,连模特儿都转头瞧。"你们知道这是什么吗?"她指着我的作品说,几个人摇摇头。"一个有乳头的飞盘。"

她说。"对不起。"我小声说。"别说对不起。"老师边说边把手搭在我肩膀上。"阴影。"她说，然后对着全班示范如何把我的飞盘变成一个巨大的乳房。

第二堂课的模特看起来跟第一堂课的很像。每当老师走过来，我就弓着背伏在我的画纸上，猛画阴影。

3. 怎样让你弟弟防水？

接近九月底，也就是我生日的几天之前，开始下雨，整整下了一星期，每次太阳刚想露面就被逼了回去，然后又开始下雨。有几天，雨势大到鸟弟不得不放弃建造垃圾高塔，他已经在这东西外面披上一块油布，从上面看起来有模有样，说不定他正在为智者们盖个集会场所。他用几块旧木板搭成了两面墙，另外两面墙则用纸箱充数，除了垂下来的油布之外，目前为止还没有屋顶。有天下午，我站在路旁看着他从靠在这堆废物边上的梯子缓缓爬下来，手里拿着一大块废铁片，我想帮他，却不知道如何着手。

4. 我愈想胃愈痛

十五岁生日的那天早上，我在鸟弟的喊叫声中醒来。"起床啰！"然后他接着唱《她是个快乐的伙伴》。我们小时候过生日时，妈妈曾唱这首歌给我们听，现在鸟弟径自承续了唱歌的传统。过了一会儿，妈妈走进来，把礼物放在床上，旁边摆着鸟弟给我的礼物，气氛轻松愉快，直到我打开鸟弟的礼物，发现那是一件橘色的救生衣。我瞪着包装纸里的救生衣，大伙顿时默不作声。

"一件救生衣！"妈妈赞叹，"这个点子真好，鸟弟，你在哪里买的呢？"她边问，边用手指抚摸肩带，真心推崇。"真是实用。"她说。

实用？我想大叫，实用？

这下我真的非常担心。如果鸟弟的宗教狂热不是三分钟热度，而是永远的痴迷，那该如何是好？妈妈认为他借此发泄失去爸爸的悲伤，有一天自然会摆脱这一切。但如果一切证据都跟他的信仰唱反调，他却依然年纪愈大愈虔诚呢？如果他永远交不到朋友呢？如果他变成一个穿着破外套，在市区各处晃荡，发放救生衣的怪人呢？如果他因为世界与他的梦想不尽相合，所以不得不排拒全世界，那该怎么办？

我试图找出他的日记，但他已经把日记从床后移到其他地方，我怎么找都找不到。我反而在床下一堆脏衣服里，找到已经迟了两星期没还的，布鲁诺·舒尔兹所著的《鳄鱼街》。

5. 曾有一时

我曾随口问妈妈认不认识伊萨克·莫里兹，也就是东五十二街450号的门房说是阿尔玛儿子的那位作家。妈妈坐在花园的长椅上，瞪着一排茂盛的红果蔷薇树丛，好像打算跟树丛说些什么似的。刚开始她没听见我说话。"妈妈？"我再问一次，她转过头来，看来有点讶异。"我刚刚问你有没有听说过一个叫作伊萨克·莫里兹的作家？"她说听说过。"你读过他的书吗？"我问。"没有。""你认为他有没有机会得诺贝尔奖？"我问。"没有。""你若没读过任何一本他的作品，怎么知道他没有？""我只是猜想。"她说，她绝不会承认她只把诺贝尔奖颁给已经过世的人，所以她才这么说。说完她又继续瞪着红果蔷薇树丛发呆。

在图书馆里，我把"伊萨克·莫里兹"输入电脑，结果出现六本书。馆藏最多的是《补偿》，我记下索书号，找到他的著作，然后从书架上取下《补偿》。书的封底有张作者照片，我看着他的脸，那位我按她的名字而取名的女士，长得肯定跟他很像，想想感觉相当奇怪。他一头卷发，头发日渐稀疏，金属镜框眼镜之后的褐色双眼，看来细小而虚弱。我翻到第一页。第一章，书页上写道，雅各布·马库斯站在百老汇和格兰姆街的街角等他母亲。

6. 我又读了一次

雅各布·马库斯站在百老汇和格兰姆街的街角等他母亲。

7. 再一次

雅各布·马库斯站在……等他母亲。

8. 再一次

雅各布·马库斯

9. 我的天啊

我翻回作者照片，看了看，然后仔细读完第一页；我又翻回作者照片，看了看，然后再读另外一页；最后我又再翻回封底，瞪着作者照片。雅各布·马库斯只是一本书中的人物！那个一直寄信给妈妈的人原来是作家伊萨克·莫里兹，也就是阿尔玛的儿子。他在信中的署名，竟然是他最有名的一本小说里的人物！我忽然想起他信里的一句话：有时我甚至假装写作，但我骗不了任何人。

图书馆闭馆之前，我读到第五十八页。我走到外面时，天已经黑了，我站在图书馆门口，手臂下夹着《补偿》，看着一滴滴落下的雨，试图衡量目前的情况。

10. 情况

那天晚上，妈妈在楼上帮她以为名叫雅各布·马库斯的男人翻译《爱的历史》时，我读完了《补偿》，全书关于一个名叫雅各布·马库斯的男人，作者名叫伊萨克·莫里兹，也就是阿尔玛·梅列明斯基的儿子，而碰巧也真有阿尔玛这个人。

11. 等待

读完最后一页之后，我打电话给米沙，让电话响了两声才挂断，这是以前我们深夜想跟对方说话时的暗号。我们上次说话是一个月前的事了，我已在笔记簿里列出所有我想念他的事项，其中一项是他想事情时鼻子皱起来的模样，我也想念他握着东西的样子。但现在我必须跟他本人说说话，这是没有任何一张清单可以取代的。我站在电话旁边，胃部一阵翻腾。等待的同时，某个品种的蝴蝶说不定已经绝种，或说不定绝种的是一种复杂的、跟我有同样感受的大型哺乳动物。

但他始终没有回电，这或许表示他不想跟我说话。

12. 我所有的朋友

弟弟在走道另一头的房里睡觉，头上的小圆帽掉到地上。他的床单上绣着玛莎和乔伊新婚贺礼，一九八七年六月十三日的金色字样。虽然鸟弟宣称在饭厅柜子里找到这组床单，而且坚信床单属于爸爸，但我们根本没听过玛莎或是乔伊这号人物。我在他身旁坐下，他的身体温暖，几乎发烫。我心想如果我没有编出这么多关于爸爸的事，鸟弟说不定不会这么崇拜他，也不会认为自己非得做些伟大的事情不可。

雨水猛打在窗户上。"醒醒。"我轻声说。他睁开眼睛，呻吟了两声，灯光从走道照进房里。"鸟弟。"我摸摸他的手臂。他眯起眼睛看我，揉揉双眼。"你不能再讲上帝如何如何，好吗？"他没说话，但我相当确定他已经醒了。"你快十二岁了，你不能再发出怪声音、从高的地方跳下来弄伤自己。"我知道我正苦苦哀求，但我不在乎。"你也不能再尿床。"我轻声说，在微弱的灯光中，我看到他难过的表情。"你得控制一下情绪，试着正常一点。如果你不……"他的嘴巴紧闭，但没有说话。"你得交些朋友。"我说。"我有朋友。"他轻声说。"谁？""戈尔德斯坦先生。""你得多交几个朋友。""你也只有一个朋友，"他说，"只有米沙打过电话给你。""我才不是只有一个朋友，我有很多朋友。"我说，但话一出口，我才领悟到这话并非属实。

13. 在隔壁房间里，妈妈缩在一摞书旁睡着了

14. 我试着不要想

a）米沙·什克洛夫斯基

b）露芭女皇
c）鸟弟
d）妈妈
e）伊萨克·莫里兹

15. 我应该

多出去参加社团。我应该买些新衣服，把头发染成蓝色，让赫尔曼·库珀开他爸爸的车子带我兜风，让他吻我，说不定甚至让他摸摸我不存在的乳房。我应该培养一些有用的技能，比方说公众演说、弹奏电子大提琴、焊接等等。我应该找医生看看我的胃痛，我应该崇拜一个不是写童书而且坠机身亡的男人，我应该别再试图在最短的时间里架起爸爸的帐篷，我应该把我那几本笔记簿丢掉，我应该站直，而有人问我好不好时，我也应该改掉英国女学童的拘谨回答方式，这类女学童认为除了花大把时间准备跟女王共享几个小三明治之外，生活没有其他意义。

16. 一百件可以改变你生命的事

我拉开书桌抽屉，把抽屉翻得乱七八糟，试图找出那张写着雅各布·马库斯（也就是伊萨克·莫里兹）地址的纸片。我在一张成绩单下面找到一封米沙以前写给我的信，那是他寄来的头几封信的其中一封。亲爱的阿尔玛，信上写道，你怎么这么了解我？我想我们真的很像。没错，我更喜欢约翰，而不太喜欢保罗，但我也相当崇拜林戈①。

星期六早上，我从网上打印出一张地图和方向指南，跟妈妈说我整天都会待在米沙家，然后我走到街头，敲敲库珀家的门。赫尔曼出来开门，他头发直直往上翘，穿着一件印有"性手枪乐队"的T恤。"哇！"他看到我的时候说，然后退后了几步。"你想开车兜风吗？"我问。"你在开玩笑吗？""不是。""好啊，"赫尔曼说，"请等一下。"他

---

① 即披头士的成员约翰·列侬、保罗·麦卡特尼和林戈·斯塔尔。

上楼跟他爸爸拿车钥匙，出来时头发已经抹湿，也换上一件干净的蓝色T恤。

17. 看看我

"我们要去哪里？加拿大吗？"赫尔曼看到地图时问。他整个夏天都戴着手表，表带在手腕上留下一圈白印子。"康涅狄格州。"我说。"你得把兜帽翻开来，不然免谈。"他说。"为什么？""我看不到你的脸。"我翻开兜帽，他对我笑笑，眼角中依然有些睡意。一滴雨水从他额头滑下，我跟他说怎么走，然后聊到他明年要申请哪几所大学。他跟我说他想主修海洋生物学，因为他想追随雅克·库斯托[1]的脚步，我心想，说不定我们之间的共同点比我原本以为的多。他问我以后想做什么，我说我曾经想当个古生物学家。他问我什么是古生物学家，所以我告诉他如果他拿本完整、附有图解的大都会博物馆导览手册，撕成一百张碎片，从博物馆的台阶上把碎片丢到风中等等。然后他问我后来为什么改变主意，我跟他说我觉得我不适合当个古生物学家，于是他问我适合哪一行，我说："这说来话长。"他说："我有的是时间。"我问："你真的想知道吗？"他说是，所以我跟他说实话，从爸爸的瑞士军刀、那本《北美洲可食用的植物与花朵》，一直讲到我计划将来到南极荒原探险，除了能够背在肩上的东西之外，什么也不带。"我希望你不会去。"他说，然后我们下错交流道，不得不在加油站停下来问路，又买了些糖果。"我请客。"我拿出钱包付钱时，赫尔曼说。他把五块钱钞票递过柜台，双手有点颤抖。

18. 我把关于《爱的历史》的事情从头到尾跟他说

雨下得很大，我们不得不把车停到路旁。我脱下球鞋，把脚跷到仪表板上，赫尔曼在雾气蒙蒙的挡风玻璃上写下我的名字，然后我们聊到好久好久以前打过的一场水仗。一想到赫尔曼明年即将离家展开

---

[1] 雅克·库斯托（Jacques Cousteau，1910—1997），法国科学家和海洋学家。

他的新生活，我心里忽然涌起一阵悲伤。

19. 我就是知道

绕了半天之后，我们终于找到通往伊萨克·莫里兹家的泥土小径，我们八成路过了两三次，却始终没注意到。我本来已经打算放弃，但赫尔曼不肯。开上泥泞的小径时，我手心开始流汗，因为我从没跟名作家碰过面，更别说是收走我伪造信的名作家。伊萨克·莫里兹的门牌号码钉在一棵大枫树上。"你怎么知道那是枫树？"赫尔曼问。"我就是知道。"我答，但没告诉他细节。然后我看到湖，赫尔曼把车停在屋前，关掉引擎，四下忽然好安静。我弯下腰绑鞋带，等我坐直时，他看着我，一脸充满希望却又难以置信的表情，其中还夹杂一丝悲伤。我心想，多年前在死海边，爸爸看着妈妈时，脸上是否也是这种表情？在那之后发生了一连串事件，最后终于导致我来到这个荒郊野外，身旁跟着和我一起长大、我却几乎不了解的男孩。

20. 绒布、河船、红葱、浅薄①

我下车，深深吸口气。

我心想：我叫阿尔玛·辛格，您不认识我，但我是用您母亲的名字取名的。

20. 沙龙、赝品、萨满、蹒跚

我敲敲门，没人应门。我按电铃，依然没有反应，于是我绕着屋子走了一圈，从窗户朝里看看，屋内一片漆黑。我走回大门口时，赫尔曼靠在车旁，手臂交叉在胸前。

21. 我决定孤注一掷

我们坐在伊萨克·莫里兹家的前廊，一边看着雨，一边坐在长椅

---

① 即前文中出现过的从妈妈字典上脱落的单词，下一节也是如此。

上晃来晃去。我问赫尔曼有没有听过圣埃克苏佩里，他说没有，我又问他有没有读过《小王子》，他说好像有，所以我就跟他说，圣埃克苏佩里的飞机有次坠落到利比亚的沙漠中，他用一块沾满油污的破布收集机翼上的露水来喝，步行了数百英里，因为酷热和寒冷而脱水、神志不清。我讲到一群贝都因人找到他，这时，赫尔曼悄悄把手伸到我手中，我心想，每天平均有七十四种物种消失，这虽然是个牵别人手的好理由，但不是唯一的理由。然后我们亲吻对方，我发现我知道怎么接吻，这令我又高兴又悲伤，因为我明白我恋爱了，但爱上的不是他。

我们等了好久，但伊萨克始终没有出现。我不知道还能做什么，所以我留了一张纸条在门上，上面写着我的电话号码。

一个半星期后（我记得那天是十月五日），妈妈看报纸的时候说："你记得你问过的那位作家伊萨克·莫里兹吗？"我说："记得。"她说："报上有他的讣闻。"

那天晚上，我上楼到她的书房。她还有五章《爱的历史》没译，却不知道她现在只是为我，而不是为别人翻译这本书。

"妈妈？"我说，她转身，"我能跟你说件事吗？"

"当然可以，亲爱的。来，到这里来。"

我朝书房里走几步。我有好多话想说。

"我希望你……"我说，然后就开始哭。

"希望我怎样？"她张开臂膀。

"不要悲伤。"我说。

一件好事 / B

九月二十八日

יהוה

  今天是连续下雨的第十天。菲斯努巴凯特医生说写日记的一个好处是，我可以写下我的想法和感觉，他说我如果想让他知道我对某事的感觉，但不想跟他谈，只要把日记给他看就行了。我没跟他说，你没听过"私人物品"这个字眼吗？我想到的一件事是，搭飞机去以色列得花好多钱。我知道这一点，因为我曾试着在机场买机票，机场的人跟我说机票要一千两百美金。我跟那个女人说，我妈妈有次用七百美金就买到机票，她说现在已经没有七百美金的机票了。我想她八成以为我没钱，所以才这么说，于是我拿出鞋盒，给她看里面的七百四十一元五十分。她问我从哪里来的这么多钱，我说我卖了一千五百杯柠檬"枝"，虽然这不完全是真话。然后她问我为什么想去以色列，我问她能不能保守秘密，她说可以，于是我跟她说我是一位智者，说不定也是弥赛亚。她听了就把我带到只有员工才能进去的小房间，还给我一个以色列航空的别针，然后警察就来带我回家。我对这件事的感觉是生气。

九月二十九日

יהוה

  已经下了十一天雨。如果得花七百美金才去得了以色列，然后票价又涨成一千两百美金，谁当得了智者呢？他们应该保持同样票价，这样一来，如果大家想去耶路撒冷，他们就知道必须卖多少杯柠檬"枝"。

  今天菲斯努巴凯特医生请我解释那张我留给妈妈和阿尔玛，说我要去以色列的纸条。他把纸条放在我面前，帮我记起这件事，但我不需要任何协助，因为我已经知道纸条上说些什么。为了让纸条看起来很正式,我打了九次草稿,但是打字的时候一直出错。纸条上说:"亲爱的妈妈、阿尔玛和大家,我必须离开,而且说不定会离开很久。请不要试图找我,因为我是个智者,而且必须处理很多事情。很快就会淹大水,但请不必担心,因为我已经帮你们造了一个方舟。阿尔玛,你知道方舟在哪里。爱你们的鸟弟。"

菲斯努巴凯特医生问"鸟弟"这个名字打哪儿来,我说我本来就叫鸟弟。你如果想知道菲斯努巴凯特医生为什么叫作菲斯努巴凯特医生,这是因为他来自印度。你如果想记住怎么发音,想想"桶里的鱼"就行了。①

九月三十日
יהוה

今天雨停了,消防人员拆了我的方舟,因为他们说它可能引发火灾。我对这件事的感觉是难过,但我试着不要哭,因为戈尔德斯坦先生说 G-d 的所作所为终究是出于善意,更何况阿尔玛说我应该控制自己的情绪,不然交不到朋友。戈尔德斯坦先生还说"眼不见,心不烦",但我必须看看我的方舟怎么了,因为我忽然想起来我在方舟后面漆上 יהוה,没有人能将它丢弃。我叫妈妈打电话给消防人员,问他们那些碎片堆在哪里。她跟我说他们把碎片堆在人行道旁,等着收垃圾的人来清理。我叫她带我去,但收垃圾的人已经来过了,所有东西都消失无踪,然后我就哭了,还踢了一块小石头。妈妈想要抱我,但我不让她抱,因为她不该让消防人员拆掉方舟。她丢掉所有属于爸爸的东西之前,也应该先问问我。

十月一日
יהוה

从我试图前往以色列以来,今天是我第一次去找戈尔德斯坦先

---

① "桶里的鱼"原文 fish in a bucket,与菲斯努巴凯特医生的姓(Vishnubakat)发音近似。

生。妈妈带我去希伯来文学校，然后在外面等我。戈尔德斯坦先生不在地下室的办公室里，也不在会堂圣所，后来我终于在学校后面找到他，他正在挖洞，想把一些书脊破裂的祈祷书埋起来。我跟他打招呼，他好久没说半句话，甚至都没看我，于是我说，嗯，明天说不定又会开始下雨，他说傻子和杂草没有雨水也会生长，然后继续挖洞。他的话听起来很悲伤，我试着了解他想告诉我什么。我站在他旁边，看着洞愈来愈深，他鞋子上沾了泥土。我想起有一次某个四年级的学生在他背后贴了一张纸，上面写着"踢我"，但是没有人告诉他，甚至我也没开口，因为我不想让他知道他背后贴着这样一张纸。我看着他用一件旧衣服把三本祈祷书包起来，然后亲吻一下，他眼下的黑影比平常更深。我心想，所谓的"傻子和杂草没有雨水也会生长"，说不定表示他很失望，于是我试着想出为什么，接着当他把包着祈祷书的旧衣服摆进洞里时，我念道：愿他的名在世间受显扬，愿他的国来到你的生命与日夜中。然后我看到泪水从戈尔德斯坦先生的眼中滚滚而出。他把泥土铲进洞里，我看到他的嘴唇在动，但我听不到他说什么，所以我更仔细听，把耳朵贴在他嘴边。他说，哈伊姆啊（他通常叫我哈伊姆），智者谦逊，而且悄悄执行任务，说完就转身离去，我这才知道他是为了我而哭。

十月二日

יהוה

今天又开始下雨，但我一点都不在乎，因为方舟已经没了，更何况我令戈尔德斯坦先生失望。身为智者的意义在于，你永远不要告诉任何人你是担负全世界之责的三十六位圣人之一，你还得做好事帮助别人，而且绝对不要让人注意到你，我却把事情告诉了阿尔玛、妈妈、以色列航空小姐、刘易斯、海因兹先生、我的体育老师，还有其他好几个人。体育老师叫我脱下小圆帽、穿上短裤，所以我不得不跟他说。我没有保守秘密，结果导致警察过来抓我，消防人员也把方舟拆了，这件事让我想哭。我让戈尔德斯坦先生和 G-d 失望，我不知道这是否表示我不再是智者。

十月三日

יהוה

今天菲斯努巴凯特医生问我是否感到沮丧，于是我问他所谓的"沮丧"是什么意思，他说举例而言，你是不是感到悲伤难过？我并没说，你是不是无知的家伙？因为智者不会说这种话。我反而说，如果马儿知道人的形体比它弱小，它八成会重重踢人一脚，戈尔德斯坦先生有时会这么说。菲斯努巴凯特医生觉得很有趣，还问我能不能讲得明白一点？我说不能，然后我们沉默地坐了几分钟，这种情况不时会发生，但我觉得无聊，所以我说马粪种得出玉米，这也是戈尔德斯坦先生说的。菲斯努巴凯特医生似乎很感兴趣，因为他把这一点记在他的笔记本上。于是我又说，尊严是摊放在粪堆上的。然后菲斯努巴凯特医生说能不能问我一个问题，我说看情况。他说你想念你的父亲吗？我说其实我不太记得他。他说失去父亲一定很难过，我什么都没说。你如果想知道我为什么没开口，这是因为除非那人认识爸爸，不然我不喜欢任何人谈起他。

我决定从现在开始，做任何事之前都先问自己：智者会这么做吗？比方说，今天米沙打电话找阿尔玛，我没跟他说，你要跟她热吻吗？因为当我问自己智者会这么做吗？答案是不会。然后米沙问她还好吗，我说还好。他说请告诉她，我打电话来问她有没有找到她在找的那个人。我不知道他在说什么，所以我说你说什么？然后他说算了吧，别告诉她我打电话来，我说好。我也真的没告诉阿尔玛，因为智者擅于保守秘密。我不知道阿尔玛在找哪个人，我试着想想会是谁，但想不出来。

十月四日

יהוה

今天发生了一件可怕的事情：戈尔德斯坦先生生了重病昏倒，过了三小时才被人发现,他现在人在医院里。妈妈跟我说了之后,我走进浴室,把门关上,请求 G-d 保佑戈尔德斯坦先生平安无事。以前我几乎百分之百确定自己是智者,也觉得 G-d 听得到我说话,现在则不确定。后来我想到戈尔德斯坦先生之所以生病,说不定是因为我让他失望,想到这里,我忽然觉得好难过、好伤心。我紧紧闭上眼睛,让眼泪不要流出来,同时想着该怎么办。然后我想出一个点子:我如果能为某人做一件好事,而且不告诉任何人,说不定戈尔德斯坦先生就会好起来,我也会成为真正的智者!

有时我若需要知道某事,我会请教 G-d。比方说,虽然明知偷窃不对,但我会请教 G-d,您若要我从妈妈的皮包里再拿五十美金,好让我买机票去以色列,那么您就让我明天连续看到三辆蓝色甲壳虫车,我若连续看到三辆蓝色甲壳虫车,这就表示您允许了。但我知道这次只能靠自己,所以我努力想想谁需要帮助。忽然间,我想出了答案。

最后一次见到你时 /L

我躺在床上做了个梦，梦境可能在前南斯拉夫，或是布拉迪斯拉发，谁知道呢？说不定是白俄罗斯。我愈想愈说不出是哪里。起来！布鲁诺大喊一声，或说我以为是他大喊了一声，然后他把一杯冷水全倒在我脸上，说不定是为了报答我曾救他一命。他扯下床单，不管他看到床单上有些什么，我只能说声抱歉。不过嘛，要说证据，每天早上，我这东西总是立正站好，好像被告的主要辩护律师似的。

你看！布鲁诺大喊，他们在杂志里提到你。

我没心情跟他开玩笑，我情愿没人管我，自己放个屁醒来。所以我把潮湿的枕头丢到地上，一头埋到毯子里。布鲁诺用杂志打我的头。起来看看，他说。我装作又聋又哑，这些年来我已经练到炉火纯青的地步。我听到布鲁诺退后了几步，过了一会儿，走道摆着柜子的地方传来巨响。我按兵不动，接着传来一阵噪音和尖细的回音。他们在杂志里提到你，布鲁诺透过扩音器大喊，天知道他怎么在我的东西里找到了扩音器。虽然我把头埋在毯子里，他依然找到了我耳朵的确切位置。我重复一次，扩音器尖叫道，你的名字，在杂志里。我扔开毯子，从他的嘴边扯下扩音器。

你什么时候变成这么一个大笨蛋？我说。

你自己是什么时候呢？布鲁诺说。

你这个大笨蛋给我听好，我说，我这就闭上眼睛数到十，等到我再睁开眼睛，你最好已经走了。

布鲁诺看起来有点难过。你不是认真的，他说。

不，我很认真，我说，说完就闭上眼睛，一，二。

说你不是认真的，他说。

我闭着眼睛，想起第一次碰到布鲁诺的光景。那时他在沙地上踢球，他是个瘦小、红发的小男孩，全家人刚搬到斯洛尼姆。我走到他旁边，他抬头看我，什么都没说就把球踢给我，我也踢回去。

三，四，五，我说。我感觉到杂志掉到我膝上，也听到布鲁诺一步步踏向走道尽头，走着走着，脚步声忽然停止，我试着想象生活中少了布鲁诺会如何，少了他我似乎过不下去。不过嘛。七！我大喊。八！数到九的时候，我听到前门猛然关上。十，我说，已经不是数给任何人听。我睁开眼睛往下看。

我的名字果真在那本我唯一订阅的杂志上。

我心想：真巧啊，世界上还有另一个利奥·古尔斯基！虽然那肯定是另外一个人，但我看了还是非常高兴。这个名字并非不同寻常，不过嘛，它也不是那么普通。

我读了一句，这就够了，我不必再读下去也知道这个利奥·古尔斯基绝对是我。因为写出这个句子的人正是在下。句子出现在我的小说，我毕生的结晶之中，我在心脏病发作之后开始动笔，在绘画课结束之后的隔天早上寄给伊萨克。这会儿杂志最上方的粗黑字体标示着：**述说一切的种种字眼**。这正是我为小说取的书名。但书名下方的作者姓名却是：**伊萨克·莫里兹**。

我抬头看看天花板。

我低头看看，诚如我先前所言，有些部分我已熟知在心，而那个我熟知在心的句子依然在眼前，其他一百多个眼熟的句子也还在，只不过句句稍微经过润饰修改，读来令人稍感嫌恶。我翻到作者简介，上面说伊萨克已于当月过世，杂志上所发表的是他最后手稿的一部分。

我下床，从《名人名句》和《科学史》底下抽出电话簿，布鲁诺坐在我的餐桌旁边时，总喜欢用这几本书把自己垫高。我查到杂志社的号码。哈啰，接线员接起电话时，我说，请帮我接小说部。

电话响了三声。

小说部，一个男人说，声音听起来像个年轻人。

你从哪里拿到这篇故事的？我问。

对不起，您说什么？

你从哪里拿到这篇故事?

先生,您说的是哪篇故事?

《述说一切的种种字眼》。

那摘录自已经过世的伊萨克·莫里兹的一部小说,他说。

哈!哈!我说。

怎么了?

不,它不是,我说。

是的,它是,他说。

不,它不是。

我跟您保证它是。

我跟你保证它不是。

是,先生,它绝对是。

好吧,我说,它是。

我能问问您是谁吗?他说。

利奥·古尔斯基,我说。

接下来是一阵尴尬的沉默,他再度开口时,口气听起来没那么有把握了。

您在开玩笑吗?

没有,我说。

但那是小说人物的名字。

完全正确,我说。

我得问问资料查证部,他说,如果真的有人跟书中人物同名,他们通常会跟我们说。

你可想不到吧!我大喊。

请等等,他说。

我挂了电话。一个人一辈子最多有两三个好点子,而杂志上所刊载的是我的好点子之一。我又从头到尾读了一次,不时大笑称许自己的生花妙笔,不过嘛,皱眉的时候依然居多。

我又拨了杂志社的电话,请他们帮我接小说部。

你猜我是谁？我说。

利奥·古尔斯基？男人说，我听得出他有点害怕。

没错，我说，然后加了一句，这本所谓的小说……

怎样？

它什么时候出版？

请等等，他说。

我等了等。

一月，他又接起电话时说。

一月！我大喊，这么快！我墙上的日历显示的日期是十月十七日。我没办法不问他，小说还好吗？

有些人认为这是他最好的作品之一。

最好的作品之一！我的声音上扬八度，变得粗哑。

先生，没错。

我想先读读，我说，我可能活不到一月，也读不到关于我自己的故事。

电话另一端沉默了一下。

嗯，他终于说，我看看能不能找到试读本，您的地址是……？

跟小说里利奥·古尔斯基的地址一样，我说，然后挂掉电话。可怜的小伙子，他大概好多年都想不透这个谜团。

但我也有尚待解决的谜团，那就是，如果他们在伊萨克家里找到我的手稿，而且误以为是他的作品，这是否表示他读了我的书，或是最起码在他过世之前开始读了？因为他若读了，那么一切都将改观，这就表示——

不过嘛。

我在公寓里来回踱步，最起码试着走来走去，地上东一支羽毛球拍、西一堆《国家地理杂志》，客厅中央还摆了一套法式滚球游戏装备，而我根本不知道怎么玩。

其实很简单：如果他读了我的书，他就知道实情。

我是他父亲。

他是我儿子。

这下我忽然想到,当伊萨克和我都活在世上时,曾有短暂的一刻,我们很可能知道彼此的存在。

我走进浴室用冷水洗洗脸,然后下楼拿信。我心想,信箱里说不定会有一封我儿子过世之前写给我的信,我把钥匙插到小孔中,打开信箱。

不过嘛,里面只有一堆垃圾邮件。《电视节目指南》、布鲁明戴尔百货公司的商品目录,还有一封世界野生动物协会寄来的信,自从我一九七九年寄给他们十美金之后,协会就始终追随我。我把邮件拿上楼打算全部扔掉,一只脚刚踩上垃圾桶踏板,就看到一个小小的信封,信封上打着我的名字。我心脏依然完好的百分之七十五顿时猛烈跳动。我急忙撕开信封。

亲爱的利奥波德·古尔斯基,信上说,星期六下午四点,请到中央公园动物园入口前的长椅旁跟我会面,我想你知道我是谁。

我心中溢满喜悦,大声喊道:我当然知道!

你最诚挚的,信上写着。

我也是你最诚挚的,我心想。

阿尔玛。

这时我知道大限将至。我双手抖得厉害,信纸都随之颤动。我觉得双腿发软,头重脚轻。原来天使就是这样上门的:天使就冠着你一生所挚爱的女孩的名字,出现在你面前。

我用力敲打立式暖炉呼唤布鲁诺,但无人响应,过了一分钟,依然寂静无声,虽然我敲了又敲,敲三下表示你活着吗,敲两下表示是的,敲一下表示不,但还是无人响应。我静静等待,却听不到任何声音。说不定我不该骂他笨蛋,因为现在是我最需要他的时候,他却毫无动静。

智者会这么做吗？/B

十月五日

יהוה

  今天早上，我趁阿尔玛洗澡时偷溜进她的房间，从她背包里拿出《如何在野外生存》的第三册，然后回到床上，把笔记簿藏在床单下。妈妈走进房里时，我假装生病，她把手放在我额头上，问我感觉如何，我说可能是扁桃体发炎，她就说你八成生病了，我就说但我得去上学，她就说缺勤一天也没关系，我就说好吧。她帮我泡了一杯加蜂蜜的菊花茶，我闭着眼睛把茶喝下去，表示我病得很严重。我听到阿尔玛出门上学，妈妈也上楼工作，我听到她的椅子嘎嘎响，然后就把《如何在野外生存》的第三册拿出来，看看里面有没有提到阿尔玛在找谁。

  笔记簿里写满了如何建造贮热岩床、单棚屋顶等信息，还讲到怎样让水适合饮用，这点我不太看得懂，因为我看到的水都是倒进水壶里就可以喝（或许除了冰块之外）。读着读着，我开始怀疑找不找得到任何线索，这时我翻到一页，标题是《降落伞若故障没打开，你怎样求生？》，阿尔玛写下十个步骤，但我一个都看不懂。比方说，你若从空中直直落下，降落伞却打不开，在这种情况下，我不认为一个跛脚的园丁能派上多大用场；阿尔玛还说要寻找一块石头，但除非有人拿石头丢你，或是你口袋里有块石头，不然你手边怎么可能有石头？更别说大部分的正常人不会把石头摆在口袋里。最后一个步骤只有一个名字：阿尔玛·梅列明斯基。

  我心想，说不定阿尔玛爱上了一个叫作梅列明斯基先生的家伙，而且想嫁给他，但我翻到下一页，上面写道：阿尔玛·梅列明斯基＝阿尔玛·莫里兹，所以我想阿尔玛说不定爱上了梅列明斯基先生和莫里兹先生。我再翻到下一页，这页的最上面写着：我想念 M 之处，下面列出十五点，第一点是他握住东西的模样，我实在不明白你怎么可能想念某人握住东西的样子。我努力思考，但真的好难。

如果阿尔玛爱上梅列明斯基先生或是莫里兹先生，为什么我从没见过他们？他们为什么不像赫尔曼或是米沙一样打电话给她？如果她在跟梅列明斯基先生或是莫里兹先生谈恋爱，她为什么还会想念他？

笔记簿剩下的部分一片空白。

我唯一真正想念的人是爸爸。有时我嫉妒阿尔玛，因为她比我了解爸爸，而且记得好多关于他的事情。但奇怪的是，我去年偷看她笔记簿的第二册时，上面却写着：我好难过，因为我从未真正了解爸爸。

我心想她为什么这么写，想着想着，我忽然有个非常奇怪的想法：说不定妈妈一直爱着一个叫作梅列明斯基先生或是莫里兹先生的家伙，而他才是阿尔玛真正的爸爸？他死了或是离开了，所以阿尔玛才不认得他？而在那之后，妈妈遇见大卫·辛格，生下了我，后来他死了，所以妈妈才这么难过。这就是为什么笔记簿上写着阿尔玛·梅列明斯基以及阿尔玛·莫里兹，而不是阿尔玛·辛格，说不定阿尔玛想找到她真正的爸爸！

我听到妈妈从椅子上站起来，所以我尽可能装出睡觉的模样，我已经在镜子前面练习过一百次了。妈妈走进来坐在我床边，好久没说半句话，但我忽然想打喷嚏，所以我睁开眼睛打了个喷嚏。妈妈说可怜的小宝贝啊，然后我做出一件非常冒险的事：我用非常想睡觉的声音问，妈妈，在爸爸之前，你有没有爱过其他人？我几乎百分之百确定她会说没有，但她反而露出滑稽的表情，淡淡地说，我想有吧。果然没错！我接着问：他死了吗？她笑笑说没有！我心里急得发狂，但我不想让她起疑，所以我假装又睡着了。

这下我想我知道阿尔玛在找谁了，我也知道我若真是个智者，就能帮助她。

十月六日

יהוה

我连着两天装病，这样就可以待在家里不去上学，也不必跟菲斯努巴凯特医生见面。妈妈回到楼上之后，我设定手表的闹钟，每十分钟连续咳嗽五秒钟。半小时之后，我偷溜下床，这样我才能在阿尔玛的背包里找到更多线索。除了紧急救生包、瑞士军刀等一直摆在背包里的东西之外，我没找到任何东西，于是我把她的毛衣拿出来，毛衣里却掉出一沓纸。我瞄了一眼就知道这是妈妈正在翻译的一本叫作《爱的历史》的书，因为妈妈总是把初稿扔到字纸篓里，所以我认得出它们是什么模样。我也知道阿尔玛只把非常重要、她觉得危急时说不定需要的东西收在背包里，所以我试着想弄清楚《爱的历史》为什么对她这么重要。

然后我想到一件事：妈妈总说《爱的历史》是爸爸给她的，但如果她说的是阿尔玛的爸爸，而不是我的爸爸呢？如果这本书隐藏着"他是谁"的秘密呢？

妈妈下楼，所以我不得不跑进浴室，假装便秘了十八分钟，这样她才不会起疑。我出来之后，她给我戈尔德斯坦先生在医院的电话号码，还说我如果想打电话给他，就拨个电话过去。戈尔德斯坦先生听起来很疲倦，我问他好不好，他说每头牛在晚上都是黑的。我想跟他说我正在进行的善事，但我知道我不能跟任何人说，即使是他也不行。

我回到床上，自己跟自己说话，试着想弄清楚为什么阿尔玛生父的身份是个秘密。我唯一能想到的理由是他是间谍，就像阿尔玛最喜欢的那部电影里的金发女人一样，她帮联邦调查局工作，即使爱上了罗杰·桑希尔①，也不能跟他透露真实身份。说不定阿尔玛的生父也不能透露真实身份，连对妈妈都不行。说不定这就是为什么他有两个名字！甚至还更多！我好嫉妒，因为我的爸爸不是间谍，但后来我不嫉妒了，因为我想起来我说不定是个智者，而智者甚至比间谍更棒。

妈妈下楼看看我怎样，她说她要出去一小时，问我能不能一个人在家。听到门关上、钥匙锁门的声音之后，我走进浴室跟G-d说话，

---

① 电影《西北偏北》的主角，由加里·格兰特饰演。

然后到厨房做了一个花生果酱三明治。这时电话响了,我没想到哪个特别的人会打电话来,但我接起电话,对方却说嗨,我是伯纳德·莫里兹,我能跟阿尔玛·辛格说话吗?

这时我就知道 G-d 听得到我说话。

我心跳得飞快,我得赶快想出对策,我说她现在不在家,但我可以记下留言,他说这事说来话长,于是我说我可以给她一个长长的留言。

他说,我看到她留在我哥哥门上的纸条,那肯定最起码已经过了一个礼拜,我哥哥人在医院里,纸条上说她知道他是谁,她得跟他谈谈关于《爱的历史》的事,她还留下这个电话号码。

我没说我就知道!也没说你知道他是间谍吗?我只是保持沉默,以免说错话。

但男人接着说,我哥哥过世了,他已经病了好久,我本来不想打电话过来,但他过世之前告诉我,他在我们母亲的抽屉里找到一些信件。

我什么都没说,因此男人继续讲。

他说我哥哥读了信,也开始猜想他的生父说不定是一本叫作《爱的历史》的小说的作者。他说我原本不太相信,但后来看到阿尔玛的纸条,她提到这本书,而且你知道吗?我母亲也叫阿尔玛,所以我想我应该跟她谈谈,最起码告诉她伊萨克已经过世,好让她不要再猜想。

这下我又糊涂了,我本来以为这位莫里兹先生是阿尔玛的爸爸,我唯一能想到的是,阿尔玛的爸爸有很多小孩,孩子们却不知道他,说不定男人的哥哥是其中之一,阿尔玛也是,他们两人在同一时间都在找他们的爸爸。

我说,你的意思是你哥哥以为他的生父是《爱的历史》的作者?
电话另一端的男人说是的。

于是我说,他是不是以为他爸爸叫作兹维·李特维诺夫?

这下轮到电话另一端的男人糊涂了。他说,不,他以为他爸爸叫作利奥波德·古尔斯基。

我让自己听起来非常冷静，然后跟他说，你能拼给我听吗？他说 G-U-R-S-K-Y。我说，他为什么以为他爸爸叫作利奥波德·古尔斯基？他说因为那个写信给我们母亲的人就叫作利奥波德·古尔斯基，信里还附了他正在撰写的《爱的历史》的部分章节。

我心里急疯了，因为虽然我听不太懂每件事，但我确定我快要解开阿尔玛生父之谜，我若能解开这个谜团，我就帮得上忙，况且我若能够默默相助，说不定我就依然是个智者，这样一来，一切就都没问题了。

男人接着说，嗯，我想我还是自己跟辛格小姐谈谈比较好。我不想让他起疑，所以我说我会把留言转告给她，然后挂了电话。

我坐在餐桌旁，试图把事情弄清楚，这下我知道当妈妈说爸爸送给她《爱的历史》时，她说的是阿尔玛的爸爸，因为他就是这本书的作者。

我紧紧闭上眼睛跟自己说，如果我是智者，我怎样才找得到阿尔玛的父亲？这个名叫利奥波德·古尔斯基，或是兹维·李特维诺夫，或是梅列明斯基先生，或是莫里兹先生的家伙在哪里？

我睁开眼睛，瞪着写着 G-U-R-S-K-Y 的便条纸，然后我抬头一看，看到冰箱上面有本电话簿。我拿个梯子爬上去，电话簿封面积了厚厚一层灰尘，我掸去灰尘，翻到 G 的部分。其实我没想到会找到他。我先看到有个约翰·古兰，我顺着指头逐字往下看：古洛尔、古洛夫、古洛维奇、古瑞拉、古林、古尚，看到古舒莫夫之后，他的名字出现了：利奥波德·古尔斯基，这个名字从头到尾就在电话簿里。我写下他的电话号码和地址：格兰德街 504 号，然后合上电话簿，把梯子收好。

十月七日

יהוה

今天是星期天，所以我不必再装病。阿尔玛很早就起床，说她要出去。妈妈问我感觉如何,我说好多了。然后她问我要不要一起出去走走,比方说去动物园,因为菲斯努巴凯特医生说我们一家人应该多花时间在一起。虽然我很想去,但我知道我得办些事情,所以我跟妈妈说明天吧。然后我到楼上她的书房,打开电脑,把《爱的历史》打印出来,把它放在一个褐色的信封里,在信封上写上"致利奥波德·古尔斯基"。我跟妈妈说我要出去玩,她说到哪里玩?我说刘易斯家,尽管他已经不是我的朋友。妈妈说好,但我到了之后得打电话给她。然后我从我卖柠檬"枝"的钱里抽出一百美元,把钱放在口袋里。我把装了《爱的历史》的信封藏在夹克里,走出门外。我不知道格兰德街在哪里,但我快十二岁了,我知道我找得到。

A + L

  来信的信封上没有寄件人地址。信封上打着我的名字阿尔玛·辛格,我收到的信全是米沙寄来的,但他从来没用过打字机。我拆信,信里只有两行字。亲爱的阿尔玛,信上说,星期六下午四点,请到中央公园动物园入口前的长椅旁跟我会面,我想你知道我是谁。你最诚挚的,利奥波德·古尔斯基。

我不知道我在这张公园的长椅上坐了多久。天色几乎全黑，但我依然能够趁着余光仰观雕像，其中有熊，有河马，还有某种有蹄动物，我想是山羊吧。先前我经过一座喷泉，水池已经干涸，我过去看看池底有没有硬币，但只看到干枯的树叶。现在四处都是落叶，叶子落了又落，将世界变回大地。有时我忘了世界并非照着我的时间表运转，不是每样东西都濒临死亡，而就算濒临死亡，只要一点阳光和一些鼓舞，它就会重现生机。有时我心想：我比这棵树、这张长椅、这阵雨都老，不过嘛，其实我的年纪比不上雨水，雨已经下了好多年，我走了之后也会继续下。

我再读一次信。我想你知道我是谁，信上说。但我不认识叫利奥波德·古尔斯基的人。

我打定主意坐在这里等候，反正我也没其他事情可做，我屁股可能坐得发酸，但最糟也不过如此。如果口渴，就算我跪下来舔舔草地，也称不上是犯罪。我喜欢想象自己双脚在地上生根，双手长满青苔，说不定我会脱下鞋子，加快这个过程。脚指头下的泥土湿湿的，感觉好像回到童年，树叶会从我趾间生长，孩子们说不定会爬到我身上。先前我看到一个小男孩朝着空荡荡的喷泉丢小石头，他还不到不想再爬树的年龄，但你看得出来他一副小大人的模样。说不定他相信自己不适合生活在这个世界，我真想跟他说：如果你不合适，还有谁合适呢？

说不定其实是米沙写的,他就可能做出这种事情。我星期六会赴约,他会坐在长椅上等我。那天下午在他房间,他爸妈在墙壁的另一边大吼大叫,至今已经过了两个月。

我会告诉他我多么想念他。

古尔斯基,嗯,听起来像是俄文。

信说不定是米沙写的。

但也可能不是。

有时我什么都不想,有时我想到我的一生,最起码我养活了自己,但我过的是哪种日子呢?不过是活着罢了,我活了一辈子,这并非易事,不过嘛,我发现生命中大部分都还算过得去。

如果信不是米沙写的，那么说不定是钱伯斯街 31 号纽约市档案处那个叫我兔肉小姐的男人写的。我从没问过他叫什么，但我必须填写表格，所以他知道我的姓名和地址。说不定他找到了一份档案或是出生证明，说不定他以为我不止十五岁。

有段时间我住在森林,或是好几处森林中,我吃虫卵、昆虫,吃下所有放得进嘴里的东西。有时吃出毛病,胃里一阵翻搅,但我必须吃点什么。我喝水坑里的水和雪水,我喝下所有找得到的东西。有时我偷溜到村庄各处、农人存放马铃薯的地窖里,隆冬之时,地窖比较温暖,是个不错的藏身之所,但地窖里有老鼠。说到生吃老鼠嘛,没错,我确实生吃了老鼠,我显然很想活下去,为什么呢?唯一的理由就是她。

其实她已经告诉我她不能爱我,当她告别之时,她已跟我永别。

不过嘛。

我让自己忘记。我不知道为什么,我不停自问,但我就是刻意遗忘。

说不定信是那个中央街1号市政办事处的犹太老先生写的,他看起来可能就是利奥波德·古尔斯基,说不定他知道阿尔玛·莫里兹,或是伊萨克,或是《爱的历史》的一些事。

我记得十岁的时候，我第一次发现我能让自己看到某些不存在的东西。那时我正从学校走路回家，几个同班的男孩边喊边笑跑过我身旁，我想加入他们，不过嘛，我不知道怎样才能跟他们一样，我始终觉得跟其他人格格不入，而这种感觉让我很难过。我一转过街角就看到它：一头庞大的大象孤零零站在广场上。我知道这是我的想象，不过嘛，我想要相信。

于是我试着相信。

而后我发现我办得到。

说不定写信的是那个东五十二街450号的门房。说不定他跟伊萨克提到《爱的历史》，说不定伊萨克向他问了我的名字，说不定他过世之前想出我是谁，交代门房拿某样东西给我。

那天看到大象之后，我让自己看到更多，也相信更多，这是我跟自己玩的游戏。我告诉阿尔玛我看到什么，她听了笑笑，对我说她喜欢我的想象力。为了她，我把圆石变为钻石，鞋子变为镜子，玻璃变为清水，我为她加上一对翅膀，从她耳朵里扯出小鸟，让她在口袋里找到羽毛；我叫梨子变成菠萝，菠萝变成灯泡，灯泡变成月亮，月亮变成一个让我测试她爱不爱我的硬币，硬币两面都是正面，因此，我知道我怎样都不会输。

如今，在我生命走到终点之际，我几乎分辨不出什么是真实，什么是我相信的真实。比方说，我手里的这封信，我感觉得到它在我手指之间，除了折缝之外，信纸平滑，我可以摊开它，再折上它。这封信确实存在，正如我确定自己现在坐在这里。

不过嘛。

在我心中，我知道我手中空空如也。

说不定写信的是伊萨克本人，说不定他在过世之前写了这封信。说不定利奥波德·古尔斯基是他书中另一个人物，说不定他想告诉我一些事情，但现在已经太迟了：明天我过去时，公园长椅上将空无一人。

活着的方式千奇百怪，死了却就是死了。我已经摆出等死的姿态，我心想：最起码我不会把整栋大楼弄得发臭，大家才发现我死了。弗莱德太太过世之后，过了三天才有人发现她的尸体，然后我们的门缝下塞进一张通知，上面写着：今天请将窗户打开，管理员敬上。于是拜弗莱德太太之赐，我们那天享受了微风的轻拂。高寿的弗莱德太太历经各种曲折，她小时候八成想象不到她临终的那一天会去杂货店买盒饼干，打开之前躺下来休息一下，心脏却就此停止跳动。

　　我心想：倒不如在户外等着一死。天气愈来愈糟，冷风划过空中，落叶四散纷飞。有时我想到我的一生，有时我不想。偶尔在冲动之下，我会很快自问：你感觉得到双脚吗？不；臀部呢？不；你的心脏还在跳动吗？是。

　　不过嘛。

　　我耐心等候。公园其他长椅上肯定也坐了人，死神很忙，好多人等着它上门。为了让它知道我不光是喊喊罢了，我掏出摆在皮夹里的卡片，把它别在外套上。

一百件事情可以改变你的一生。这几天之中，也就是在我接到信，等着跟这位不管是谁的寄信人见面的期间，什么事情都可能发生。

一个警察经过,他读了读别在我胸前的卡片,看了看我。我心想,他八成打算在我鼻子下放面镜子,但他只问我还好吧,我说还好,因为我应该这么说。我等她等了一辈子,她与死神截然不同,而如今我却还在这里等?

星期六终于到了。我仅有的一件连衣裙,也就是我穿着去瞻仰哭墙的那一件已经太小,所以我换上一条短裙,把信塞进口袋里,然后上路。

如今我这辈子几乎走到尽头，我可以说生命中充满变化，这正是生命最令我惊奇之处。今天你是个人，明天他们却说你是条狗。刚开始令人难以忍受，但过了一会儿，你会明白其实这也不是不好。有时你甚至会欣喜地发现，身为……怎么说呢？就说身为一个人吧，你其实不太需要保持一成不变。

我走出地铁站，走向中央公园。我经过广场饭店，秋天到了，树叶渐渐变黄掉落。

我从五十九街走进公园，踏上通往动物园的小径。走到入口时，我的心顿时一沉：我眼前有一整排长椅，大概有二十五张椅子，其中七张上面坐了人。

我怎么知道哪一个是他？

我在整排长椅前面走来走去，没有人多看我一眼。最后我终于在一个男人身边坐下，他看都不看我。

我的手表显示四点零二分，说不定他迟到了。

有次纳粹党卫军来了，我躲在存放马铃薯的地窖里，入口处堆了一层薄薄的稻草作为遮掩。党卫军的脚步声愈来愈近，我听得见他们说话，仿佛就在我的耳边。他们其中一人说，我太太跟另一个男人上了床。另外一个人说，你怎么知道？第一个人说，我不知道，我只是怀疑。第二个人听了回答说，你为什么怀疑？这时我的心跳得好快，几乎快要心脏病发作。只是一种感觉，第一个人说。我想象子弹穿过我脑袋的感觉。我没办法好好思考，他说，一点胃口都没有。

过了十五分钟，然后二十分钟，我旁边的男人站起来走了，一个女人坐下来翻开一本书。隔壁的长椅上，另一个女人站了起来。隔着两张长椅，有个妈妈坐着轻轻摇着婴儿车，她旁边坐着一个老人。再隔三张长椅，有对情侣笑了起来，手牵着手。过了一会儿，我看着他们起身离开，妈妈站起来推着婴儿车走了，然后就剩下我旁边的女人、老人和我。又过了二十分钟，天色渐晚，我想不管那人是谁，他八成不会出现。女人合上书，起身离开，只剩下老人和我。我站起来准备离开，觉得很失望，不知我之前在盼望什么。我迈步，走过老人身旁，他胸前别了一张卡片，上面写着：我的名字是利奥·古尔斯基，我没有亲人，请打电话给松坪墓园，我已经在那里的犹太区买了一块坟地，谢谢您的帮助。

因为那个女人不想再等她的军人丈夫，所以我活了下来。他只要刺一下稻草堆，就会发现后面是虚空的，如果不是满脑子想着其他事情，他肯定会发现我。有时我会想知道那个女人经历了什么事。我喜欢想象她第一次靠过去亲吻那个陌生人，她一定觉得自己爱上了他，但是说不定她只是想逃避寂寞。一个微小的无心之举可能引发地球另一端的大灾祸，只不过这次所引发的不是灾祸。她的自私意外地救了我一命，而她永远不知道，这也是爱的历史的一部分。

我站在他面前。
他看起来几乎没注意到我。
我说:"我叫阿尔玛。"

这下我看到她了。当你心里受到感情牵引时，脑子里就胡思乱想，实在相当奇怪。她看起来跟我记忆中不一样，不过嘛，倒也是一个样子。我看到那双眼睛就认出她，我心想，原来天使就是这样来到你面前，他们让时间停格，让她停留在最爱你的那个年纪。

真想不到啊，我说，这是我最喜欢的名字。

我说:"我的名字来自一本叫作《爱的历史》的书,书里每个女孩都叫阿尔玛。"

我说，那本书是我写的。

"噢,"我说,"我是说真的,真的有这本书。"

我顺着她的口气说，我也是百分之百说真的。

我不知道说什么。他好老，说不定他是在开玩笑，或许他是老糊涂了。为了找话题，于是我问："你是作家吗？"

他说："算得上是。"

我问他写了哪些书，他说《爱的历史》是其中之一，另一本叫作《述说一切的种种字眼》。

"真奇怪，"我说，"说不定有两本书叫作《爱的历史》。"

他没说话，眼睛闪烁着光芒。

"我说的这一本是兹维·李特维诺夫写的，"我说，"他用西班牙文写的，我爸爸刚认识我妈妈的时候把这本书送给了她。后来爸爸过世，妈妈把书收了起来，直到大概八个月前，有人写信问她想不想翻译这本书。现在她只剩下几章还没翻完。在我说的这本《爱的历史》里，有一章叫作《沉默时代》，还有一章叫作《感情的诞生》，还有一章叫作——"

这个全世界最老的人笑了起来。

他说："你的意思是不是你也爱上了兹维？你光是爱我还不够，还得爱上我和布鲁诺，然后又只爱布鲁诺，最后既不爱我，也不爱他？"

我开始觉得紧张，说不定他疯了，说不定只是寂寞。

天色愈来愈黑。

我说："对不起，我听不懂。"

我看得出我吓到她了。我知道现在争吵已经太迟，毕竟六十年都过去了。

我说，对不起，请告诉我你喜欢哪些部分。你觉得《玻璃时代》如何？我想让你读了大笑。

她瞪大了眼睛。

也想让你哭。

这时她看起来又害怕又惊讶。

然后我忽然灵光一闪。

这似乎不太可能。

不过嘛。

如果我相信可能发生的事，其实却不可能呢？如果我相信不可能发生的事，其实真的可能呢？

比方说。

如果这个坐在长椅上、在我身边的女孩是真的呢？

如果她真的叫作阿尔玛，真的以我的阿尔玛来取名呢？

如果我的书没有在水灾中遗失呢？

如果……

一个男人走过去。

对不起，我叫住他。

什么事？他说。

有人坐在我旁边吗？

男人一脸困惑。

我不知道你在说些什么,他说。

我也不知道,我说,请你回答我的问题,好吗?

有人坐在你旁边吗?他说。

那就是我的问题。

他说,有。

于是我说,是不是一个十五岁、说不定十六岁的女孩?但话又说回来,说不定她十四岁,只是看起来比较大。

他笑笑说,是。

是,也就是"不是"的反义?

没错,是"不是"的反义,他说。

谢谢,我说。

他转身离开。

我面向她。

这是真的,她看来眼熟,不过嘛,我这下仔细瞧瞧,她看起来不怎么像我的阿尔玛。比方说,她高多了,她的头发是黑色,而且两个门牙之间有个缝隙。

谁是布鲁诺?她问。

我仔细端详她的脸,试图想出答案。

他可是无影无形呢,我说。她又惊讶又害怕的脸上,这时添加了一抹困惑。

但他是谁?

他是一个我没了的朋友。

她看着我,等着我再解释。

他是我笔下最棒的一个人物。

她没说话,我很担心她会站起来离开,我想不出还能说什么,所以我告诉她实话。

他死了。

说了令人伤心。不过嘛,还有好多可说呢。

他在一九四一年的一个七月天过世。

我等她站起来离去,但是嘛,她留在原地,眼睛眨都不眨。
我都已经说这么多了。
我心想,为什么不多说一点呢?
还有一件事。
我引起她注意了,让人注意到的感觉真好,她等着我说话。
我有一个始终不知道我存在的儿子。
一只鸽子拍拍翅膀飞向天空。我说,
他叫作伊萨克。

这下我才知道我一直找错了人。

我凝视这个世界上最老的人的双眼，试着从中找出那个十岁时坠入情网的男孩。

我说："你是不是曾经爱上一个叫作阿尔玛的女孩？"

他没说话，嘴唇发抖。我以为他没听懂，所以我再问他一次："你是不是曾经爱上一个叫作阿尔玛·梅列明斯基的女孩？"

他伸出他的手，在我手臂上轻拍两下，我知道他正试着告诉我某些事情，但我不知道是什么。

我说："你是不是曾经爱上一个叫作阿尔玛·梅列明斯基的女孩，后来她离开你，去了美国？"

他眼中盈满泪水，轻拍我的手臂两下，然后再轻拍两下。

我说："那个你觉得不知道你存在的儿子，他的名字是不是伊萨克·莫里兹？"

我觉得满心翻腾，心想，我已经活了这么久，拜托，再久一点点也不会怎样。我想大声说出她的名字，从某个层面而言，因为我的爱，她才叫作阿尔玛，我若能大声唤她，心里肯定很快乐。不过嘛，我说不出话来，我好怕选择错误的那句话。她说，那个你觉得不知道……我轻拍她两下，然后再两下。她拉住我的手，我用另一只手轻拍她两下。她捏捏我的手指，我轻拍她两下。她把头靠在我肩上，我轻拍她两下。她伸出一只手臂揽住我，我轻拍她两下。她用两只手臂揽住我、抱住我，我停止轻拍。

阿尔玛，我说。

她说，是的。

阿尔玛，我又说一次。

她说，是的。

阿尔玛，我说。

她轻拍我两下。

利奥波德·古尔斯基之死

利奥波德·古尔斯基在一九二〇年八月十八日开始迈向死亡。
他在学习走路之时死去。
他在站在黑板旁边之时死去。
曾有一时,他还托着一个沉重的托盘。
他在练习一种新的签名方式之时死去。
在打开窗户之时。
在沐浴清洗他的生殖器之时。

他孤零零地过世,因为他害羞到没打电话给任何人。
说不定他在思念阿尔玛之时死去。
或在他决定不思念之时。

其实,没什么好说的。
他是个伟大的作家。
他坠入爱河。
那就是他的一生。